THOMAS ERLE
Blutkapelle

GOETHE WAR GUT ... Der Weinhändler und Vespa-Liebhaber Lothar Kaltenbach übernimmt beim Goethe-Fest der Stadt Emmendingen den Weinausschank. Zur Vorbereitung nimmt er an einer Stadtführung teil, in der eine Schauspielerin Goethes Schwester Cornelia Schlosser verkörpert – und die kurz darauf ermordet aufgefunden wird. Kaltenbach ist schockiert, wollte er sich doch am nächsten Tag noch einmal mit ihr treffen. Wusste sie etwas über ein angeblich verschollen geglaubtes Goethe-Manuskript, über das hinter vorgehaltener Hand getuschelt wird und als Weltsensation präsentiert werden sollte? Musste sie deshalb sterben? Für den Liebhaber edler Tropfen ist es keine Frage, der Ursache für ihren Tod auf den Grund zu gehen, auch wenn es scheint, dass jede Spur im Sand verläuft und ein Rückschlag den nächsten ablöst.

Thomas Erle, geboren 1952 in Schwetzingen, lebt seit 20 Jahren in Emmendingen bei Freiburg. Nach dem Studium begab er sich auf ausgedehnte Studienreisen durch Europa, Asien, die USA und Lateinamerika. Neben seiner Vorliebe für Musik, Literatur und guten Wein widmet er viel Zeit der Erkundung des Schwarzwaldes und der angrenzenden Gebiete. Blutkapelle ist der zweite Roman im Gmeiner-Verlag. www.thomas-erle.de

Bisherige Veröffentlichungen im Gmeiner-Verlag:
Teufelskanzel (2013)

THOMAS ERLE

Blutkapelle

Kaltenbachs zweiter Fall

Original

GMEINER

Personen und Handlung sind frei erfunden.
Ähnlichkeiten mit lebenden oder toten Personen
sind rein zufällig und nicht beabsichtigt.

Besuchen Sie uns im Internet:
www.gmeiner-verlag.de

© 2014 – Gmeiner-Verlag GmbH
Im Ehnried 5, 88605 Meßkirch
Telefon 0 75 75 / 20 95 - 0
info@gmeiner-verlag.de
Alle Rechte vorbehalten
1. Auflage 2014

Herstellung: Mirjam Hecht
Umschlaggestaltung: U.O.R.G. Lutz Eberle, Stuttgart
unter Verwendung eines Fotos von: © Thomas Erle, Emmendingen
Druck: GGP Media GmbH, Pößneck
Printed in Germany
ISBN 978-3-8392-1592-0

Könnte ich den gegenwärtigen Zustand meiner Seele vor ihnen ausbreiten, ich wäre glücklich, wenigstens verstünde ich dann was in mir vorgeht. Tausend demütigende Vorstellungen, tausend halb ausgesprochene Wünsche …

Cornelia Schlosser

PROLOG: 1779 – ÜBER DEN DÄCHERN VON FREIBURG

»Weißt du, Bruder Johannes, was du da von mir verlangst?«

Unüberhörbarer Stolz lag in der Stimme des hoch aufgewachsenen Mannes. Er trug einen eleganten hellgrauen Gehrock mit Gamaschen und ein ebensolches Cape. Die Spitze seines silberbeschlagenen Spazierstocks wippte fragend in der Luft auf und ab.

Sein Gegenüber war ein eher unscheinbarer Endfünfziger, den man normalerweise für den Sekretär einer Tabakmanufaktur gehalten hätte. »Das ist mir wohl bekannt, Bruder Abaris.« Bei seiner Antwort lege er den Kopf beflissen ein wenig zur Seite, eine Geste der Konzilianz, wie es schien. Doch seine Stimme blieb klar. »Die Gemeinschaft erwartet es.«

»Aber das Manuskript ist bereits verkauft. Der Verleger wird schon ungeduldig.«

»Geduld ist eine Tugend, mit der sich nur wenige schmücken dürfen.«

Die Glocken vom Freiburger Münsterturm schlugen aus der Ferne. Für eine Weile schritten die beiden Männer schweigend nebeneinander her. Die Strahlen der Mittagssonne ließen die Dächer der Stadt golden aufleuchten. Kein Lüftchen regte sich in der Sommerhitze.

Schließlich begann der, der Abaris genannt wurde, erneut. »Es würde aber doch niemandem schaden?« Auch wenn sich der Mann der manierierten Sprache der gehobenen Stände befleißigte, war der hessische Tonfall unverkennbar.

7

»Schaden? Lieber Bruder, mir scheint, als befinde sich das Licht deines Grades noch in der Morgendämmerung.« Der Mann blieb stehen und wies mit einer weit ausholenden Geste auf die unter ihnen liegende Stadt.

»Wenn wir am Tempel der neuen Zeit bauen wollen, können wir uns nicht mit profanen Zielen zufrieden geben. Sicher, du bist wohlhabend. Du bist berühmt. Du wirst verehrt. Doch die vortrefflichste Eigenschaft dessen, der ein Meister werden will, ist die der Demut.«

Er ließ seinen Blick vom Münster über die dicht gedrängten Häuser der Stadt bis hin zu den prächtigen Toren gleiten. Zum Schönberg hin glitzerte das gewundene Band der Dreisam, das sich nach Westen hin am Horizont im Dunst verlor.

»Die Meister haben uns den Weg gewiesen. Es ist die liebende Sorge um den Nichtwissenden, die all unsere persönlichen Ziele zu eitel Tand verblassen lässt.«

Abaris blieb ruhig. Nur ein leichtes Zucken der kräftig geschwungenen Nasenflügel verriet, wie es in ihm arbeitete. »Was also erwartet der Meister von mir?«

»Die Genien haben dich reich beschenkt. Dein Werk wird eingehen unter die Großen in der Geschichte dieses Volkes, das dereinst ein einiges sein wird. Erhebe es noch einen Schritt weiter. Hilf, es von der Unvollkommenheit des Persönlichen zu befreien. Wer deine Geschichte liest, soll nicht sich am Ort ergötzen, nicht sich durch die Namen der Menschen stören lassen. Befreie dein Werk, und du befreist den Lesenden. Und die Idee wird desto klarer erstrahlen.«

»Erwartet der Meister, nach der Vollendung es zu sehen?«

»Er vertraut dir. Weil du weißt, was geboten ist, wirst du tun, was nötig ist.«

Der Mann wies auf den schmalen Saumpfad, der sich durch die Ruinen der ehemaligen Befestigung hinunter in die Stadt schlängelte. »Und nun lasst uns gehen. Wir wollen nicht länger säumen an diesem gottgeschenkten Sommertag. Wir wollen weiter bauen am Tempel des Großen Baumeisters.«

Abaris blieb noch einen Moment stehen. Entgegen seiner sonstigen Gepflogenheit verwarf er den Gedanken, in einen Disput zu treten. Natürlich hatte sein Gegenüber recht. Er würde den Wunsch des Oberen zum Befehl veredeln. Schon schossen ihm die ersten Ideen durch den Kopf. Er kannte seine Qualitäten. Die Geschichte der beiden Liebenden würde noch mehr zum Meisterwerk werden, als sie es bereits schon war. Und keiner würde irgendetwas bemerken.

Er hob den Kopf. Ein Taubenpärchen flog mit eifrigem Flügelschlag über ihn hinweg. Seine Schwester. Ob sie es verstehen würde? Es war ihre Geschichte. Die Geschichte der Vertriebenen, die in der Fremde die Liebe gesucht hatte und den Tod fand. Allzu früh.

Er wandte sich um und folgte dem anderen auf den Pfad zur Stadt. Ars longa vita brevis. Auch in diesem Punkt hatte der Mann recht. Er durfte nicht säumen.

1. WOCHE

Wes das Herz voll ist des geht der Mund über

Matthäus 12, 34 (Goethe traditionell zugeschrieben)

KAPITEL 1

»… war Emmendingen bis in die frühen Sechzigerjahre als Nadelöhr Europas bekannt und gefürchtet. Sämtliche Pkw, Lastwagen und Motorräder, die heute auf der A 5 Richtung Basel brausen, mussten hier durch.«

Lothar Kaltenbach und die übrigen Teilnehmer der Stadtführung ›Auf Cornelia Schlossers Spuren‹ betrachteten das Stadttor mit ehrfürchtigen Blicken. Kaum vorstellbar, dass sich hier, wo selbst der Stadtbus mit Vorsicht durch den engen Steinbogen kurvte, der gesamte deutsche Nord-Süd-Verkehr früher einmal durchgequält hatte.

»Da half natürlich auch der Schreckkopf nichts mehr, der im Mittelalter den Leuten unmissverständlich klar machen sollte, dass hier nur anständige Besucher willkommen waren.«

Wohlwollendes Gelächter erhob sich. Dabei sah der vergoldete Löwenkopf mit dem Ring im Maul alles andere als gefährlich aus. Schon eher die beiden als Drachenköpfe gestalteten Wasserspeier auf dem vorspringenden Dachgiebel, die aber erst in den Dreißigerjahren dazu gekommen waren.

Die Leiterin der Gruppe mühte sich geduldig. Die barocke Leibesfülle der Mittdreißigerin war in ein hellbraunes Kleid im Stil einer Dame des gehobenen Bürgertums aus dem 18. Jahrhundert gezwängt. Eine enorme Stoffmenge bauschte sich um Arme und Beine und gab nur am Hals und Dekolleté den Blick frei. Die Haare hatte sie aufgetürmt, kleine freche Löckchen ringelten sich neben golden blitzenden Ohrringen herab.

Die Frau, die neben ihrem Hauptberuf als Kleindarstellerin an einer der Freiburger Bühnen bei der Eventagentur ›History Today‹ ihre Brötchen verdiente, stellte Cornelia Schlosser dar, Goethes Schwester, die an der Seite ihres Mannes im 18. Jahrhundert einige Jahre in Emmendingen gelebt hatte.

Der Dichterfürst selbst hatte die Stadt nur zweimal besucht. Beim ersten Mal klagte sie ihm ihr Leid, weitab von den städtischen Zerstreuungen Frankfurts in dem damaligen Grenzstädtchen zu Vorderösterreich leben zu müssen. Ihr Bruder sprach ihr Trost zu und war in die Schweiz weitergefahren.

Beim zweiten Besuch blieb ihm nicht mehr, als an ihrem Grab zu stehen, nachdem sie sich von den Anstrengungen der Geburt ihres zweiten Kindes nicht mehr erholt hatte und schon mit 27 Jahren gestorben war.

All dies war ihren braven Mitbürgern im Nachhinein Grund genug, ihre Stadt als wichtigen Baustein im Leben ihres berühmten Bruders zu betrachten.

»Und die Buchstaben da? Is dat Tor von den Römern jebaut worden?«

Belustigte Blicke wandten sich zu dem Sprecher mit dem unüberhörbaren westdeutschen Zungenschlag. Der wohlbeleibte Rentner im sommerlichen Touristen-Outfit mit der obligatorischen Socken-Sandalen-Kombination schwitzte und strahlte über das ganze Gesicht. Er sah es offenbar als seine Aufgabe an, den akademischen Ernst der Führung mit gezielter rheinischer Fröhlichkeit aufzupeppen.

Cornelia Schlosser lächelte pflichtschuldigst. »Die Zahlen stellen natürlich das Jahr der Renovierung dar«, erläuterte sie charmant. »Wer weiß es als Erster?«

Ein Teil der Gäste begann tatsächlich, ihr lange verschüttetes Schulwissen über die großen Ms, Cs und Ls hervorzukramen.

Lothar Kaltenbach seufzte und sah wehmütig zu der nahe gelegenen Eisdiele hinüber. Ein paar Emmendinger hatten es sich in den noch spärlichen Strahlen der Aprilsonne an den wenigen Tischchen im Freien gemütlich gemacht. Der Duft von Cappuccino wehte herüber, eifrig wurde an Eisbechern herumgelöffelt.

»Ich weiß nicht, ob ich das noch lange mitmache«, raunte Kaltenbach seinem Begleiter zu, der sich während der ganzen Führung eifrig Notizen machte und gerade versuchte, mit seiner Nikon Stadttor und Touristengruppe bestmöglich abzulichten.

»Schadet dir gar nichts«, entgegnete er spöttisch, während er auf den Rand eines mit gelben und roten Tulpen bepflanzten Blumenkübels stieg. »Außerdem müssen für den Goethesommer Opfer gebracht werden.« Er sprang wieder herunter und kritzelte etwas in seinen Notizblock. »Von jedem.«

Kaltenbach verzog die Mundwinkel. Er konnte sich Besseres vorstellen, als zwei wertvolle Stunden bei bestem Wetter mit einer Gruppe Touristen durch die Stadt zu laufen und sich Geschichten aus längst verstaubten Zeiten anzuhören. Sein alter Kumpel Adi Grafmüller wurde wenigstens bezahlt dafür, dass er als Lokalredakteur der Badischen Zeitung berichtete. Seit er vor ein paar Monaten aus seinem unfreiwilligen Exil in Lörrach zurückgekehrt war, hatte er sichtlich Gefallen an seiner Heimatstadt wiedergefunden, was sich in seinen gut recherchierten und pfiffig geschriebenen Artikeln niederschlug.

Eben setzte sich die Gruppe wieder in Bewegung. Die Anführerin wogte unter dem Stadttor hindurch in die Fußgängerzone Richtung Innenstadt.

Kaltenbach riss sich von dem Anblick der Eisdielenbesucher los. Grafmüller hatte recht. Es blieb ihm nichts anderes übrig, als seine persönliche Fortbildung, wie er es nannte, zum Abschluss zu bringen.

Seit letztem Jahr leistete sich die Stadt sogar einen hauptamtlichen Marketingmanager. Dr. Egidius Scholls Aufgabe war es, nicht nur den Bekanntheitsgrad der ›liebenswerten Kleinstadt vor den Toren Freiburgs‹ zu steigern, sondern natürlich auch für eine spürbare Umsatzsteigerung der örtlichen Geschäfte, Restaurants und der Hotellerie zu sorgen.

Der eigens aus Stuttgart engagierte Werbefachmann hatte sich nicht lange mit Kleinigkeiten aufgehalten. Für dieses Jahr hatte er der Stadtverwaltung und dem Gewerbeverein einen Goethesommer vorgeschlagen. Das Leben und Sterben der Schwester des Literaten sei ein Alleinstellungsmerkmal, dessen historische Qualität man bisher sträflich vernachlässigt habe.

Kaltenbach war es recht gewesen, vor allem, nachdem seine Weinhandlung im Westend als eine von Dreien ausgewählt worden war, den Auftakt des großen Emmendinger Sommerereignisses zu begleiten.

Seit Tagen war er sein Sortiment feinster Kaiserstühler Weine und Französischer Spezialitäten durchgegangen und hatte entsprechend geordert. Doch so ganz zufrieden war er mit den Vorbereitungen noch nicht gewesen. Als ihn dann Adi auf die heutige Führung hingewiesen hatte, hatte er dies sofort als Möglichkeit gesehen, seine bescheidenen historischen und literarischen Kenntnisse aufzufrischen. Schließlich konnte es bei künftigen Verkaufsgesprächen nicht schaden, ein paar Anekdoten zu berühmten Persönlichkeiten der Stadt einzuflechten.

»Kommen wir nun zu etwas ganz Besonderem.« Cornelia Schlosser hatte die Gruppe am Rande des Marktplatzes an einem Brunnen versammelt. »Hier sind die drei berühmtesten Persönlichkeiten der Stadt geehrt!« Sie wies mit großer Geste auf die Figuren aus Sandstein, die in merkwürdiger Haltung stoisch vor sich hin blickten. »Allen voran natürlich der Dichterfürst selbst.«

Kameras klickten, eifriges Raunen zog durch die Gruppe. Hunderte Male war Kaltenbach hier vorbeigelaufen. Er musste sich gestehen, dass er bisher noch nie genau hingesehen hatte. Goethes Büste mit seinem typischen breitkrempigen Hut dominierte das Ensemble. Darüber stand mit aufrechtem Blick Carl Friedrich Meerwein, ein ehemaliger Beamter, der durch seine Flugversuche zumindest regional eine gewisse Berühmtheit erlangt hatte. Der Maler Fritz Boehle war im Gegensatz zu den beiden anderen ziemlich klein geraten.

»Is dem Kleinen nich jut?« Die rheinische Frohnatur deutete auf die Boehle-Plastik. Der Maler beugte sich über eine offene Kugel. An der Seite floss Wasser heraus. Zwei Männer im Anorak stießen sich an, ein paar Damen kicherten.

Cornelia Schlosser ließ sich nicht beirren. Sie warf sich in Pose. »›Wes das Herz voll ist des geht der Mund über!‹ Ist es nicht ein treffender Spruch, den der Künstler zur Ausgestaltung dieses Brunnens gewählt hat?«

Da haben manche aber ein recht volles Herz, dachte Kaltenbach. Der Gedanke an den Goethesommer, der ganze Busladungen erlebnishungriger Touristen in die Stadt bringen sollte, war ihm mit zunehmender Dauer der Führung nicht mehr ganz geheuer. Und ob der Umsatz in seinem ›Weinkeller‹ sich spürbar verbessern würde, war noch nicht ausgemacht. Vielleicht sollte er eine Kombiführung mit anschließender Weinprobe anbieten. Er nahm sich vor, die Dame von ›History Today‹ zu fragen.

»Jetzt kommt natürlich noch die Geschichte von ›Hermann und Dorothea‹«, raunte Grafmüller ihm zu. »Hoffentlich verregnet es nicht den Rest!« Er wies auf den Himmel über dem Marktplatz.

Der Wind trieb bereits ein paar vereinzelte Regentropfen vor sich her. Von der Elz zogen dichte Wolken in allen Grautönen herüber. Kaltenbach wusste, was das bedeutete. In spätestens 20 Minuten würde es ein heftiges Aprilgewitter geben. Natürlich hatte er seinen Schirm wieder zu Hause vergessen.

Doch die Leiterin fuhr unbeirrt in ihrem Programm fort. Sie zog aus ihrer riesigen Lederumhängetasche ein Buch hervor und zeigte ein altes Schwarz-Weiß-Foto auf einer Doppelseite.

»Vergleichen Sie dieses Bild mit den Häusern vor Ihnen.« Sie tippte mit dem Finger auf ein kaum erkennbares Schild. »Das Gasthaus ›Zum Goldenen Löwen‹!«, intonierte sie bedeutungsschwanger. »Der Torbogen! Die Apotheke! Der Marktplatz!«

Kaltenbach wusste nicht, worauf sie hinauswollte. Er sah nicht viel mehr als ein altes Pferdefuhrwerk vor einer der typischen ärmlichen Häuserfronten von vor hundert Jahren. Selbst der des Herzens Übervolle wusste nichts zu sagen. Lediglich zwei ältere Damen aus Emmendingen nickten sich wissend zu.

»So oder so ähnlich hat es hier ausgesehen, als mein lieber Bruder Johann Wolfgang mich besuchte. Er hat die Stadt in ihrem Liebreiz und ihrer Romantik kennen und so sehr schätzen gelernt, dass er sie literarisch für alle Zeiten verewigen musste … Ich lass das mal durchgehen.«

Sie drückte das Buch einem der Umstehenden in die Hand. Dann zog sie in vollendetem Gestus eine unscheinbare Schrift hervor und hielt sie weit über ihren Kopf.

»Hermann und Dorothea! Ein Schlüsselwerk der Romantik!«

Alle reckten die Hälse. Wieder klickten die Kameras. »Geschrieben zur Erinnerung an Emmendingen. Und an mich.« Sofort wurden die Stadtapotheke und das Modegeschäft daneben zu begehrten Motiven. Einige lichteten sich gegenseitig ab.

»Hab ich doch gesagt«, brummte Grafmüller. »Ohne den ›Hermann‹ geht gar nichts in Emmendingen. Schon gar nicht bei einer Cornelia-Schlosser-Führung. Ich sage dir, das wird noch ein ziemliches Theater in diesem Sommer!«

Kaltenbach hatte nicht allzu viel verstanden von dem, was er gerade gehört hatte. Sein Wissen über die Klassiker war schon während der Schulzeit bescheiden und hatte sich seither nicht spürbar vergrößert. Er hätte stattdessen ohne zu zögern sämtliche frühen Bluesbands mit Eric Clapton und John Mayall mitsamt ihren Londoner Lieblingsclubs aufsagen können.

Cornelia Schlosser drängte angesichts des rasch nahenden Gewitters zur Eile. Sie setzte ihre Leibes- und Stofffülle energisch in Bewegung. »Folgen Sie mir nun zum Höhepunkt meines Lebens in dieser schönen Stadt.«

Sogar Kaltenbach wusste, was jetzt kommen würde. Es gab keinen Stadtführer, in dem nicht auf den berühmten ›Honoratiorenwinkel‹ hingewiesen wurde, der spärliche Rest des alten städtischen Friedhofes am Rand der Bahnlinie.

Auf dem Weg dorthin am historischen alten Postgebäude und am Finanzamt vorbei klappte einer nach dem anderen die Schirme auf. Wer keinen dabeihatte, schlüpfte bei einem Nachbarn unter oder zog eine Kapuze über, sofern vorhanden. Cornelia Schlosser spannte einen anmutigen, am Rand mit Rüschen besetzten Schirm auf.

17

Kaltenbach und Grafmüller duckten sich zusammen unter dem winzigen Herrenknirps des Journalisten.

»Das Grab ist am wichtigsten. Ein, zwei Bilder noch, dann verschwinde ich.«

Im Laufe der letzten Jahre war der alte Stadtfriedhof von allen Seiten eingezwängt worden. Die noch verbliebene Mauer bildete die Begrenzung zur Bahnlinie hin, ihr gegenüber wölbte sich groß und hässlich eine Betonbrücke. Schließlich war vor ein paar Jahren ein überdimensioniertes Einkaufs- und Bürozentrum hinzugekommen. Der Friedhof lag dazwischen wie ein romantisches Relikt aus einer vergessenen Zeit. Die eigentlichen Gräber waren längst verschwunden. An ihrer Stelle wucherte kräftiges Grün, in dem sich Löwenzahn, Wiesenschaumkraut und Gänseblümchen abwechselten. Ein paar vereinzelte Grabsteine wirkten verloren unter den mächtigen Platanen, die nur wenig Schutz vor dem nun immer stärker einsetzenden Regen boten.

Die Gruppe versammelte sich dicht gedrängt um das einzige erhaltene Grab. Gelbe Stiefmütterchen und dunkelblaue Traubenhyazinthen kennzeichneten den Ort. An der rückwärtigen Friedhofsmauer hing eine Sandsteinplatte mit dem Profilrelief der Toten, ihrem Namen und einigen Buchstaben, die nur schwer zu entziffern waren.

»Komm mal mit rüber und halte den Schirm.« Der Journalist wies auf das Kriegerdenkmal, das von längst vergessenen Helden in längst vergessenen Kriegen zeugte. Sie stiegen nebeneinander auf den Sockel, und Grafmüller zückte die Kamera. Außer Schirmen und bunten Anoraks war allerdings kaum etwas zu sehen.

»Nein, das ist nichts. Komm, wir gehen ganz vor.« Die beiden Männer drängten sich an der Gruppe vorbei bis zur Mauer. Von hier aus hatten sie Cornelia Schlosser direkt vor sich. Grafmüller knipste eifrig drauflos.

»Hier liege ich nun seit fast 250 Jahren. Fern der Heimat.«
Ihr gelockter Kopf neigte sich wie die tropfnassen Zweige
ringsum. Einige der Anwesenden setzten ihr Beerdigungs-
gesicht auf. Andere schauten verständnislos drein. Die meisten fröstelten.

»Aber nicht vergessen: Er war hier! Hier an dieser Stelle
stand er, mein geliebter Bruder. Im Schmerz gefangen, von
Erinnerungen gequält.« Sie faltete die Arme vor der Brust.
»Lassen Sie uns für einen kleinen Moment stumm verweilen.«

Die meisten Zuhörer nahmen ob der historischen Größe
der Darbietung sichtlich Haltung an. Kaltenbach verzog
den Mund. Das war nicht nur Edelkitsch, das war maka-
ber. Allein der Gedanke, am eigenen Grab zu stehen und
zu schwadronieren! Außerdem, als Goethe hier war, hatte
es bestimmt nicht geregnet.

Ein kräftiger Donnerschlag zerriss das stille Gedenken.
Den meisten schien erst jetzt bewusst zu werden, dass
sich über ihnen ein heftiges Frühlingsgewitter zu entladen
begann. Die Gruppe wurde unruhig, ein paar Teilnehmer
sprinteten im Laufschritt davon.

Cornelia Schlosser versuchte, die Situation zu retten,
doch ihr Hinweis auf das zarte Tropfen des dräuenden
Lenzes fand kaum mehr Ohren.

»Des Lebens Ende ... Ende der Führung ... eine kleine
Spende ... morgen wieder begrüßen ...« Dann lief auch sie
mit wehenden Röcken in Richtung des Einkaufszentrums
davon. Nur ein Rentnerehepaar blieb tief versunken alleine
am Rande des Grabes stehen.

»Komm mit in die Redaktion, kriegst einen heißen Tee.«
Grafmüller zog Kaltenbach mit sich. Durch die Sparkas-
senpassage gelangten sie zurück zum kleinen Marktplatz.

Dann stürzte der Himmel ein.

Kaltenbach saß am Tisch in seiner Küche in Maleck und faltete andächtig das feuchte Papier auseinander. Der erste Spargel vom Wochenmarkt! Er nahm eine der weiß glänzenden Stangen in die Hand und betrachtete sie liebevoll. Sie waren so, wie sie sein sollten, schön gerade, nicht zu dünn und nicht zu dick, die Köpfe fest geschlossen. Ein herrlicher Anblick!

Kaltenbach setzte einen Topf mit Salzkartoffeln auf und schaltete den Herd an. Dann holte er sein eigens am Nachmittag gekauftes Spargelmesser und begann, mit gleichmäßigen Bewegungen zu schälen. Schon nach kurzer Zeit türmten sich lange schmale Streifen vor ihm auf dem Tisch. Danach legte er die Spargel in einen Sud aus Wasser, Sahne und Gewürzen und stellte sie neben die Kartoffeln.

Während das Essen vor sich hin simmerte, deckte Kaltenbach den Tisch. Nach einem Blick in den Kühlschrank entschied er sich für einen Auggener Gutedel. Der leichte Weißwein hatte genau die richtige Temperatur. Er goss sich ein Glas halb voll, trat hinaus auf seinen kleinen Balkon. Er roch die unaufdringliche Blume und trank einen kleinen Schluck.

›Sürpfle muesch, nit suffe!‹ Er dachte an den alten alemannischen Genießerspruch, als die feine Säure sich wohltuend in seinem Gaumen ausbreitete.

Er genoss den Blick ebenso wie gerade zuvor den Schluck aus dem Weinglas. Direkt vor ihm lag die Ruine der Hochburg. Die hellen Steine der Burgmauer leuchteten, oben am Söller flatterte die Badenfahne. Den Schwarzwald entlang reihte sich die Kette der Vorberge als dunkelgrüne Kulisse, im Osten zwängte sich das Elztal dazwischen. Oben auf dem Kandel blitzten die Fenster des ehemaligen Hotels in der Sonne. Nur wenige Meter davon entfernt ragte die Teufelskanzel aus dem Meer der Fichten und Tannen.

Für einen Moment zog ein Schatten über Kaltenbachs gute Laune. Über ein Jahr war es bereits her, als die Ereignisse dort oben ihn in einen Strudel von Gefühlen und Gefahren gezogen und ihm fast das Leben gekostet hatten.

Und nun lag dieser Brief in seinem Wohnzimmer.

Er riss sich aus seinen Gedanken. Später.

Jetzt wollte er zuerst den Spargel genießen. Er schnitt aus einem Blumentopf ein paar Schnittlauchhalme ab und ging zurück in die Küche, in der es bereits verführerisch duftete. Kaltenbach schaltete den Herd aus. Er schüttete die Kartoffeln ab und stellte sie auf den Tisch. Ein prüfender Druck mit der Gabel zeigte ihm, dass auch die Spargel so weit waren. Es war wichtig, den richtigen Moment nicht zu verpassen, ein zu weich gekochtes Gemüse war nur das halbe Vergnügen. Bevor er sich setzte, hackte er den Schnittlauch klein und streute ihn über das Essen. Vier Sterne!

Während sein Lieblingsgitarrist im Hintergrund seine gefühlvollen Melodien erklingen ließ, dachte Kaltenbach zurück an die gestrige Stadtführung. Er schmunzelte, als er sich an die Anekdoten der Führerin erinnerte.

Das heutige Emmendingen war nicht mehr zu vergleichen mit der Stadt vor über 200 Jahren. Die Schlosser musste sich vorgekommen sein wie am Ende der Welt. Ein kleiner abgelegener Ort weit im Süden des badischen Großherzogtums. Wer nach Freiburg wollte, musste über die Grenze nach Vorderösterreich, oben im Schwarzwald begann das Königreich Schwaben und ein paar Kilometer im Westen lag über dem Rhein der damalige Erzfeind Frankreich.

Kaltenbach schnupperte an den letzten Bissen und zerdrückte das feine Gemüse genießerisch mit der Zunge. Dann leerte er mit einem Schluck sein Glas und lehnte sich zufrieden zurück.

Die kleinen Freuden des Alltags. Für ihn waren sie wichtig, für ihn machten sie das Leben lebenswert. Das Leben der Cornelia Schlosser klang dagegen eher nach Depressionen. Der Ehemann in rastloser Arbeit unterwegs, keine standesgemäßen Ansprechpartner in der Stadt, ab und zu ein Brief von ihrem Bruder. Kein Telefon, keine E-Mail, keine SMS, noch nicht einmal Fernsehen und Radio. Schwer vorzustellen.

Von Goethe wusste er, dass er kein Weinverächter war. Vielleicht hatte sich auch seine Schwester auf diese Weise einigermaßen bei Laune gehalten?

Kaltenbach räumte den Tisch ab und spülte das wenige Geschirr. Danach goss er sich ein Glas Rosé vom Kaiserstühler Weingut seines Onkels ein und ging ins Wohnzimmer. Es war der Ort, an dem er am besten zur Ruhe fand, an dem er nachdenken konnte.

Und wo er Musik hörte. Sein Blick glitt über die Reihe von Regalen, die fast die ganze Zimmerwand einnahmen. Die riesige Plattensammlung war sein ganzer Stolz. Als Anfang der Neunziger die CDs auf den Markt kamen, hatte er sich von der Werbung nicht beeindrucken lassen und war bei den großen Vinylscheiben geblieben. Es bereitete ihm immer noch jedes Mal einen nahezu sinnlichen Genuss, die zu seiner Stimmung passende Scheibe auszuwählen, herauszuziehen und die Nadel des Plattenspielers aufzusetzen.

Nach Peter Green entschied er sich für Morna-Musik von den Kapverden. Ein wenig exotischer Schwermut konnte nicht schaden.

Der Brief. Seit zwei Tagen befand sich seine Gefühlswelt in Unordnung. Mindestens zehnmal hatte er die Doppelkarte aus dem Umschlag herausgenommen und immer wieder zurückgelegt.

Er hatte Luise seit über einem Jahr nicht gesehen. Sie war nach Berkeley in Kalifornien gegangen, mehr wusste er nicht. Sie wolle ›etwas mit Kunst‹ machen, hatte er von ihrer Mutter erfahren. Und um Abstand zu gewinnen von den schrecklichen Ereignissen um ihren Bruder.

Wieder zog Kaltenbach die Karte heraus. Eine Einladung zu einer Vernissage in Freiburg, eine Adresse in der Altstadt. Ob sie wohl wieder in ihrem Haus in St. Georgen wohnte? Das Haus, in dem er gespürt hatte, dass sie mehr für ihn bedeuten könnte, als er sich selbst zugestehen wollte.

Sein Blick fiel auf die kleine Statue auf der Kommode, die sie ihm damals zum Dank geschenkt hatte. Eine elfenhaft zarte Figur, einer Tänzerin gleich, die kaum den Boden berührte und doch eine harmonische Kraft ausstrahlte, die ihn seltsam berührte. Genauso war es ihm mit Luise ergangen, seit er sie im schneebedeckten Geröll am Fuße des Kandelfelsens zum ersten Mal gesehen hatte.

Seine Augen wanderten zurück zu dem Foto auf der Einladung. Auch hier war eine Plastik abgebildet, doch deutlich anders. Kräftiger, klarer, auch etwas kantiger.

Und da gab es noch eine Kleinigkeit, die Kaltenbach keine Ruhe ließ. Neben Luise stand ein zweiter Name auf der Einladung. Jamie Granger. Eine gemeinsame Ausstellung mit einem Amerikaner.

Kaltenbach holte die Roséflasche aus der Küche und schenkte sich sein Glas erneut voll. ›Desgosto de amor‹ sang Cesaria Évora.

Dass er sich damals in Luise verliebt hatte, war ihm erst so richtig klar geworden, als sie sich bereits nach Kalifornien verabschiedet hatte. Was hatte er tun können? Ihr nachfliegen? Anrufe und Mails hinterherschicken? Und wie hätte sie überhaupt reagiert?

Er hatte außer einer Ansichtskarte mit der obligatorischen Golden-Gate-Brücke nichts mehr von ihr gehört. Letztlich hatte er es als Wink des Schicksals gesehen. Das Leben war weitergegangen, und er hatte versucht, sie zu vergessen.

Und nun war diese Einladung gekommen. Zusammen mit Jamie Granger. Alles brach wieder auf. Die Fantasien. Die völlige Unsicherheit.

Das Telefon riss ihn aus seiner selbst verordneten Melancholie.

»Was ist los? Bist du ins Sonntagsgemütlichkeitsloch gefallen? Schau mal auf die Uhr!« Sein Gegenüber klang nicht gerade erfreut.

Grafmüller. Kaltenbach murmelte ein paar entschuldigende Worte. So ein Mist. Er hatte ihre Verabredung völlig verschwitzt.

»Zehn Minuten!«, stieß er hervor und legte auf. Hastig zog er Schuhe und eine Jacke an und stolperte die Treppe hinunter. Die Sonntagsspaziergänger im Brandelweg schüttelten unwillig die Köpfe, als er mit seiner Vespa an ihnen vorbei in Richtung ›Krone‹ düste, doch das war ihm egal. Grafmüller hasste es, wenn er warten musste.

Dabei war es nach dem ins Wasser gefallenen Ende der gestrigen Stadtführung Kaltenbachs Vorschlag gewesen, sich noch einmal ausführlicher mit der Dame im Gewand der Cornelia Schlosser zu unterhalten.

Er brauchte noch ein paar Anregungen für seinen Laden. Vielleicht könnte er sie sogar für eine Weinpräsentation gewinnen. Grafmüller hatte sich sofort angeboten, dabei zu sein und erste Probeaufnahmen zu machen.

Kaltenbach nahm den Weg über den Brandel. Nur kurz streifte sein Blick von Windenreute hinüber zur Freiburger Bucht und zum Kaiserstuhl. Wie gestern schob der Wind dicke graue Wolken auf dem Weg vom Elsass herüber in den sonnigen Frühlingstag. Der April spannte noch einmal kräftig seine unvorhersehbaren Wettermuskeln. Kaltenbach unterdrückte einen Fluch. Sein Regenkombi hing noch vom letzten Gebrauch zum Trocknen zu Hause in der Garage. Er stellte den Roller in der Innenstadt vor dem Haus Leonhardt ab.

Grafmüller erwartete ihn bereits ungeduldig am Brunnen vor der Redaktion. »Höchste Zeit! Hoffentlich wartet die Dame auf uns.« Er trug Jeans, ein grob gewürfeltes rotes Holzfällerhemd und eine Art Beuys-Jacke mit unzähligen Taschen. Er warf sich seine Kameratasche über und stapfte los. Sie hatten verabredet, sich nach der heutigen Führung am Schlossergrab zu treffen, wo laut Grafmüller einige vielversprechende Motive zu entdecken waren.

»Sieh mal, da vorne!« Grafmüllers überraschter Ausruf riss ihn aus seinen Gedanken. Vor ihnen lag der alte Friedhof, den sie gestern fluchtartig verlassen hatten. Unter dem Bogen der Brücke standen zwei Polizeiautos mit blinkenden Lichtern. Polizisten liefen hin und her, ein rot-weißes Absperrband wurde ausgerollt.

»Da ist etwas passiert!«

Grafmüller hatte bereits seine Kamera aus der Tasche gezogen und schraubte im Laufen ein Objektiv auf. Einer der Polizisten kannte ihn und ließ ihn ungehindert passieren, Kaltenbach hielt sich dicht daneben. Im Hintergrund ertönte die Sirene eines Rettungswagens.

Dann sah er das Grab. Kaltenbach war schon bei einigen Beerdigungen dabei gewesen. Das Hineinsenken des Sarges in die Grube, das Anhäufen mit Erde, die Bepflanzung – all das waren Zeichen des Endgültigen, Schritte des Verstorbenen auf dem Weg vom Leben in die Erinnerung.

Doch was er hier vor sich sah, ließ ihn schwindeln. Die Zeit hatte sich gedreht, die Vergangenheit war zurückgekommen. Ein hellbraunes Kleid im Stil einer vornehmen Dame des 18. Jahrhunderts, ein züchtiges, rüschenbesetztes Dekolleté, aufgetürmte Haare mit kleinen frechen Löckchen, die sich neben goldblitzenden Ohrringen herabringelten.

Cornelia Schlosser, die Schwester des Großen Dichterfürsten, lag tot auf ihrem eigenen Grab.

Die Polizei ging ohne große Umschweife von Fremdverschulden aus. In der Normalsprache hieß das, dass die Tote auf dem Friedhof ermordet worden war, mit größter Wahrscheinlichkeit durch Erdrosseln. Genaueres würde man erst erfahren, wenn die Leiche in der Freiburger Rechtsmedizin untersucht worden war.

Tagelang füllten Fotos und Berichte die Schlagzeilen. Grafmüller war begeistert. Konnte er doch mit zeitnahen Exklusivbildern aufwarten, die der BZ einen spürbaren Auflagenschub bescherten. In der Öffentlichkeit war von der erstaunlichen Spürnase des Lokalredakteurs zu lesen, der bereits am Tag vor dem schrecklichen Ereignis ›eine Ahnung‹ gehabt habe.

Natürlich redeten sich die Emmendinger den Mund fusselig. Ein so spannendes Ereignis hatte es in der Stadt lange nicht gegeben. Auf dem Markt und an den Stammtischen blühten fantasievolle Spekulationen zu Tathergang und Motiv. Dazu gab es die üblichen Empörungen über die mangelnde Sicherheit in der Stadt.

Die Betroffenheit der Emmendinger hielt sich jedoch in Grenzen. Die Tote war keine Einheimische, die man kannte, sondern eine Schauspielerin aus Norddeutschland, die seit einigen Jahren in Freiburg wohnte und arbeitete.

Einigen zaghaften Stimmen, die dafür plädierten, den Emmendinger Goethesommer aus Pietätsgründen zu verschieben oder gar ganz zu streichen, trat Dr. Scholl, besagter Marketingleiter, entschieden entgegen. Nachdem der erste Aufruhr abgeklungen war, gab er die Parole ›Jetzt erst recht!‹ aus. Auch wenn es ihm persönlich sehr leid tue, dürfe man sich keineswegs der Gewalt beugen. Außerdem stehe die Tat in keinem Zusammenhang mit den Plänen der Stadt.

Im kleinen Kreis, so erfuhr Kaltenbach über mehrere Ecken, hatte Scholl nicht ohne Befriedigung bemerkt, dass das überregionale Medieninteresse, nicht zuletzt befeuert durch Grafmüllers stimmungsvolle Fotos, eine ideale Steilvorlage für seine Kampagne sei.

Auch in ›Kaltenbachs Weinkeller‹ hatte es in den ersten Tagen nur ein Thema gegeben. Es hatte sich herumgesprochen, dass er einer der Letzten war, der die Tote lebend gesehen hatte. Doch Kaltenbach gab sich wortkarg und verwies auf Grafmüller und die Zeitung.

Am Abend der offiziellen Eröffnung des ›Ersten Emmendinger Goethesommers‹ war das Interesse der Leute schließlich so weit abgeklungen, dass er sich in Ruhe seinen Aufgaben widmen konnte. Von den geladenen Gästen, die sich im ehemaligen Sitzungssaal des Alten Rathauses versammelt hatten, kümmerte sich keiner um ihn, als er mit seinem Mitstreiter einen letzten prüfenden Blick in die Runde warf.

»Eigentlich ist der viel zu schade für die!« Karl Duffner, Weinhändler wie Kaltenbach und stolzer Inhaber von ›Duffners Weindepot‹ in der vorderen Lammstraße, schimpfte grummelnd vor sich hin. Er hielt eine Flasche Mundinger Spätlese in der Hand und musterte das Etikett. »Die meisten können doch nicht einmal einen Riesling von einem Silvaner unterscheiden!«

»Unsre schon. Nun sei mal nicht so streng!« Kaltenbach nahm ihm die Flasche aus der Hand und stellte sie zurück. Der weiß gedeckte Tisch mit den Weinspezialitäten war ebenso festlich geschmückt wie der gesamte Saal im Obergeschoss des Alten Rathauses. Die goldenen Kronleuchter spiegelten sich in blitzblank polierten feinen Gläsern, die mit rotem Samt bezogenen Barockstühle waren akkurat um das Rednerpult gruppiert. Überall standen frische Blumen. Der Duft von Flieder mischte sich mit dem Schweiß der Gäste.

»Perlen vor die Säue!«

Duffner konnte es nicht lassen. Kaltenbach lachte still in sich hinein. Er wusste, dass er ihn nicht überzeugen konnte. Sein Nachbar aus dem Emmendinger Westend galt als anerkannter Weinkenner. Es bereitete ihm fast körperliche Schmerzen, wenn er zusehen musste, wie ein exzellenter Tropfen hinuntergeschüttet wurde wie billige Schorle.

Die beiden kannten sich seit Langem. Duffner, der mit seinen 64 Jahren ein gutes Stück älter als Kaltenbach war, hatte anfangs den Konkurrenten am örtlichen Weinmarkt misstrauisch beäugt. Doch das hatte sich bald gelegt, nachdem sie ihre gemeinsame Vorliebe für gutes Essen entdeckt hatten. Zumal eine geschäftliche Zusammenarbeit auch Vorteile haben konnte. Beide hatten sich gemeinschaftlich beworben, während der Veranstaltungen zum Goethesommer für die flüssige Verköstigung zu sorgen.

Kaltenbachs Blick glitt über die Anwesenden im Saal. Diejenigen, die er als ›unsre‹ bezeichnet hatte, waren nahezu vollständig vertreten. Allen voran der Oberbürgermeister, die Stadträte und der Kulturamtsleiter. Dazu die Vertreter des Gewerbes, der Kirchen und der Vereine und jede Menge Persönlichkeiten, die in der Stadt wichtig waren. Oder dies zumindest von sich glaubten.

Es gab aber auch einige Anwesende, die Kaltenbach noch nie gesehen hatte. Während der namentlichen Begrüßung versuchte er, sie der Gästeliste zuordnen, die er und Duffner ein paar Tage zuvor bekommen hatten.

Aus Stuttgart war eigens der Kulturstaatsminister samt Gattin angereist, neben ihnen saß ein Vertreter des Marbacher Literaturmuseums. Selbst die Freiburger ließen eine Grußbotschaft übermitteln.

Neben einigen überregionalen Pressevertretern war auch Grafmüller in Aktion. Kaltenbach sah ihn an der Seite unter einem der Ölporträts der wichtigen Persönlichkeiten früherer Zeiten knien. Die Kamera mit dem aufgesetzten Teleobjektiv hielt er abwechselnd auf den Rednerpult und die Zuhörerschaft gerichtet.

Marketingleiter Dr. Scholl war ein flotter Mittdreißiger mit modischer Brille und kühner Gelfrisur. Er ließ es sich nicht nehmen, die Hauptpunkte des geplanten Stadtereignisses persönlich vorzustellen. Kaltenbach hörte von Lesungen, zu denen bekannte Schriftsteller eingeladen waren, sowie von einem eigens neu geschaffenen Stadtplan, auf dem die Besucher auf den Spuren der Historie wandeln konnten. Zu einem mehrtägigen Symposium waren namhafte Goethekenner, Literaturwissenschaftler und Autoren eingeladen. Es gab den Plan, ein Goethedenkmal zu enthüllen, ein Bildband sollte erscheinen, in der Badischen Zeitung sollte es eine regelmäßige Literaturkolumne geben.

Dazu war natürlich das gesamte heutzutage übliche Vermarktungsprogramm vorgesehen, von diversen Preisausschreiben über T-Shirts, Poster und Kugelschreiber bis hin zu bedruckten Kaffeetassen.

Der erste Höhepunkt war bereits für das kommende Wochenende geplant. Am Samstagabend würde es einen großen Empfang mit einem Fest in der Steinhalle für die Bevölkerung geben.

Kaltenbach dachte mit gemischten Gefühlen daran. Die halbe Stadt war seit Wochen mit den Plakaten zugeklebt. Das bedeutete vollen Einsatz den ganzen Tag über. Gleichzeitig aber auch den Umsatz für zwei Monate. Duffner würde wieder dabei sein und zum Glück ein paar Helferinnen.

»Ich glaube, es ist so weit alles klar«, meinte er schließlich zu Duffner.

Um das Buffet musste er sich zum Glück nicht kümmern. Zwei große Tische mit Kanapees, Schnittchen, Häppchen und Teilchen warteten auf die Hautevolee, flankiert von zwei liebreizenden Hostessen, deren Rock, Bluse und Jacke in blau, gelb und rot, den Emmendinger Stadtfarben, gehalten waren.

Kaltenbach wies mit dem Finger zur Treppe. »Halt doch bitte die Stellung. Ich verschwinde noch mal kurz, ehe der Trubel losgeht.«

Die Toiletten in dem 1729 erbauten Gebäude lagen etwas versteckt im Untergeschoss hinter einem Restaurant. Kaltenbach huschte die enge Treppe hinunter, verlief sich prompt, als er den Lichtschalter nicht fand, bis er zu endlich die richtige Tür entdeckte.

Nachdem er sich erleichtert hatte, wusch er sich die Hände und betrachtete sich prüfend im Spiegel. Die ›vornehmen‹ Gelegenheiten, wie er sie selbst nannte, forderten ihm jedes Mal ein hohes Maß an Kompromissbereitschaft ab. Erst heute Morgen hatte er seinen Wildwuchs im Gesicht auf ein annehmbares Dreitagebart-Niveau zurechtgestutzt. Bei seinem Stammfriseur war er gestern – kurz, flott, pflegeleicht. Die braunen Haare noch ohne graue Strähnchen, wie er befriedigt feststellte.

Er rückte sich den Kragen seines hell karierten Hemdes zurecht. Zu einer Krawatte hatte er sich nicht durchringen können. Duffner trug wenigstens einen Schlips, aber das ging gar nicht. Er hasste es, den Hals eingeschnürt zu haben. Eine Krawatte hatte er das letzte Mal bei seiner Abiturfeier getragen.

»… müssen jetzt sehr aufpassen. Du weißt, was das für uns bedeutet.«

»Ich werde wachsam sein.«

»Es kann sein, dass das nicht genügt!«

Durch das angelehnte Fenster zum Marktplatz drangen zwei Männerstimmen von draußen herein. Kaltenbach kannte eine davon, sie gehörte zu Gisbert Hertzog, dem Inhaber des größten Möbelgeschäftes der Stadt und gleichzeitig einer der führenden Köpfe des Gewerbevereins.

Die andere Stimme hatte er noch nie gehört. Anscheinend hatten die beiden eine außerplanmäßige Raucherpause eingelegt.

»… wenn es zum Äußersten kommt, wirst du einschreiten müssen!«

»Was meinst du damit?«

Hertzog klang aufgeregt. Kaltenbach wurde neugierig und versuchte, noch mehr von dem Gespräch zu erhaschen. Eigentlich konnte es nur ums Geld gehen. Bei Leuten dieses Kalibers ging es meist ums Geld. Oder um eine heimliche Geliebte.

»Am Samstag wird es öffentlich. Wir wissen nicht, wie viel er weiß. Aber wir wissen, dass es Grenzen gibt.«

Für einen Moment hörte Kaltenbach nichts mehr. Durch das Fenster waberte schwach der Duft von Zigarettenrauch. Hertzog schien in der Patsche zu sitzen. Vielleicht doch irgendwelche krummen Geschäfte?

»Der Auftrag der Oberen ist klar. Abaris ist viel zu wichtig, als dass wir hier nachlässig sein können. Es kann unsere Arbeit um Jahre zurückwerfen. Und ich spreche nicht nur von der Wahren Eintracht, sondern von der ganzen Gemeinschaft!«

Was war das nun? Die Weltverschwörung vor den Toiletten des Alten Emmendinger Rathauses? Ging es um irgendeinen Verein?

Zu seinem Bedauern musste Kaltenbach im nächsten Moment seine unfreiwillige Lauschposition aufgeben. Zwei weitere Gäste kamen herein und unterhielten sich lautstark über die alljährlichen Abstiegsnöte des SC Freiburg. Fast gleichzeitig verstummten die Stimmen vor dem Fenster. Kaltenbach zuckte die Schultern und ging zurück nach oben.

Duffner empfing ihn ungeduldig.

»Ich dachte schon, du hast dich verlaufen«, knurrte er. »Gleich geht's los!«

Tatsächlich stand der formelle Teil des Empfangs kurz vor dem Abschluss. Neben dem Rednerpult hatten sich ein paar festlich gekleidete Musiker platziert. Was er hörte, klang für Kaltenbachs Ohren durchaus angenehm. Doch er hatte da wenig Ahnung, im Grunde beschränkten sich seine Klassik-Kenntnisse auf den Mozartfilm, den er vor Jahrzehnten einmal im Kino gesehen hatte. Er hätte nicht sagen können, ob der leicht beschwingte Stil mit Violine, Flöte und Cembalo überhaupt aus Goethes Jahrhundert stammte.

Aus den Augenwinkeln sah Kaltenbach wie kurz nacheinander die große Saaltür geöffnet wurde. Zuerst kamen die beiden SC-Fans, die sich sogleich an eines der Fenster lehnten, um den Rest des Musikstückes zu Ende zu hören. Gleich darauf kam Hertzog. Er blieb mit verschränkten

Armen an der Wand hinter den Stuhlreihen stehen. Dabei wirkte er unruhig und schwitzte. Sein Gesprächspartner war nirgends zu sehen.

Nachdem die Musik verklungen war, wurde das Quartett mit höflichem Beifall bedacht. Dr. Scholl trat ein weiteres Mal ans Pult, bedankte sich und wünschte dem ›Ersten Emmendinger Goethesommer‹ ein gutes Gelingen.

Nach den erlösenden Worten, dass das Buffet jetzt freigegeben sei, gab es kein Halten mehr. Kaltenbach zog doch noch rasch das Jackett aus. Jetzt war er es, der ins Schwitzen geraten würde.

KAPITEL 2

Es war halb sechs. Kaltenbach wurde zunehmend ungeduldig. Wieder und wieder sah er auf die Uhr. Wenn der Lieferant nicht in der nächsten halben Stunde käme, würde er in dieser Woche gar nicht mehr kommen. Und das wiederum würde bedeuten, dass die große Eröffnungsfeier am Wochenende ohne den feurigen Piemonteser auskommen musste.

Noch einmal ging er die Liste der Weine durch, die er für den morgigen Galaabend vorgesehen hatte. Den Grundstock bildete das Sortiment vom Weingut seines Onkels Josef vom Kaiserstuhl, das er hier im Geschäft ständig auf Lager hatte.

Das war Pflicht. Onkel Josef hatte ihm vor Jahren angeboten, den Laden im Emmendinger Westend einzurichten. Nach einigem Zögern hatte Kaltenbach zugestimmt. Der Markt für Lehrer war damals alles andere als rosig. Er hatte sich einige Zeit mit Musikunterricht, der Leitung von Sportgruppen und einigen Kursen an der Volkshochschule über Wasser gehalten. Als dann feststand, dass er nicht mit einer festen Anstellung rechnen konnte, war ihm das Angebot von Onkel Josef grade recht gekommen. Die Gegenleistung für die Anschubfinanzierung bestand nicht nur in der Namensgebung sondern natürlich auch in der Zusage, in erster Linie seinen Wein anzubieten. Die Anfangsjahre waren nicht einfach gewesen. Kaltenbach selbst war sich lange unsicher, ob er überhaupt zum Geschäftsmann taugte. Der Umgang mit Bilanzen, Buchhaltung und Steuererklärungen betrachtete er bis heute als notwendiges Übel.

Dagegen hatte es ihm von Beginn an Spaß gemacht, die Vielfalt der Weine zu erforschen, auszuwählen und anzubieten. Dies war Kaltenbachs einzige Bedingung an seinen Gönner gewesen. Ohne Italiener und Franzosen war für ihn eine moderne Weinhandlung nicht denkbar. Onkel Josef hatte grummelnd zugestimmt, nachdem Kaltenbach ihn überzeugen konnte, dass die ›Ausländer‹ keine Konkurrenz, sondern Bereicherung und Erweiterung waren.

Am meisten schätzte Kaltenbach die Gespräche mit den Kunden. Den meisten jedenfalls. Die Hälfte der Zeit belieferte er Abnehmer vor Ort. ›Kaltenbachs Weinkeller‹ hatte in kurzer Zeit einen guten Ruf erworben, sein Kundenkreis dehnte sich weit über die nähere Umgebung aus. Inzwischen hatte er Interessenten aus ganz Südbaden bis hinüber ins Elsass, in die Schweiz und in den Schwarzwald hinein auf seiner Liste. All das gefiel Onkel Josef wohl.

Eben sah Kaltenbach wieder auf die Uhr, als die Glocke über seiner Ladentür bimmelte. Erleichtert schaute er auf, doch es war nicht der ersehnte Lieferant. Dennoch hellte sich sein Blick auf, als er seine Besucherin erkannte.

»Sali, Lothar, wie goht's G'schäft?«

Erna Kölblin gehörte zum Emmendinger Urgestein. Vom ersten Tag an, als Kaltenbach seinen Laden eröffnet hatte, hatte sie mit unverhohlener Neugier alles inspiziert und ihn mit größter Selbstverständlichkeit unter ihre Fittiche genommen. Fast täglich kam sie auf ihrer Runde durch die Stadt vorbei, immer auf der Suche nach Neuigkeiten, und vor allem stets bereit, diese mit entsprechenden Kommentaren wieder loszuwerden.

So auch heute. Sie wälzte ihre massige Gestalt schnurstracks zu dem alten Ohrensessel, den Kaltenbach als nostalgische Deko aufgestellt hatte, und ließ sich schnaufend hineinfallen.

»Hesch schu ghert, was morge isch?«

Natürlich wusste sie längst, dass Kaltenbach für morgen die Bewirtung übernommen hatte. Diese Art der Einleitung kannte Kaltenbach gut. Sie bedeutete, dass Frau Kölblin keine Antwort erwartete, sondern etwas loswerden wollte.

»Der Abend in der Steinhalle? Das wird eine ganz große Sache!«

»E großi Sach? So ebbis hen mir in der Stadt noch nie gha. 's Fernseh kunnt au.«

Kaltenbach schenkte ihr ein Glas Wasser ein und stellte es auf den Tisch neben dem Sessel. Sie nahm es gönnerhaft zur Kenntnis und trank es in einem Zug leer. Kaltenbach sah, dass sie trotz ihres zeltähnlichen Umhangs schwitzte. Er schenkte nach und wartete.

»'s isch jo schu gnueg in dr Zittig gschdande. Aber ich weiß jetz Bscheid. Vun bis vu Schdueget kumme se un vu Basel. Ludder Promis. Sogar d' Partnerschdätt sin do, d' Newarker und d' Sandomirscher!«

»Haben Sie denn schon eine Karte?«

»Nadierlig. Sit drei Woche, Bue. Mir sitze ganz vorne, direkt hinter dr Hotvolee. Maria goht au mit.«

Kaltenbach grinste verstohlen. Erna Kölblin und ihre beste Freundin. Eigentlich konnte man sich das Fernsehteam sparen. Die beiden wussten alles, was in der Stadt vor sich ging. Zwei kleine wache Augen blitzten ihm unternehmungslustig entgegen.

»Hett er nit schlecht gmacht, der Dokder Scholl, au wenns e Schwob isch. 's isch doch au so e toller Ma.«

Kaltenbach traute seinen Ohren nicht. Schlug hier ein junges Herz unter dem Deckmantel des ewig besten Alters? Er konnte verstehen, dass der attraktive Marketingchef auf die Frauen einen besonderen Eindruck machte. Aber Frau Kölblin?

»Ja, der bringt ordentlich Bewegung in die Stadt«, pflichtete er ihr bei.

»Un des nach zweihundert Johr!«

Kaltenbach sah etwas verdutzt drein. Was meinte sie damit?

»Aber nadierlig. Do kennde sich die moderne Herre Künschdler ä Schibe abschniede. Aber so ä diggi!« Sie holte ein Spitzentaschentuch aus den Tiefen ihres Umhanges und schnäuzte sich ausgiebig die Nase. Dann nahm sie die Schultern nach hinten und richtete sich auf.

»Iber allini Gipfel isch Rueh,
in allini Wipfel schpüresch du
kai Hauch;
d' Vögili schweige im Wald.

Wart' nur, bald ruhesch due auch.« Für einen Moment blieb sie gerade sitzen, dann ließ sie sich mit einem Seufzer in den Sessel zurücksinken. »Faschd so schee wie unser Hebel. Bloß vornehmer.«

Kaltenbach durfte seinen Ohren wirklich nicht trauen. Seine alte Freundin, deren Kulturinteresse er bislang eher auf Lindenstraßen-Niveau eingeordnet hatte, outete sich als heimliche Goetheverehrerin!

»Un dann sini Liebesgschichde!« Sie ließ ihre Augen verträumt nach oben wandern. »Der junge Wärder! Romeo un d' Julia! Und unser Hermann mit sinnere Dorothea!«

Romeo und Julia? Das war nun allerdings haarscharf daneben.

»Hesch due eigentlich gwissd, dass er des alles z' Ämmedinge gschriebe hett? Und dass des bi uns schbielt? Im ›Löwe‹, am Marktplatz, an dr Elz? Und dr ›Fauschd‹ in Schdaufe obe?« Sie stieß erneut einen Seufzer aus. »So e toller Ma!«

Kaltenbach war immer noch sprachlos. Er sah verstoh-

37

len auf die Uhr. Inzwischen war es nach sechs. Den Piemonter würde er abschreiben müssen. Zum Glück hatte er noch ein paar Flaschen Sizilianer in Reserve.

»Un d' Cornelia, sini Schweschder!«

Frau Kölblin war nun nicht zu bremsen.

»So e netts Maidli. Bi uns hett sie gwohnt. Dänne in dr Stadtbiecherei. Un jetzt liegt sie uffem alde Friedhof.« Für einen Moment gebrauchte sie ihr Spitzentaschentuch zum Abtupfen eines verdächtigen Augenglitzerns. Doch sie fing sich rasch wieder. »Des isch doll, dass die zwai emol e rechts Feschd kriege. De ganze Summer lang. Sogar e Simbosjum schbield.«

Kaltenbach erwog für einen Moment, Frau Kölblin die wahre Bedeutung eines ›Symposiums‹ zu erläutern, als er durch das Telefon erlöst wurde.

»Du denkst schon an die Probe heute Abend?« Walter Mack, Kaltenbachs bester Freund, kam wie immer ohne große Umschweife zur Sache. »Es gibt noch einiges zu besprechen. Du und ich. Vorher. Um sieben bei mir?«

Kaltenbach kratzte sich am Ohr. »Warum hilfst du mir nicht beim Weinkisten-Schleppen? Da können wir genauso gut quatschen?«

Er hörte, wie Walters Frau im Hintergrund etwas rief. Daraufhin brummte Walter etwas von Geschirr abtrocknen und Müll hinaustragen.

Kaltenbach blieb hart. »Ich muss das heute noch machen, sonst habe ich morgen nur Stress. Also: Tragen und besprechen?«

Wieder hörte er die beiden im Hintergrund miteinander reden.

»Alles klar, ich komme«, sagte Walter schließlich. Kaltenbach nickte zufrieden. Walter und Regina waren seit über 30 Jahren glücklich verheiratet. Regina wusste, was sie von ihrem Mann für die kleine Umplanung rausschlagen konnte. Immerhin war er der beste Koch, den Kaltenbach kannte.

Pünktlich um sieben stand Walter in der Tür zum ›Weinkeller‹. Frau Kölblin war kurz zuvor aufgebrochen. Zu Kaltenbachs größtem Erstaunen ohne auf das Verbrechen am Schlossergrab einzugehen. Dafür hatte sie ausgiebig den Zettel mit der Programmabfolge studiert, den Kaltenbach vor drei Tagen aus dem Rathaus bekommen hatte. Bis morgen Abend würde sie die Liste auswendig können. Und Maria gewiss ebenso.

Walter trug wie immer seine Alt-68er-Gedächtniskluft, wie er sie nicht ohne Stolz nannte. Jeans, schwarzer Rollkragenpulli und Lederjacke, auf dem Kopf die schwarze Schiebermütze über den mittlerweile silbrig schimmernden Haaren. Im letzten Jahr war er 60 geworden. Seine Ideale hatte er deshalb aber nicht aufgegeben.

Er ließ sich in den Sessel fallen.

»Ich finde, wir sollten das machen. Das ist einfach fällig.«

Kaltenbach wusste sofort, was er meinte. Seit Wochen verging keine Probe, ohne dass Walter für seine Idee eines Auftrittes warb.

»Aber muss es denn gleich auf der Musiknacht sein? Hast du die anderen schon gefragt?« Kaltenbach schätzte Walters geradlinige Art. Man wusste immer, woran man bei ihm war. Wenn er sich zu etwas entschlossen hatte, gab es keinen, der verlässlicher war als er. Manchmal eckte er mit seinem forschen Vorgehen aber auch an.

»Ich sehe, dass alle gerne spielen, und drauf kommt es an. Und es ist wichtig, Ziele zu haben. Ziele motivieren, Motivation lässt dich besser werden. Wenn du besser wirst, kannst du noch mehr bewegen.«

Kaltenbach kannte seinen Freund so gut, dass er wusste, dass es nicht viel Sinn hatte, ihn mit Bedenken zu konfrontieren. Er versuchte es trotzdem.

»Da sind schon gute Leute bei der Musiknacht, manche richtig professionell. Da können wir nicht mithalten.«

»Mit denen vergleiche ich mich gar nicht. Außerdem ist das in den Pubs in Irland genauso. Wer Lust hat zu spielen, spielt. Und alle beteiligen sich.«

»Wir sind in Emmendingen, nicht in Dublin!«

»Na und? Man muss einmal anfangen damit. Sonst veränderst du in unserer Gesellschaft nie etwas.«

Irische Musik als politische Agitation? Kaltenbach musste seinen Freund zur Realität zurückführen. Dialektisch war Walter in Jahrzehnten gestählt. Am Stammtisch nahm er es ohne Weiteres mit den anderen auf. Mit allen. Gleichzeitig.

Doch heute ging es nicht um die Lust am Schlagabtausch, sondern um Musik. »Hast du mal an das Lampenfieber gedacht?« Kaltenbach hatte die ersten öffentlichen Sporen mit seiner damaligen Schülerband ›The Stolen Moments‹ verdient. Auch später hatte er oft bei allen möglichen Gelegenheiten Gitarre gespielt. Um Walter machte er sich auch keine Sorgen. Als Regisseur und Filmproduzent war er es ein langes Berufsleben gewöhnt, in der Öffentlichkeit zu arbeiten. Aber Michael, ihr Mann mit der Geige und an den Flöten, war noch nie aufgetreten, das wusste er. Markus mit seinen Trommeln ebenfalls nicht. Immerhin war Andrea, Walters Tochter, bereits seit ein paar Jahren erfolgreiche Sängerin in einem Soul- und Gospelchor.

»Wenn du mitmachst, machen die anderen auch mit.«

Kaltenbach begann, die große Sackkarre mit Weinkartons zu beladen. Jetzt wusste er, warum Walter ihn vor der Probe sprechen wollte. Bei dem Gedanken, die anderen zu überreden, fühlte er sich nicht wohl. Es täte ihm leid, wenn es deswegen Streit in der Gruppe geben würde. Sie kamen gut miteinander aus und hatten viel Spaß beim Üben. Und das war das Wichtigste.

Walter stemmte sich aus dem Sessel hoch und half beim Stapeln. Obwohl es nur eine kurze Strecke zur Steinhalle war, musste Kaltenbachs alter Kombi zum Transport herhalten. Für eine Weile beluden sie schweigend den Laderaum.

Kaltenbach schob eine Kiste mit Flaschenöffnern, Weinkühlern und anderem Kleinkram in die letzte freie Lücke.

»Wir müssen zweimal fahren. Mindestens«, meinte er und klemmte sich hinter das Lenkrad. Der Beifahrersitz, auf dem Walter sich kleinmachen musste, war weit nach vorne geschoben.

An der Steinhalle waren die Vorbereitungen für das morgige Großereignis in vollem Gange. Mit Glück fand Kaltenbach einen Platz in der Nähe des Hintereingangs. Überall wurden Stühle getragen, Tische aufgebaut, Kabel verlegt, Lautsprecher und Mikrofone in Stellung gebracht.

»Sag wenigstens, was du darüber denkst«, meinte Walter, der seine Ungeduld nicht länger halten konnte.

»Meinetwegen«, meinte Kaltenbach. »Ich bin dabei. Aber frag zuerst die anderen.«

2. WOCHE

In Emmendingen. Alles recht gut und brav.

Goethe: Briefe an Johann Heinrich Merck

KAPITEL 3

Das Foyer der Steinhalle war in der Pause dicht bevölkert mit gut gelaunten Menschen. Auch draußen vor der Halle standen die Gäste in Grüppchen zusammen, die Luft war erfüllt von wohlgestimmtem Geplauder. Das herrliche Wetter Ende April bescherte einen überaus lauen Abend.

Schon eine halbe Stunde vor Beginn war der große Saal zum Bersten gefüllt gewesen. Selbst entlang der Wände standen die Besucher dicht an dicht. Die große Eröffnungsveranstaltung zum Ersten Emmendinger Goethesommer war auf dem besten Weg, alle Rekorde zu brechen.

Dr. Scholl hatte einen beeindruckenden Abend auf die Beine gestellt. Auf dem Programm standen die üblichen Reden von den üblichen wichtigen Persönlichkeiten. Es gab Grußworte von den Nachbargemeinden. Die Partnerstädte Newark und Six-Fours-les-Plages überreichten kleine Präsente, aus Sandomierz war eigens eine Tanzgruppe angereist. Die Stadtmusik spielte in ihren besten Uniformen, und es gab einen Chorauftritt. Der OB freute sich sichtlich über seine brummende Gemeinde.

Hauptgesprächsthema war jedoch das bevorstehende literarische Großereignis, dessen Inhalt bislang streng unter Verschluss gehalten worden war. Die Gerüchte schwirrten wie Eintagsfliegen um Straßenlaternen. Es war durchgesickert, dass die örtliche Goetheforschung einen sensationellen Fund getätigt habe, der dazu angetan war, die literarische und kunsthistorische Bedeutung der Stadt in großen Teilen neu schreiben zu müssen.

Kaltenbach kümmerte das alles wenig. Er hatte alle Hände voll zu tun, die durstigen Gäste mit Nachschub zu versorgen. Seine fein ausgeklügelte vinologische Choreografie war längst hinfällig geworden. Die Leute standen Schlange und waren froh, überhaupt etwas zu bekommen. Zum Glück hatte die Verwaltung ihm und Duffner zwei nette Damen als Helferinnen zur Verfügung gestellt. Doch selbst zu viert konnten sie den Ansturm kaum bewältigen.

Dabei waren sie nicht die Einzigen, die etwas anboten. Es gab einen weiteren Stand mit Säften, zwei mit gekühlten Erfrischungsgetränken, und draußen vor der Halle stand ein dicht belagerter Bierausschankwagen.

Eben erschien Dr. Johannes Wagner, der Stadtarchivar, begleitet von seinem Assistenten Peschke, den Kaltenbach bisher nur vom Sehen kannte. Beide waren sogleich umringt von Neugierigen. Die Pressevertreter hatten Wagner sofort erspäht und schossen die ersten Bilder. Jeder versuchte, ihm wenigstens eine kleine Vorabinformation zu entlocken.

Der grauhaarige Archivar genoss den Trubel sichtlich, doch er ließ sich nicht erweichen. Mit seinen kräftigen Armen bahnte er sich den Weg durch das Foyer nach hinten zum Treppenaufgang. Auf der zweiten Stufe blieb er stehen, drehte sich um und hob seine schwarze Aktentasche in die Höhe. »Hier, meine Damen und Herren, hier ist alles drin. Eine kleine Weile Geduld noch!«

Unter dem Blitzlichtgewitter von Grafmüller und den übrigen Journalisten verschwand er mit seinem Begleiter nach oben in eine der Garderoben, die eigens zu einem Büroraum umgestaltet worden war.

Als eine Viertelstunde später der Gong ertönte, war Kaltenbach froh, dass die Pause vorbei war.

»Heute machen wir den Umsatz von vier Wochen«, meinte er zu Duffner, der sofort anfing, die teils noch halb vollen Gläser einzusammeln.

»Ich habe nichts dagegen«, kam die knappe Antwort.

Nach dem zweiten Gong leerte sich das Foyer in kürzester Zeit. Die Menge strömte zurück in den Saal. Keiner wollte den Höhepunkt verpassen. Kaltenbach wies die letzten Kunden höflich aber bestimmt darauf hin, dass während der Veranstaltung der Ausschank geschlossen bliebe, eine der wenigen Auflagen der Stadt, wohl um die weniger Kulturbeflissenen etwas im Griff zu haben.

Die beiden Männer machten in kurzer Zeit mit routinierten Griffen den Wein- und Sektausschank wieder startklar. Die Helferinnen brachten die benutzten Gläser zur Spülmaschine in den Keller.

»Ich geh jetzt auch hinein. Bin mal gespannt, was es Sensationelles gibt.«

»Aber komm rechtzeitig wieder raus. Alleine schaffe ich das nicht.«

Kaltenbach ging vorbei an der Garderobe zu einem der Saalzugänge, aus dem gerade die Big Band der Musikschule zu hören war. Gerade als er die Hand auf die Klinke legte, schwang die große Tür auf, und er wurde fast über den Haufen gerannt.

»Oh, Entschuldigung!« Gisbert Hertzog, der Möbelhausbesitzer, huschte an ihm vorbei. »Ich, äh, muss noch kurz. Tut mir leid.«

Kopfschüttelnd sah Kaltenbach hinter ihm her. Doch jetzt war nicht die Zeit, über menschliche Bedürfnisse nachzudenken. Er drängte sich in den brechend vollen Saal und reihte sich mit ein paar schmerzhaften Stolperern und Ellbogenstößen zwischen den an der Wand Stehenden ein.

Das Orchester beendete eben eine flotte Stevie-Wonder-Interpretation und erntete rauschenden Beifall. Kaltenbach nutzte die kurze Pause und zwängte sich ganz nach hinten durch. Hier war die Außentür geöffnet, und eine Andeutung von frischer Luft kam herein. Daneben führte eine kleine Wendeltreppe hoch zu einer Kabine für die Beleuchtung. Er kletterte ein paar Stufen hinauf und hatte nun freie Sicht.

Die Bühne war auf beiden Seiten mit langen Bannern in den Emmendinger Stadtfarben eingerahmt, darüber hingen die Wappen der Teilgemeinden, jeweils mit dem gelb-roten badischen Schrägschild. Ein überdimensionales Plakat wies auf den Namen der Veranstaltung hin. An der Seite stand das Rednerpult mit dem symbolisierten Emmendinger Tor, das bei jeder offiziellen Veranstaltung Verwendung fand.

Dr. Scholl trat gerade ans Mikrofon und bedankte sich bei den Musikern. Er war tatsächlich ein Meister seines Faches. Um die Spannung noch mehr zu steigern, bat er als Nächstes die heutigen Ehrengäste auf die Bühne, angekündigt als Professor Dr. Steinmann, seines Zeichens Abgesandter des Deutschen Literaturarchivs in Marbach, dazu die Vorsitzende der Deutschen Goethegesellschaft, Frau Professor Dr. Gerber-Strathaus. Es sollte ein kurzes Podiumsgespräch stattfinden, moderiert vom Vorsitzenden des Emmendinger Kulturvereins.

Schon bei der Vorstellung der beiden wünschte sich Kaltenbach, lieber draußen geblieben zu sein. Steinmann betonte sofort mehrere Male mit großer Geste, welch Ehre es für ihn sei, dass er eingeladen wurde. Gerber-Strathaus versuchte dagegen, sich mit literarischen Fachausdrücken in Szene zu setzen, die Kaltenbach nicht einmal andeutungsweise verstand.

Die Literaturkoryphäen hatten sich rasch warm geredet. Beide streuten die Fülle ihres Wissens in aller Breite über das Publikum aus, Zitate und Fachtermini flogen hin und her, der Moderator bekam kaum mehr die Gelegenheit, das Gespräch zu steuern.

Nach zehn Minuten begann das Publikum in der Steinhalle ungeduldig zu werden. Manche rutschten auf ihren Stühlen hin und her, andere blätterten im Programm oder unterhielten sich leise mit dem Nachbarn. Trotzdem verließ keiner den Saal.

Kaltenbach sah aus den Augenwinkeln, wie sich plötzlich die Tür zum Foyer öffnete. Duffner huschte herein, ging ohne Umschweife auf Dr. Scholl zu und flüsterte ihm etwas ins Ohr. Daraufhin gingen beide zu einer gut gekleideten Frau, die in der zweiten Reihe am Rand saß, und sprachen mit ihr. Kurz darauf verließen sie zusammen den Saal.

Nach etwa einer Minute kam Dr. Scholl wieder zurück, sichtlich nervös. Gleichzeitig spürte Kaltenbach das leise Vibrieren seines Handys in der Hosentasche. Eine SMS von Duffner. ›Komm raus, schnell!‹

Kaltenbach musste einige Rempler und ungnädige Blicke einstecken, bis er die hintere Saaltür erreichte und hinausschlüpfen konnte. Im Foyer kam ihm Duffner entgegen.

»Es ist etwas passiert«, raunte er ihm zu.

Zu Füßen der Treppe hatte sich eine kleine Gruppe von Menschen gebildet. Kaltenbach erkannte die Frauen von der Garderobe und von der Kasse, die Jungs vom Catering und seine eigenen Helferinnen standen daneben. Auf einem Stuhl an der Wand saß Wagners Assistent und stierte teilnahmslos auf den Boden.

Als Kaltenbach näher trat, sah er, was geschehen war. Vor ihm auf dem Boden lag ein Mann. Sein Körper war merkwürdig verkrümmt, ein Arm in einem falschen Winkel abgespreizt. Blut floss aus Mund und Ohren, seine Augen waren geschlossen. Die Dame, die aus dem Saal gerufen worden war, offenbar eine Ärztin, kniete auf dem Boden.

Mit geübten Griffen prüfte die Frau Puls und Atem des Mannes. Im selben Moment flog die große Eingangstür auf und zwei Männer in den Uniformen des Roten Kreuzes eilten mit einer Trage herbei.

»Ich hab sie gleich angerufen, als er heruntergestürzt war«, sagte Duffner leise.

Kaltenbach nickte. Es sah übel aus. Doch vielleicht hatte Dr. Johannes Wagner, Stadtarchivar und Star des heutigen Abends, noch eine Chance.

KAPITEL 4

Luises Telefonnummer. Ob es nach so langer Zeit überhaupt noch die richtige war? Würde die freundliche Blechstimme der Telekomdame ihn darauf hinweisen, dass der Name des Teilnehmers nicht bekannt sei?

Seltsam war, dass sich überhaupt niemand meldete. Nach jedem Wählen ertönte stattdessen eine Melodie, die Kaltenbach kannte und stetig lauter wurde. Beim vierten Versuch löste sich der Hörer auf und verwandelte sich in ein Kissen, das sich weich und warm an Kaltenbachs Ohr schmiegte. Die Musik drang jetzt mit fröhlicher Laune durch das Fenster seines Schlafzimmers.

Kaltenbach drehte sich auf den Rücken und streckte sich wohlig. Endlich hatte er es verstanden. Er wusste, dass es sechs Uhr morgens war und der Erste Mai.

»De-her Mai ist gekommen, die Bäume schlagen aus ...«

Trotz des unfreiwilligen Aufwachens zog ein Lächeln über sein Gesicht. Als er mit Monika nach Maleck in das Einfamilienhäuschen gezogen war, hatte er anders reagiert. Sie hatten damals ausgiebig in den Mai hineingefeiert. Monika hatte sich mit ihren Freundinnen als Walpurgisnachthexen kostümiert, und sie waren bis in den frühen Morgen um die Häuser gezogen. Als sie nach viel zu wenigen Stunden Schlaf völlig unerwartet durch laute Blasmusik geweckt wurden, war Kaltenbach stinksauer gewesen und hatte ernsthaft erwogen, die hübsche Wohnung im Brandelweg sofort wieder aufzugeben.

Doch das war lange vorbei. Schon im folgenden Jahr hatte sich Monika den Nachbarn angeschlossen und den

Weg der Musiker mit kleinen Erfrischungen begleitet, die die trockenen Lippen der Bläser geschmeidig hielten.

»Da-ha bleibe, wer Lust hat, mit So-horgen zu Haus!«

Kaltenbach stand auf, zog seinen Morgenmantel über und trat ans Fenster. Ein strahlend blauer Himmel empfing ihn. Die Luft war trotz der frühen Tageszeit bereits angenehm warm und voller Düfte aus den umliegenden Gärten.

Der Malecker Musikverein hatte mitten auf der Straße Aufstellung bezogen und arbeitete sich unbeirrt durch die Strophen des Maienliedes. Das Messing der frisch polierten Blasinstrumente funkelte in der Morgensonne, die schmucken Uniformen mit ihren weißen Hemden und hellblauen Westen gaben ein prächtiges Bild ab.

Am Straßenrand standen einige Zuhörer, darunter auch Kaltenbachs Nachbarn und Vermieter, das Rentnerehepaar Gutjahr. Frau Gutjahr, eine resolute Mittsiebzigerin, hatte es sich wie jedes Jahr nicht nehmen lassen, etwas Besonderes anzubieten.

Nach der letzten Strophe stellten die Musiker unter dem Beifall der Zuhörer die Instrumente ab und ließen sich einschenken. Sekt mit oder ohne Orangensaft.

Kaltenbach schmunzelte und fragte sich, wie sie es schafften, auf dem Weg durch das ganze Dorf die vielen Pausen unbeschadet zu überstehen. Er trat vom Fenster zurück, ging in die Küche und warf seine DeLonghi Primadonna an. Kurz darauf füllte das Aroma feinsten kolumbianischen Hochlandkaffees den kleinen Raum.

Er setzte sich mit der Tasse an den Tisch und trank genießerisch die ersten Schlucke des Tages. Seitdem Monika ausgezogen war, hatte er diese Gewohnheiten noch mehr schätzen gelernt. Den Gedanken, hier alles aufzugeben und fortzuziehen, hatte er sehr schnell wieder verworfen. Es war ihm klar geworden, dass hier sein Zuhause war, mit seinem Laden in der Stadt, den Stammtischfreunden, der Musik und den Fischen im Aquarium.

»Grüß Gott du schöner Ma-a-haien, nun bist du wied'rum hier …«

Die Melodie wanderte mit den Musikern langsam in Richtung Dorfmitte und wurde leiser. Was jetzt noch fehlte, war eine Dusche und ein gutes Frühstück.

Pünktlich um zehn dröhnte das Tuckern von Dieter Rieckmanns Motorroller durch den Brandelweg. Kaltenbach hatte seine silberne Vespa bereits aus der Garage geschoben und polierte gerade sein Helmvisier. Dieter wendete mit einer eleganten Kurve und brachte sein Gefährt direkt neben ihm zum Stehen. Er nahm den Helm zur Begrüßung ab und strahlte vor Zufriedenheit. »Super Wetter, was?«

Kaltenbach freute sich, dass die Verabredung geklappt hatte. Ihre gemeinsame Maitour war seit Jahren Tradition.

»Ich dachte, wir fahren hoch in den Schwarzwald«, schlug Kaltenbach vor. »Kandel, Titisee, Schluchsee. Ziel Rothaus-Biergarten. Was hältst du davon?«

»Alles klar. Du fährst voraus!«

Dass Dieter bei ihren gemeinsamen Touren stets Kaltenbach vorneweg fahren ließ, hatte weniger mit Höflichkeit zu tun als mit schierer Notwendigkeit. Kaltenbachs Stammtischfreund hatte, wie er selbst zugab, den Orientierungssinn einer kurzsichtigen Kaulquappe. Bis heute fuhr er jedes Mal, wenn er in die Freiburger Innenstadt musste, über den Zubringer ›Mitte‹, weil dies der einzige Weg war, auf dem er sich nicht heillos verirrte.

Die beiden starteten ihre Roller und fuhren los. Sie umrundeten die Hochburg, auf der zur Feier des Tages eine riesige Badenflagge im Wind flatterte, und bogen in Richtung Elztal ab.

Schon kurz hinter Waldkirch bekamen sie einen Vorgeschmack davon, was heute auf den Straßen los war. Auf der schmalen Waldstrecke den Kandel hoch wechselten dicht nacheinander Gruppenausflügler mit einsamen Reitern auf hochgezüchteten Maschinen, die bei jeder sich bietenden Gelegenheit ihre waghalsigen Überholmanöver ansetzten. Dazwischen immer wieder schimpfende Autofahrer und sich mühsam den Berg emporkämpfende Radler. Nummernschilder aus ganz Südbaden waren zu sehen, ebenso Schweizer, Elsässer und Schwaben aus Stuttgart. Die berühmte Romantik und Stille des Schwarzwaldes war heute laut und international.

Erst als sie das idyllische Jostal Richtung Titisee hinunterfuhren, wurde es etwas ruhiger. Auf der wetterabgewandten Seite des Schwarzwaldes war es weniger steil und die Kurven sanfter. In den Gärten der schmucken Häuschen, an denen sie vorüberkamen, sah man deutlich, dass in dieser Höhe die Jahreszeiten erst mit Verspätung aufeinanderfolgten. Während im Brandelweg bereits der Flieder blühte, waren hier noch Forsythien, Zierkirschen und die kleinen tiefblauen Traubenhyazinthen zu bestaunen.

Am Schluchsee war es trotz des herrlichen Wetters erstaunlich frisch. Unzählige weiße Flecken waren über das glitzernde Wasser verstreut, für die Segler war es heute ideales Wetter. Wenige Minuten später tauchten zwischen den Bäumen die Gebäude der Rothausbrauerei auf, des einzigen staatlichen Unternehmens, das Dank der Heimat- und Markentreue der badischen Biertrinker seit Jahren stattliche Gewinne einfuhr.

Kaltenbach stellte seinen Roller in einer Reihe chromblitzender Zweiräder ab, von denen viele so aussahen, als hätten sie in dieser Saison zum ersten Mal die Garage verlassen. Aus dem großen Biergarten, der idyllisch hinter den

Wirtschaftsgebäuden am Waldrand lag, tönte ein buntes Gemisch aus Sprachen. Es roch nach Schweiß, Leder und Öl. Nach einigem Suchen fanden sie zwei freie Klappstühle am Tisch einer Ü50-Biker-Gruppe.

»Do, setzet eich zu de Reutlinger«, wurden sie begrüßt. Der Wortführer, ein Altoberstudienrat mit Zopf und AC/DC-Shirt über dem mageren Oberkörper, bezog sie sogleich in ihr Gespräch ein. »Und wo senn ihr her? Badenser?«

Kaltenbach rollte innerlich die Augen. Das hatte ihm gerade noch gefehlt. Auf einer der üblichen Schwaben-Baden-Wettstreite hatte er an diesem herrlichen Tag nicht die geringste Lust.

Zum Glück übernahm Dieter schlagfertig die Antwort. »Aus Osnabrück!« Die Erwähnung seines Heimatortes hatte den gewünschten Effekt. Dem Studienrat wurde schlagartig der Wind aus den Segeln genommen.

»Jetz sag! Isch fei e weider Weg vo do obe!«, nickte er vielsagend zu seinen Tischgenossen. Nach einem gemeinsamen Zuprosten verlor die AC/DC-Gang aber rasch das Interesse an den vornehmen Hochdeutschen und wandte sich dem diesjährigen Bundesligaschicksal des VfB Stuttgart zu.

Kaltenbach schenkte sich ein Glas Tannenzäpfle ein, alkoholfrei, wie es bei ihren Ausfahrten Pflicht war. »Auf uns!«

Nach den ersten Schlucken kam das Gespräch auf den gestrigen Abend in der Steinhalle. Kaltenbach erzählte mit knappen Worten von dem Unglück.

Nach dem Sturz war Wagner ohne großes Aufsehen ins Krankenhaus gebracht worden. Von den Gästen im Saal hatte zunächst niemand etwas mitbekommen. Dr. Scholl hatte sich alle Mühe gegeben, das Programm trotz des Ausfalls seiner Hauptattraktion über die Bühne zu bekommen. Doch seine Ankündigung, dass Wagner unpässlich sei und auf den Auftritt verzichten müsse, sorgte für erhebliche Enttäuschung und Unmut. Sofort begannen sich die Reihen im Saal zu lichten. Schließlich beendete Dr. Scholl nach einem munteren Potpourri der Stadtmusik die Veranstaltung vorzeitig.

Natürlich hatten sofort die Spekulationen begonnen. Wagner habe einen Herzinfarkt erlitten, hieß es. Andere sprachen von einem allergischen Schock, schließlich wisse jeder, dass er Asthma habe. Doch schon bald machte das Gerücht die Runde, dass Wagner die Treppe hinuntergestürzt und im Krankenhaus sei. Dass es etwas Ernsthaftes sein musste, war allen klar, die Wagner kannten. Ohne triftigen Grund hätte der Stadtarchivar niemals auf seinen großen Auftritt verzichtet.

Als Kaltenbach geendet hatte, lehnte er sich zurück und schob die Sonnenbrille auf die Stirn.

Dieter hatte aufmerksam zugehört. »Schon ein komischer Zufall, findest du nicht?«

»Was meinst du damit?«

Dieter lehnte sich in seinem Stuhl zurück und fuhr mit den Händen über seinen Bauch. »Man könnte fast glauben, da hatte jemand was dagegen, dass Wagner auftritt. Weiß man denn, was er Tolles verkünden wollte?«

Kaltenbach drehte sein Glas zwischen den Fingern. »Das ist das Problem. Es gab nur Andeutungen. Anscheinend wussten nur der Marketingchef und der OB Bescheid. Wagner ist seit ewigen Zeiten im Stadtarchiv. Es gibt Gerüchte, er habe etwas gefunden, was aus Goethes Zeit in Emmendingen stammt. Etwas bisher Unbekanntes.«

»Na da haben wirs doch!«, nickte Dieter. »Das wäre eine Sensation gewesen. Da geht es auch sofort um Neid.

54

Und um Geld. Hast du mitgekriegt, dass vor Kurzem ein Gemälde von Edvard Munch bei Sotheby's für ein paar Millionen versteigert wurde? Die Alten Meister schlagen alle Rekorde.«

Kaltenbach schüttelte den Kopf. »Ich kann es mir nicht vorstellen, dass jemand gewalttätig wird, nur wegen irgendetwas von einem berühmten Dichter. Und wenn er Goethe heißt.« Er winkte mit dem Glas. »Trinken wir noch eines?«

Am Abend kam Kaltenbach spät nach Hause. Das herrliche Wetter hatte dafür gesorgt, dass sich ihre Tour immer weiter ausdehnte. Über St. Blasien mit seiner merkwürdig anmutenden Domkuppel fuhren sie hinüber ins Wiesental. Am Ende landeten sie in einer Straußenwirtschaft bei Sulzburg zu einer zünftigen Abendvesper. Zurück in Emmendingen ließen sie den Tag bei einer Country-Blues-Session im ›Mehlsack‹ ausklingen.

Als Kaltenbach die Treppe zu seiner Wohnung hochstolperte, brummte sein Kopf von den Nachklängen der 200 Kilometer, von der Frühlingshitze unter seinem Helm und dem lauten Konzert in der Musikkneipe. Er zog seine Montur aus, wusch sich das Gesicht und suchte nach einem Absacker in der Küche. Ein schönes Glas Kaiserstühler Spätburgunder würde ihm helfen, seine aufgeheizte Stimmung zu beruhigen. Auf dem Weg zum Sofa drückte er den gleichmäßig rot blinkenden Knopf des Anrufbeantworters.

Grafmüller hatte zweimal angerufen, einmal gegen fünf, dann noch einmal gegen sieben. Er solle ihn sofort zurückrufen, heute noch, egal wie spät. Es gebe brisante Neuigkeiten.

Kaltenbach sah auf die Uhr, es war kurz vor eins. Das musste warten bis morgen. Er war gespannt, wie die Presse mit Wagners Sturz umgehen würde.

Mit der dritten Nachricht wurde er mit einem Schlag wieder hellwach. Aus dem Anrufbeantworter klang die Stimme, die er seit über einem Jahr nicht mehr gehört hatte. Die Stimme, die ihm damals wie jetzt einen Schwarm Schmetterlinge durch die Blutbahn schickte.

KAPITEL 5

Es war dieses Mal keine romantische Maienmusik, die ihn aus dem Schlaf riss. Kaltenbach hoffte vergeblich, dass sich das Läuten in seinem Traum auflösen würde. Grummelnd verabschiedete er sich aus dem warmen Bett und schlurfte barfuß in den Flur, wo sein Telefon stand.

»Warum hast du nicht zurückgerufen?« Grafmüllers Stimme schlug ihm entgegen wie eine Handvoll kaltes Wasser. »Ich hab dir doch gesagt, egal wie spät es ist!«

Kaltenbach hasste Menschen, die am Morgen wacher waren als er selbst. Er verzichtete auf Erklärungen. »Was gibt's denn so Wichtiges?«

»Es war kein Unfall!«

»Was war kein Unfall?«

»Wagners Sturz von der Treppe. Am Sonntag. Das war kein Unfall! Wir müssen uns dringend treffen!«

»Hat er seinen Erfolg schon vorher gefeiert oder was?«, fragte Kaltenbach unwillig. »Hör mal, Adi, es war ein anstrengendes Wochenende, heute ist mein freier Tag, und ich werde jetzt sofort wieder ins Bett gehen!«

»Na schön, dann höre wenigstens zu.« Er senkte seine Stimme, so als ob er vermeiden wollte, dass jemand mithört. »Wagner liegt er auf der Intensivstation im Koma. Es steht nicht gut um ihn. Aber weißt du, was sie in seinem Blut gefunden haben? Gamma-Hydroxy-Buttersäure. Und das nicht zu knapp.«

Kaltenbach wurde schlagartig wach. »Sind das nicht diese Tropfen aus den Discos?«

»Synthetische Drogen. Setzen dich außer Gefecht.

Auch K.-o.-Tropfen genannt. Wir müssen dringend reden. Schließlich warst du doch dabei, oder?«

Kaltenbach gab sich einen Ruck. »Okay. Wo? Wann?«

»Im ›Mahlwerkk‹. Jetzt. Beeil dich!«

Kaltenbach legte auf und eilte ins Bad. Eine rasche Katzenwäsche vertrieb die Nachtgeister, dann zog er die Jeans und einen leichten Pulli an. Exakt vier Minuten nach Grafmüllers Anruf schob er die Vespa aus der Garage.

»Sali!«

»Sali! Goht's?«

»'s goht.«

Julius Gutjahr, Kaltenbachs Nachbar, machte sich für seinen morgendlichen Spaziergang startklar. Er war seit über 40 Jahren Diabetiker. Ebenso lang hielt er seine ärztlichen Ratschläge mit der Genauigkeit eines Finanzbeamten ein. Beide wussten, dass um diese Stunde keine Zeit für ein Schwätzchen war. In ihrer knappen Begrüßung lag dennoch alles, was nötig war.

Kaltenbach schwang sich auf die Vespa. Es war noch frisch, als er über Windenreute hinunter in die Stadt fuhr. Die leichte Windjacke, die er im Sommer zum Rollerfahren anzog, war heute Morgen eindeutig zu wenig. Ordentlich durchgefroren stellte er den Roller am Rande der Corneliapassage ab.

Das Café ›Mahlwerkk‹ war nur wenige Schritte von seinem eigenen Laden entfernt im Emmendinger Westend. Grafmüller erwartete ihn mit sichtlicher Ungeduld.

Kaltenbach winkte der Bedienung und deutete auf die halb ausgetrunkene Tasse. »Noch mal zwei!« Die junge Dame nickte und flog davon.

»Jetzt erzähl doch mal. Was ist mit den K.-o.-Tropfen? Wer hat das herausgefunden?«

»Eine ganz heiße Sache!« Grafmüller rückte den Stuhl näher an den Tisch und beugte sich nach vorn. »Reiner

Zufall. Im Krankenhaus haben sie ihn sofort auf die Intensivstation gebracht. Es sieht anscheinend übel aus: Brüche, innere Verletzungen, Wirbelsäule. Die Ärzte wissen nicht, ob er durchkommt.«

Kaltenbach wurde flau im Magen. Er kannte Wagner von verschiedensten Anlässen. Ein netter älterer Herr, der alles wusste, was mit der Geschichte der Stadt zu tun hatte und ganz in seiner Arbeit im Archiv aufging.

»Und weiter?«

»Im Blutbild haben sie es gefunden. Eindeutig. Muss eine starke Dosis gewesen sein. Ein, zwei Stunden später hätte man das Zeug nicht mehr nachweisen können.«

Kaltenbach hatte davon gelesen. Eine beliebte Methode, jemanden willenlos zu machen, ohne dass er etwas davon merkte. In Diskotheken und auf Partys ein Übel, das nicht in den Griff zu bekommen war.

»Die Ärzte meinten, er habe trotz allem Glück gehabt. Er hätte tot sein können, nicht nur durch den Sturz, sondern vorher schon.«

Kaltenbach verzichtete darauf, zu fragen, woher der Redakteur dies alles wusste. Wahrscheinlich hatte er eine der Krankenschwestern zum Plaudern gebracht. Grafmüller hatte das Talent, seinem Gegenüber die nötigen Informationen zu entlocken, auch wenn dieser es gar nicht wollte. Dass er dabei manchmal etwas zu weit ging, war bei seinem Beruf nicht zu vermeiden.

Für einen Moment wurde ihr Gespräch unterbrochen. Die junge Frau kam und brachte die bestellten Cappuccino. Kaltenbach genoss den verführerischen Duft. Vorsichtig nippte er an dem heißen Getränk. Grafmüller bestellte etwas zu essen.

»Aber wer macht denn so etwas?« Kaltenbach lehnte sich in seinem Stuhl zurück und behielt die Tasse in seinen Händen. Die Wärme tat ihm sichtlich wohl.

»Genau das ist die Frage. Ich kenne Wagner seit Jahren gut, ich kenne seine Frau und seinen Sohn. Er hat mich sogar schon ein oder zwei Mal zu sich nach Hause eingeladen, wenn er mal wieder stolz etwas aus dem Archiv ausgegraben hatte. Ein durch und durch friedfertiger Mensch. Ich glaube nicht, dass er Feinde hatte.«

»Neider?«

Grafmüller lachte auf. »Worauf sollte da jemand neidisch sein? Alle waren doch froh, dass er diese Arbeit gemacht hat. Archiv, Akten, verstaubte Dokumente, ab und zu eine Museumsausstellung oder einen Vortrag. Das ist nicht das, worum sich die Leute reißen.«

Grafmüller hielt einen Moment inne. Die Bedienung stellte mit einem Lächeln einen Teller mit zwei belegten Baguettes vor die Männer auf den Tisch. »Guten Appetit!«

»Bediene dich!« Grafmüller deutete auf die mit Schinken, Ei und Salat üppig belegten Brötchen. Jetzt erst merkte Kaltenbach, dass er Hunger hatte. »Kleine Entschädigung für dein entgangenes Frühstück.« Beide griffen zu.

»Ich denke, da steckt etwas ganz anderes dahinter.« Grafmüller hatte den Blick aufgesetzt, der Kaltenbach verriet, dass er eine Fährte aufgenommen hatte. »Für mich sieht es so aus, als wollte jemand verhindern, dass Wagner auf die Bühne ging.« Kaltenbach nickte unmerklich wie zur eigenen Bestätigung. »Aber es ging nicht um Wagner. Es ging um das, was er präsentieren wollte. Irgendetwas durfte nicht an die Öffentlichkeit gelangen.« Grafmüllers Augen leuchteten. »Irgendetwas, das so wichtig war, dass jemand dafür Wagners Gesundheit in Kauf genommen hat«, fügte er hinzu.

Kaltenbach spürte, wie sein Herz zu klopfen begann. »Oder seinen Tod.«

»Oder seinen Tod.«

»Aber was kann das sein?«

»Genau das müssen wir als Erstes herausfinden. Das gibt uns einen Hinweis auf das Motiv, und damit auf den, der dahintersteckt.«

»Wir? Wozu brauchst du mich?« Kaltenbachs spürte, wie seine Gefühle schwankten. »Was ist mit der Polizei?«

Die junge Dame schwebte erneut vorbei. Dieses Mal war es Kaltenbach, der nachbestellte. Die Bedienung schenkte ihm ein freundliches Lächeln.

»Das ist die zusätzliche Brisanz an der Sache. Die Polizei ist zurückhaltend. Sie wollen erst die weiteren Untersuchungen abwarten. Dr. Scholl sieht seine ganzen Planungen gefährdet, er hat dringend um äußerste Diskretion gebeten. Wagners Frau konnte ich heute Morgen schon kurz sprechen. Kam aber nichts heraus. Sie ist mit ihren Nerven völlig runter. Sie hat die halbe Nacht vor der Intensivstation im Krankenhaus gewacht.«

Das Lächeln kam mit zwei weiteren Schinkenbaguettes und Cappuccino zurück.

»Weiß sie denn, was ihr Mann Wichtiges entdeckt hatte?«

»Anscheinend hat Wagner selbst seiner Frau wenig von seiner Arbeit erzählt. Es gab ein paar Andeutungen, dass es um seine Goetheforschungen ginge.«

Kaltenbach nickte. Die alte Geschichte. Die Menschen reden zu wenig miteinander. Da lebt man Seite an Seite und glaubt, den anderen zu kennen. Und dann tauchen plötzlich Dinge auf, von denen man keine Ahnung hatte. Er hatte lange nicht verstehen wollen, warum Monika damals von heute auf morgen ausgezogen war. Und als es so weit war, war es zu spät gewesen.

»Gibt es sonst niemanden, den du fragen könntest? Dr. Scholl zum Beispiel? Die Mitarbeiter in der Stadtverwaltung? Den OB?«

»Schon. Aber das ist genau die Schwierigkeit. Keiner wusste etwas Genaues. Das war Teil der Inszenierung, das Ganze möglichst spannend zu halten.«

»Was ist mit den Literaturspezialisten? Irgendwelche Sachverständige?«

»Muss ich beizeiten klären. Aber meine Hoffnung ist Peschke. Wenn der es nicht weiß, wer dann?«

»Peschke – ist das nicht Wagners Assistent?«

»So ungefähr. Scholl hat ihn vor einem halben Jahr eigens zu Wagners Unterstützung eingestellt. Auch wenn der gar nicht begeistert davon war. Aber es sollte eben alles so perfekt wie möglich werden.«

Für einen Moment betrachteten die beiden Männer gedankenvoll ihre halb ausgetrunkenen Kaffeetassen. Kaltenbach wurde es allmählich warm. Der Kaffee und die Morgensonne, die ihre Strahlen in die Gassen des Westends schickte, vertrieben die Kühle der frühen Rollerfahrt. Er zog seine Jacke aus und hängte sie hinter sich auf die Stuhllehne. An den Nachbartischen wurden die ersten Sonnenbrillen aufgezogen.

»Wir müssen zunächst ein Motiv finden.« Grafmüller ergriff wieder das Wort und zog einen Schreibblock aus der Tasche. »Fangen wir doch gleich mal an. Vielleicht hat an dem Abend jemand etwas gesehen.«

»Du meinst, während der Veranstaltung?«

»Vor der Halle, in der Halle. Im Foyer vor allem. Vielleicht hat sogar jemand den Sturz gesehen. Weißt du noch, wer an diesem Abend alles im Foyer war?«

Kaltenbach sah ihn mit großen Augen an. »Das ist nicht dein Ernst! Das waren Hunderte!«

»Nein, ich meine die, welche dort eine Aufgabe hatten. So wie du zum Beispiel.«

Kaltenbach überlegte. »Duffner war dabei. Unsere beiden Helferinnen, Diana und Bianca. Die Leute an der Kasse. Die an der Garderobe.« Grafmüller machte sich rasch Notizen. Alle Namen, die ihnen einfielen, schrieb er dazu. »Was ist mit dem Hausmeister?«

»Süßlin? Der war mal hier, mal da. Der hatte ständig etwas zu tun.«

»Die anderen Getränkestände?«

»Draußen vor dem Haupteingang. Hab ich aber nicht genau gesehen. Aber vergiss das Catering nicht.«

»Stimmt. Angelo und seine Truppe.«

Grafmüller ging kurz über die Liste. »Das sind an die 20 Leute. Da müsste einem etwas aufgefallen sein.« Er klappte das Notizbuch zu. »Muss ich alle fragen. Am besten fange ich gleich damit an.« Er winkte der Bedienung. »Ich lade dich ein. Geht auf Spesen. Vielleicht hast du ja Lust, mitzumachen. Du hast doch frei heute.«

»Hast du eine Ahnung. Ich brauche den halben Tag, bis ich den Laden wieder startklar gemacht habe. Mein freier Tag war gestern.«

»Na schön, gehe ich halt Klinken putzen.« Grafmüller stand auf. »Beziehungsweise Handytasten polieren.«

Kaltenbach blieb noch einen Moment sitzen. »Danke für die Einladung. Und gib mir Bescheid.«

Grafmüller hatte sich schon zum Gehen gewandt, als ihm noch etwas einfiel. Er setzte sich wieder. »Moment mal. Was ist denn mit den Gästen? Ist jemand zu spät gekommen? Oder früher weg?«

Kaltenbach schüttelte den Kopf. »Nein. Im Foyer war sonst keiner. Ich bin ja selber später reingegangen, weil ich nichts verpassen wollte. Obwohl – da fällt mir ein, mir kam jemand entgegen, als ich *in* den Saal ging.«

»Hast du ihn gekannt?«

»Hertzog, der Möbelkönig. Ich hab mich schon gewundert, dass er rauswollte. Er müsse mal, hat er gesagt. Ziemlich aufgeregt war er.«

»Hertzog kenne ich. Der ist doch auch im Lions-Club. Benefiz und so.« Er machte sich eine Notiz. »Könnte wichtig sein. Ich werde mich darum kümmern. Du rufst mich an, wenn dir noch mehr einfällt. Klar?«

»Klar!«, rief Kaltenbach Grafmüller hinterher. Der Redakteur war bereits auf dem Weg zur Arbeit.

Gedankenpingpong. Widerstreitende Gefühle.

Kaltenbach schlenderte im Stadtpark durch die bunte Kulisse des Frühlings. Zum Glück musste er den Laden erst am Nachmittag öffnen. Die letzten Tage hatten einiges in Bewegung gebracht, er hatte das dringende Bedürfnis, sich zu sortieren.

Die Rabatte auf dem Weg zum Kriegerdenkmal belohnten den Aufwand der städtischen Arbeiter mit üppiger Blüte. Direkt daneben reckten die Platanen ihr frisches Grün der Maisonne entgegen. Um den Springbrunnen saßen junge Mütter mit spielenden Kindern.

Kaltenbach betrachtete die riesige steinerne Sonnenuhr am Ende des Weges mit den eingemeißelten Städtenamen aus aller Welt. Der Zeigerstab der Sonnenuhr ließ sich von der Sommerzeit nicht beeindrucken. In Australien schliefen die Menschen bereits wieder, während in Amerika der Tag gerade erst begann. Alles geschah gleichzeitig und doch wieder nicht. Die Zeit hatte auf ihre Weise alles im Griff, ob der Mensch sie nun maß oder nicht.

Kaltenbach lenkte seine Schritte zu den mit hellblauen Glyzinien überrankten Holzarkaden im hinteren Teil des Parks. Normalerweise konnte er beim Spaziergang gut zur Ruhe kommen. Doch heute wollte ihm dies nicht gelingen. Es war zu viel passiert in den letzten Tagen: die Stadtführung und der Tod der Schauspielerin, die beiden Veranstaltungen zum Goethesommer mitsamt anstrengender Vorbereitungen, dazu das tragische Geschehen um den Stadtarchivar und Grafmüllers Aufforderung zur Mitarbeit bei der Aufklärung.

Und Luises Einladung.

Immer wieder Luise. Er wünschte, sich mit jemandem aussprechen zu können. Aber es ging nicht. Weder mit Dieter während der Rollertour, noch mit den anderen von der Musik und vom Stammtisch. Nicht einmal Walter konnte er sich anvertrauen. Vielleicht hatte er doch mehr von der Verklemmtheit seiner Elterngeneration verinnerlicht, als er sich zugestehen wollte. Über Gefühle sprach man nicht. Mit seinen Gefühlen musste jeder selbst zurechtkommen.

Kaltenbach setzte sich auf eine Bank neben einem kleinen Wasserbecken. Sein Blick schweifte über die symmetrisch angelegten Beete vor ihm. Die frühen Rosensorten waren bereits am Aufgehen. Wenn das Wetter so bliebe, würde bald hier überall ihr schwüler Duft hängen.

Er zog sein Mobiltelefon aus der Tasche und wog es in der Hand. Natürlich musste er vor der Vernissage wenigstens ein Mal mit ihr sprechen. Er wollte nicht, dass ihre erste Begegnung seit über einem Jahr an einem unbekannten Ort in einer fremden Menschengruppe vor sich ging.

Er hatte das Bedürfnis, ihre Beziehung zuvor definieren zu müssen. Dabei war es gar keine Beziehung gewesen, zu keiner Zeit. Ein einziges Mal war das Gefühl der Nähe so stark gewesen, dass alles hätte geschehen können. Damals auf dem Jungfrauensteg in Waldkirch, als sie zusammen am Geländer standen und in die Nacht schauten. Als er meinte, ihre Trauer um den Bruder zu spüren. Und ihre Verletzlichkeit.

Aber er hatte den Moment verpasst. Und was seine Unruhe noch vergrößerte, war die Ungewissheit, ob sie genauso dachte.

Vom Friedhofweg her kamen die beiden Mütter mit ihren Kinderwagen, die er zuvor am Brunnen gesehen hatte. Die Kinder, ein Junge und ein Mädchen, stolperten mit ihren pummeligen Beinen wie junge Hunde um sie herum. Kaltenbach steckte das Handy zurück in die Tasche. Es ging nicht. Er konnte keinerlei Störung gebrauchen.

Nach Monikas Auszug hatte er öfter darüber nachgedacht, was gewesen wäre, wenn sie gemeinsame Kinder gehabt hätten. Ob er ein guter Vater gewesen wäre? Ob er damit klar gekommen wäre, seinen gemütlichen Alltag auf den Kopf gestellt zu sehen, wie dies bei all seinen Freunden war, die eine Familie gegründet hatten?

Letztlich blieb die schmerzhafte Erkenntnis, dass er in 13 gemeinsamen Jahren auf Monikas Kinderwunsch nie ernsthaft eingegangen war. Er fühlte sich noch nicht so weit. Jedenfalls hatte er sich das im Nachhinein eingeredet.

Zum Glück trieb die Aussicht auf den kleinen Spielplatz am Ende des Weges die vier rasch an ihm vorüber. Kaltenbach holte erneut sein Handy heraus. Er suchte Luises Nummer in seinem Adressverzeichnis und drückte die grüne Taste.

Mit jedem Läuten wurde der Kloß in seinem Hals dicker. Er hatte überhaupt nicht überlegt, was er sagen sollte.

»Luise Bührer, hallo?«

Mit einem Ruck zogen die drei Worte den Vorhang vor einem ganzen Jahr zurück. In einem Moment war alles wieder da. Ihre erste Begegnung in einem Freiburger Café, der Besuch in ihrer Wohnung, bei dem sie ihm in erschütternder Offenheit ihre verpfuschte Vergangenheit anvertraut hatte. Ihre blonde Locke, die über ein Gesicht fiel, dessen Bild er vom ersten Tag an in sich getragen hatte.

»Hallo, wer spricht?«

Ihre Stimme brachte ihn genauso wieder in Verlegenheit wie damals.

»Ich, ja hallo, ich wollte …«

»Lothar, bist du das? Das ist aber nett!«

»Ich dachte, ich melde mich mal.« Kaltenbach schluckte. Er spürte, wie ihm das Blut in die Wangen schoss. Rasch blickte er sich um. Die Mütter waren nicht mehr zu sehen. »Die Einladung …« Er kniff die Augen zusammen und hielt die Luft an. Er musste ihr vorkommen wie ein Idiot. Wieder einmal.

»Du kommst doch? Natürlich kommst du! Wir sind doch sozusagen alte Freunde. Gemeinsame Ermittler!«, fügte sie verschwörerisch hinzu. Dann lachte sie. Im Hintergrund hörte Kaltenbach Musik und das Klappern von Geschirr.

»Gerne«, hörte er sich sagen. »Natürlich.«

»Um acht geht's los. Ich habe einen schönen Raum bekommen. Adelhauser Straße. Direkt gegenüber dem Kloster.« Irgendjemand rief ihren Namen. Eine Männerstimme. Kaltenbach hörte wie Luise den Hörer abdeckte und etwas sagte. Sie war nicht allein. Sofort kam Kaltenbach sich vor wie ein Eindringling.

»Du, ich muss Schluss machen. Es gibt noch so viel zu tun. Und Jamie braucht mich. Wir sprechen morgen weiter, okay?«

»Ja, bis … morgen …« Kaltenbach brachte nur noch ein paar vernuschelte Abschiedsworte heraus. Im nächsten Moment schenkte ihm das Klicken der unterbrochenen Leitung die Stille, die er herbeigesehnt hatte. Kaltenbach starrte auf das Display seines Handys, das inzwischen wieder verblasst war. Er hatte es verpatzt. Wieder einmal.

Er sah auf die Uhr. In einer halben Stunde musste er zurück im ›Weinkeller‹ sein. Er stand auf und lief ziellos die kleinen Wege entlang, bis er sich beim Ausgang zur Gartenstraße wiederfand. Noch war Zeit genug, um etwas zu essen. Doch er hatte keinen Hunger. Sein Inneres war leer und übervoll gleichzeitig. Luise war in sein Leben zurückgekehrt. Mit all den Erinnerungen und Gefühlen. Und Hoffnungen.

Vor der Eisdiele standen die Leute Schlange. Auf den Bänken am Marktplatz saßen junge Menschen und lachten. Spatzen stritten sich um ein paar Krümel. Ein Junge auf einem Scooter jagte ein paar Tauben hinterher. Der Dönerwirt in der Lammstraße stand vor seinem Laden und telefonierte und winkte, als er ihn sah.

Kaltenbach hob kurz die Hand und ging rasch weiter. Im ›Weinkeller‹ zog er die Ladentür hinter sich zu und drehte den Schlüssel um. Dann ließ er sich in den Sessel fallen, legte den Kopf in den Nacken und starrte an die Decke.

Kurz vor sieben klopfte Grafmüller an der Ladentür und drängte zum Aufbruch. Kaltenbach war nach Geschäftsschluss nicht mehr nach Hause gefahren. Im ›Weinkeller‹ fand er auch ohne Kundschaft genügend Ablenkung. Es war schwer genug, nicht dauernd an Luise und das Gespräch vom Nachmittag denken zu müssen.

In Grafmüllers altem Polo fuhren sie in Richtung Maleck. Kurz vor dem Ortsausgang bogen sie links ab in die Beethovenstraße.

»Wagners Eltern gehörten zu den Ersten, die hier nach dem Krieg am Kastelberg gebaut haben«, sagte er und schaltete einen Gang zurück.

Die Straße wurde rasch steil. Kaltenbach war schon öfter hier oben gewesen, um seine Weine anzuliefern. Große Einfamilienhäuser im Stil der Fünfzigerjahre reihten sich den Berg hinauf. Überall gab es hohe Hecken und Bäume.

Das Grundstück der Wagners war wie alle anderen von einem Zaun umgeben, hinter dem die typische Mischung aus Hainbuchen, Forsythien, Kirschlorbeer und Trompetenbäumen den Blick auf das Haus verdeckte. Die Gegensprechanlage an der Gartentür war blank poliert. Grafmüller läutete.

»Kommen Sie herein!«, tönte eine tiefe Männerstimme.

»Hans-Peter, der Sohn!«, erklärte Grafmüller. »Ich habe schon am Telefon gesagt, dass du auch mitkommst.«

An der Haustür empfing sie ein knapp 30-jähriger Mann in Jeans und dunkelgrünem Rollkragenpullover. Sein Händedruck wirkte kraftlos, als er sie hereinbat. Er sah müde aus.

Kaltenbach war überrascht von dem modern eingerichteten Wohnzimmer. Ein riesiges cremefarbenes Sofa stand in der Mitte des Raumes, davor ein niedriger Tisch mit einigen Zeitschriften und einer Obstschale mit Äpfeln und Bananen. An den Wänden helle Regale, vollgestellt mit Büchern und Fotografien, dazwischen einige gerahmte Urkunden. Obwohl die Bäume im Garten die Abendsonne stark herabdämpften, war kein Licht eingeschaltet.

»Setzen Sie sich.«

Eine dünne Stimme kam aus einem hohen Lehnsessel, der etwas abseits stand. Frau Wagner erinnerte Kaltenbach an seine Großmutter. Sie trug eine dunkle Bluse und hatte die Haare hinter dem Kopf zusammengesteckt. Ihre zierliche Gestalt versank fast in dicken Kissen. Über ihre Beine hatte sie eine hellbraune Kamelhaardecke gebreitet.

»Hans-Peter, bring den Herren etwas zu trinken.«

Die beiden Besucher ließen sich auf dem Sofa nieder. Kaltenbach rutschte unschlüssig auf dem weichen Lederpolster hin und her. Die Situation in der fremden Wohnung war ihm unangenehm. Er hatte keine Ahnung, was er sagen sollte. Er entschied sich, zunächst einmal abzuwarten.

69

Grafmüller begann das Gespräch behutsam. Aus den Erinnerungen, die aufgefrischt wurden, hörte Kaltenbach heraus, dass Grafmüller Wagner schon als jungen Journalisten kennengelernt hatte und sozusagen ein Freund des Hauses war. Anfangs war das Emmendinger Stadtarchiv noch auf verschiedene Magazine und Kellerräume in städtischen Gebäuden verstreut mehr schlecht als recht untergebracht gewesen. Grafmüllers lebhafte Artikel in der BZ hatten dazu geführt, in der Öffentlichkeit das Interesse an dem ›alten Kram‹ und der eigenen Vergangenheit wachzurufen. Später hatte der Gemeinderat die Gründung und Finanzierung eines zentralen Archivs beschlossen. Seit jener Zeit hielt Wagner große Stücke auf den Journalisten.

Grafmüller war aber auch Profi genug, bei der ersten sich bietenden Gelegenheit das Gespräch taktvoll auf den eigentlichen Grund seines Besuches zu lenken. Frau Wagner wirkte ziemlich angeschlagen, als sie von den letzten Stunden erzählte.

Der Stadtarchivar hatte offenbar Glück gehabt, doch er rang mit dem Tod. Neben etlichen heftigen Brüchen, Prellungen, Blutergüssen und offenen Wunden hatte er eine schwere Gehirnerschütterung davongetragen. Am Schlimmsten waren jedoch die inneren Verletzungen und ein Blutgerinnsel im Kopf.

»Wenn ich dieses Schwein erwische!« Der junge Wagner lief plötzlich wie aufgezogen durch das Zimmer und ballte die Fäuste. Seine Worte klangen wie Schläge auf ein Stahlrohr. »Es ist nicht zu fassen! Ausgerechnet Vater!«

Kaltenbach blickte erschrocken zu Frau Wagner hinüber, die von einer Sekunde auf die andere in sich zusammensackte. Grafmüller ergriff sofort die Gelegenheit.

»Gab es jemanden, der Ihrem Vater schaden wollte?«

Wagner wirbelte herum. »Schaden wollte? Schaden?«

Er spuckte das letzte Wort verächtlich aus. »Das war ein Mordanschlag!«

Die beiden Männer sahen sich überrascht an. Kaltenbach spürte, wie sich sein Magen zusammenzog.

»Jawohl, das war es. Umbringen wollten sie ihn.«

Frau Wagner schlug die Decke beiseite, trat zu ihrem Sohn und legte ihm ihre Hände auf die Schultern. Hans-Peter zuckte unwillig, wurde jedoch sofort ruhig. Er holte eine Schachtel aus der Tasche und zündete sich eine Zigarette an. Frau Wagner setzte sich zu den beiden Besuchern auf das Sofa. »Bitte entschuldigen Sie meinen Sohn. Aber das Ganze hat uns tief getroffen. Es war Gift. K.-o.-Tropfen.«

»Eine Partydroge!« Die Stimme des jungen Wagner klang bitter. »Die Polizei erzählt uns allen Ernstes, mein Vater sei mit einer Partydroge vergiftet worden!«

»Weiß man denn schon, wie es geschehen ist?« Kaltenbach sah eine Gelegenheit, sich am Gespräch zu beteiligen.

»Die Ärzte vermuten, dass jemand sie in seinen Tee gekippt hat. Johannes geht nie ohne seine Thermoskanne aus dem Haus.« Die Erinnerung überwältigte sie, ihre Stimme stockte. »Ich habe ihm extra seine Lieblingsmischung aufgebrüht. Mit Lavendel.«

»Der Wirkstoff baut sich schnell ab.« Wagner sprach nun ruhig, fast kühl. »Ein paar Stunden später hätte niemand mehr davon erfahren.«

Kaltenbach räusperte sich. »Wieso glauben Sie, dass es ein Anschlag war? Es könnte doch auch ein übler Scherz gewesen sein!«

Wagner fuhr herum. »Ein Scherz? Ein Scherz sagen Sie?« Für einen Moment befürchtete Kaltenbach, dass er sich auf ihn stürzen wollte. »Mein Vater liegt im Koma und Sie sagen, es sei ein Scherz?«

»Hans-Peter, bitte.« Seine Mutter versuchte ihn zu beruhigen. »Die Herren wollen uns doch nur helfen.«

»Es war ein Anschlag.« Wagner trat wieder einen Schritt zurück. Dann suchte er in seiner Tasche erneut nach der Zigarettenschachtel. »Oder wie erklären Sie sich sonst, dass er bestohlen wurde?«

Kaltenbach runzelte die Stirn. »Bestohlen?«

»Seine Aktentasche ist weg. Verschwunden. Geklaut.«

Kaltenbach sah, wie Grafmüllers Augen blitzten. Der Redakteur nahm die Fährte auf. Anscheinend hatte er von der verschwundenen Aktentasche noch nichts gewusst.

»Also ein Überfall! Und was war darin?«

»Mein Mann nahm die Aktentasche immer mit zur Arbeit«, sagte Frau Wagner. »Ich weiß nicht, was drin war. Vermutlich sein Vortrag. Er war immer sehr gründlich.«

Wagner zog ein paar Mal kurz und heftig an der Zigarette. »Vater hat nie viel über seine Arbeit gesprochen. Auch mit uns nicht.« Er sah zu seiner Mutter, die die Augen gesenkt hielt. »Der alte Kram würde uns sowieso nicht interessieren, sagte er, wenn ich ihn darauf ansprach. Wenn er zu Hause war, wollte er für die Familie da sein. Manchmal saß er noch in seinem Arbeitszimmer. Dann durfte man ihn nicht stören.«

»Könnte etwas Wertvolles in der Tasche gewesen sein?«

»Kommt darauf an, was man darunter versteht. Natürlich gibt es im Archiv einiges von Wert. Irgendwelche alten Bücher, Urkunden oder Bilder. Ich kenne mich da nicht aus.«

Für eine Weile blieb es ruhig. Der junge Wagner hatte sich in den Ohrensessel seiner Mutter gesetzt. Grafmüller machte sich ein paar Notizen.

Kaltenbach sah hinaus in den Garten. Die Abenddämmerung hatte das Zimmer mittlerweile fast ganz abgedunkelt. Zwischen den Büschen und Bäumen blitzten vereinzelte Strahlen der untergehenden Sonne.

»Johannes hat sich sehr gefreut auf den Vortrag. Er sprach davon, dass dies die Krönung seines Lebenswerkes werden würde. Und dass seine Heimatstadt künftig in ganz Deutschland berühmt sei.«

Plötzlich begann sie zu weinen. Ihr Sohn stand auf und kam zu ihr herüber.

»Ich denke, es ist besser, Sie gehen jetzt«, sagte er und schaute auf die Uhr. »Außerdem müssen wir gleich noch einmal hinüber ins Krankenhaus.«

Kaltenbach fiel ein, dass Grafmüller ihm erzählt hatte, dass Frau Wagner seit zwei Tagen fast ununterbrochen auf der Intensivstation bei ihrem Gatten gewacht hatte.

Die beiden Männer standen auf und verabschiedeten sich. Wagner begleitete sie zur Tür.

Als Kaltenbach im Hausflur seine Jacke überzog, hörte er, wie Frau Wagner hinter ihnen her kam. Sie sah die beiden mit wässrigen Augen an. Ihre Stimme klang wie aus einem tiefen Tal. »Helfen Sie uns.«

Schweigend fuhren die beiden die wenigen Kilometer durch den Wald hoch nach Maleck. An der schmalen Landstraße zogen die dunklen Fichtenstämme an ihnen vorbei.

Auf der Kuppe am Waldrand kurz vor dem Ortseingang sagte Kaltenbach: »Du kannst mich an der Kreuzung rauslassen. Ich laufe gerne noch ein paar Meter.«

Grafmüller hielt neben der ›Krone‹ an dem runden steinernen Dorfbrunnen, aus dessen Mitte ein kräftiger Strahl sprudelte.

»Ich ruf dich an«, sagte er. Kaltenbach hob nur kurz die Hand, als er ausstieg.

»Tu das.« Grafmüller wendete und fuhr rasch davon.

Die Luft war so, wie man sie an einem Maiabend im Breisgau erwartete, lind, ruhig und voller Düfte. Die Hausgärten entlang der Straße standen in voller Blüte. Katzen stolzierten umher und bezogen ihr Nachtrevier. Um die Straßenlaternen schwirrten kleine Mücken. Aus den meisten Fenstern schimmerte das bläulich-kalte Licht der Fernsehgeräte.

Schon nach wenigen Schritten stand Kaltenbach vor seiner Haustür. Er überlegte kurz, dann drehte er sich um und ging zurück auf die Straße. Er konnte jetzt noch nicht nach Hause.

Nach ein paar Minuten hatte er den Friedhof am Ortsende erreicht. Kaltenbach setzte sich auf die Bank am Rande des kleinen Parkplatzes. Er liebte diesen Ort. Vor ihm lag die Hochburg, das Wahrzeichen von Emmendingen. Auf den Höhen des Kandel hielt sich der letzte Schimmer des Tages gegen die von Osten heraufziehende Nacht. Im Süden strahlte der Horizont von den Lichtern der Häuser in Denzlingen und Freiburg.

Es war schön hier im Breisgau, er mochte die Landschaft, die Menschen, den Wein. Nie hätte er in einer Stadt wie Frankfurt oder Berlin wohnen können.

Doch das friedvolle Bild des Abends ließ Kaltenbach heute nicht wie sonst zur Ruhe kommen. Der Besuch bei den Wagners hatte etwas in ihm ausgelöst, das über das hinausging, was ihn in den letzten Wochen beschäftigte. Es war diese Fassungslosigkeit, die sich bei dem Sohn in unbeherrschter Wut, bei der Frau in Trauer und verzweifelter Hoffnung niederschlug. Die Welt hatte einen Riss bekommen. Das Unvorstellbare ließ sich nicht immer ausklammern. Er hatte sich entschieden. Er würde Grafmüller helfen.

KAPITEL 6

Kaltenbach hatte verschlafen.

Der Schlaftrunk am Abend zuvor war ein, zwei Gläser zu üppig ausgefallen. Außerdem hatte es selbst der gut gemachte schwedische Spätkrimi im Fernsehen nicht geschafft, ihn von dem abzulenken, was gestern aufgebrochen war. Lange hatte er sich in unruhigem Schlaf im Bett hin und her gewälzt. Als er zwischendurch auf die Uhr gesehen hatte, war es halb vier gewesen.

Während er die zweite Tasse Kaffee leerte und in ein mit Frischkäse bestrichenes Brötchen biss, überflog Kaltenbach die Schlagzeilen der Badischen Zeitung. Im Lokalteil hatte Grafmüller ganze Arbeit geleistet. Es gab Fotos aus dem Saal von der Begrüßung, von der Halle und aus dem Foyer, die anscheinend während der Pause aufgenommen worden waren. Dazu einen Bericht von der Veranstaltung und ein kurzes Interview mit Dr. Scholl.

Wagners Sturz und sein Abtransport ins Krankenhaus war nur mit den nötigsten Zeilen abgehandelt worden. Stattdessen gab es einen halbseitigen Bericht über den Stand der polizeilichen Ermittlungen zu dem Mord an der Stadtführerin.

Kaltenbach faltete die Zeitung zusammen und stopfte den Rest des Brötchens in sich hinein. Das Ganze sah nach einer stillschweigenden Übereinkunft aus. Grafmüller war normalerweise nicht der Typ, der sich von einer guten Geschichte abhalten ließ. Wahrscheinlich hatte Dr. Scholl darauf gedrängt, die Nachricht von dem Anschlag zurückzuhalten.

75

Dazu kam ihr Besuch gestern bei Frau Wagner. So wie Kaltenbach seinen alten Kumpel kannte, ließ ihn das Schicksal der Familie nicht unberührt.

Es würde sich trotzdem nicht verheimlichen lassen. Man konnte gespannt sein, wie die Menschen in der Stadt damit umgehen würden.

Der Emmendinger Goethesommer hatte einen denkbar schlechten Start erfahren.

Der Tag im ›Weinkeller‹ war anstrengend. Auf den Stufen zur Eingangstür wurde Kaltenbach bereits von einem schmächtigen älteren Herrn mit einer großen Strohtasche begrüßt.

»Pünktlichkeit ist die Höflichkeit der Könige!«, schallte es ihm vorwurfsvoll entgegen.

Kaltenbach murmelte eine halbherzige Entschuldigung und schloss die Tür auf. Friedrich Waltersperger war Frührentner, ehemaliger Busfahrer und einer seiner treuesten Kunden. Obwohl er in Freiamt wohnte, ließ er es sich nicht nehmen, seinen wöchentlichen Weinvorrat persönlich auszusuchen und abzuholen. Ihn durfte er unmöglich verprellen.

»Heute habe ich einen gepflegten Chablis aus dem nördlichen Burgund«, sagte er daher rasch, um Waltersperger zu besänftigen. »Nicht leicht zu keltern. Milde Säure, weich auf der Zunge. Eine gekonnte Mischung von Himbeeren, Brombeeren und Zitronengras.« Er reichte ihm eine schlanke Flasche und drehte das Etikett nach vorn. »Zwei Jahre alt. Kein Kopfweh. Darf ich ein Gläschen anbieten?« Kaltenbach wusste, was die Weinkenner schätzten. Die echten ebenso wie die vermeintlichen.

Waltersperger hatte wie immer ein paar Anekdoten aus seinem erfüllten Busfahrerleben auf Lager, die er zwischen genießerischem Zungenschnalzen zum Besten gab. Als später die ersten Laufkunden kamen, war Kaltenbach wieder ganz auf der Höhe.

Kurz vor zwölf rief Grafmüller an. Er hatte bereits mit ein paar Leuten gesprochen, die im Foyer der Steinhalle dabei waren. Auch die ersten Handyfotos hatte er schon.

In der Mittagspause holte sich Kaltenbach zwei Butterbrezel und machte sich einen Kaffee. Dann schloss er ab und legte sich auf die alte Campingliege hinten im Laden.

Ein Anschlag auf den Stadtarchivar! Womöglich ein Mordversuch! Das würde einen gewaltigen Aufruhr in der Stadt hervorrufen. Abend für Abend wurden die Menschen in den Fernsehnachrichten mit Mord und Totschlag, Missbrauch, Überfällen und schlimmsten Naturkatastrophen konfrontiert. Doch all dies passierte Menschen, die man nicht kannte. Irgendwo anders auf der Welt.

Schon das Interesse an dem Mord an der Schauspielerin hatte bereits deutlich nachgelassen. Natürlich wurde getratscht und spekuliert. Ein Mord in der eigenen Stadt bot Stoff auf Jahre. Doch kaum einer hatte die Frau persönlich gekannt. Es gab niemanden, der direkt betroffen war.

Bei den Wagners lag die Sache anders. Der Aufschrei würde gewaltig sein. Kaltenbach hoffte inständig, dass Grafmüller die richtigen Worte fand.

Als Frau Kölblin am Nachmittag auf ihrer Rundtour vorbeikam, wusste sie offensichtlich noch nichts davon. Der Sturz Wagners hatte ihrer Begeisterung über die Veranstaltung anscheinend keinen Abbruch getan.

»Der arme Ma. Er hetts mit em Herz gha. ’s isch alles zviel für ihn gsi.« Sie thronte auf dem Ohrensessel und nahm Kaltenbachs Kaffeeangebot huldvoll entgegen. »Aber des wird schu. D’ Maria kennt e Freundin vun dr Schdationsschweschder.«

Frau Kölblins Beziehungsgeflecht war legendär. Nach dem Besuch gestern Abend am Kastelberg konnte er ihren Optimismus allerdings nicht teilen.

»Intensivstation. Do muesch vorsichtig si.« Sie nippte mit spitzen Lippen an dem heißen Getränk. »Aber es isch e dolle Obend gsi. Maria hett gmaind, sie hett noch nie so vieli Promis gsähne. Un 's Fernseh. Der hett e paarmol zu uns rum fotografiert. Im dritte Programm ischmes kumme. Hesches gsähne?«

Kaltenbach nickte. Er wusste, dass es sinnlos war, sie jetzt unterbrechen zu wollen. Sie würde genau eine Tasse Kaffee lang von den illustren Gästen und prominenten Namen erzählen. Inklusive der Garderobe der Damen.

Doch heute überraschte sie ihn.

Frau Kölblin öffnete ihre Handtasche und zog ein Buch heraus. »Do lueg emol!«, sagte sie und hielt ihm ein Taschenbuch hin. Auf der Vorderseite war ein alter Stich von einer Kutsche abgebildet, die in die Berge fuhr, darunter in großer Schrift der Titel. »Goethes Reisen in d' Schwiz«, las sie langsam und bedeutungsvoll. »Hab ich grad gholt. Maria hetts au schu glese. Do isch au ebbis vu Ämmedinge drin!«

Kaltenbach kam aus dem Staunen nicht heraus. Frau Kölblin hatte anscheinend eine kräftige Dosis des in der Stadt grassierenden Goethevirus abbekommen. Er selbst hatte um solche Bücher immer einen großen Bogen gemacht. In seiner Gymnasialzeit hatte ihm sein Deutschlehrer, ein Pädagoge der alten Schule, mit seinen langweiligen Interpretationen das Interesse an den Klassikern ausgetrieben.

Der kleine Schellenbaum über dem Eingang klingelte hektisch, als plötzlich die Ladetür aufgerissen wurde.

Grafmüller kam hereingestürmt. Er nickte Frau Kölblin

kurz zu und drückte Kaltenbach einen Datenstick in die Hand. »Schau doch mal drüber. Am besten heute noch!«

Kaltenbach sah zuerst auf das kleine silbrige Teil und blickte dann Grafmüller fragend an. »Was ist da drauf?«

»Handyfotos. Ich habe heute Mittag keine Zeit, ich muss nach Freiburg.« Er drehte sich bereits wieder zur Tür. »Vielleicht fällt dir ja etwas auf.«

»So, der Herr Reporter. Schriebe mir ebbis Scheens?«

Grafmüller wehrte Frau Kölblins Versuch einer Gesprächseröffnung routiniert ab. »Immer unterwegs, schöne Frau. Immer bei der Arbeit.«

»Wenn Ihr ebbis brueche für d' Zittig, ich hab alles gsähne. Ich war ganz vorne in dr Halle. Sodde mir viellicht emol e Interfju …«

Doch Grafmüller war bereits wieder unter der Tür. »Gerne. Ein andermal vielleicht. Auf Wiedersehen zusammen!«

Auch Frau Kölblin stand jetzt auf. Der Kaffee war alle, und alles war gesagt. Eine Kleinigkeit fehlte jedoch.

»Seller Schdick!« Sie reckte den Hals und deutete auf Kaltenbachs Hand. »Ebbis Wichdigs?«

Kaltenbach schüttelte den Kopf. »Geschäftlich. Ein paar Entwürfe für Anzeigen.« Er hielt ihr die Tür auf.

»Aha. So isch recht. Immer flissig si!« Mit diesen Worten stapfte sie schnaufend die kleine Treppe zur Straße hinunter.

Kaltenbach war sich sicher, dass sie genug gehört hatte, um Gesprächsstoff für ihre nächste Anlaufstation mitzunehmen. Er räumte das Geschirr nach hinten und spülte es ab. Dann warf er den Computer an. Während der Rechner hochfuhr, sah er auf die Uhr und überlegte. Es war halb vier. Um acht Uhr sollte Luises Vernissage beginnen. Er würde noch nach Hause fahren, duschen und sich umziehen müssen. Siedend heiß fiel ihm ein, dass er wohl etwas mitbringen sollte.

Sein Blick glitt über die Auslagen im Laden. Eine gute Flasche Wein war nie verkehrt. Ein Dreierbouquet aus leichten Rosés? Oder eine edle Spezialität, zum Beispiel eine Trockenbeerauslese vom Kaiserstuhl?

Während sich der Bildschirm mit Symbolen füllte, verwarf er den Gedanken. Mit Sicherheit hatte sie für den Abend genügend Alkoholika organisiert, sodass ein solches Geschenk eher deplatziert wirken würde.

Was sonst? Er wusste, dass sie sich über ein gutes Essen freute, doch das ging natürlich nicht. Stattdessen vielleicht einen Dekanter? Pralinen? Musik? Ein Buch? Er musste sich eingestehen, dass er Luise viel zu wenig kannte. Die wenigen Erinnerungen waren alle wieder aufgetaucht, stark und voller Emotionen. Doch seither war ein Jahr vergangen.

Kaltenbach steckte den Datenträger ein und öffnete die Dateien. Er hatte eine Handvoll Bilder erwartet. Doch er sah sofort, warum Grafmüller ihn um Mithilfe gebeten hatte. Es mussten mehr als hundert Aufnahmen sein. Das würde einige Zeit dauern. Kaltenbach klickte auf eine der Bilddateien. Es war eine Aufnahme vom Bierstand vor der Halle, etwas unscharf. Um den aufgeklappten Tresen standen die Gäste, die meisten mit dem Rücken zur Kamera. Das war alles.

Ein nächstes Bild. Zwei in bunte Farben gekleidete junge Damen standen lachend an der Garderobe und prosteten dem Fotografen mit Gläsern zu. Kaltenbach erkannte seine beiden Helferinnen von jenem Abend, die sich hier in Pose warfen. Die dritte Aufnahme zeigte das große Plakat, das Tage zuvor innen und außen an der gläsernen Eingangstür zur Steinhalle angebracht war.

Kaltenbach lehnte sich in seinem Stuhl zurück. Auf diese Weise kam er nicht weiter. Mit einem Blick auf die Uhr entschied er sich, das Ganze auf später zu verschieben. Er zog den Stick ab und steckte ihn in die Tasche. Wenn ihm eine weitere schlaflose Nacht bevorstand, würde er sie wenigstens sinnvoll nutzen können.

Die Zeit bis zum Abend verging viel zu langsam. Kaltenbach hätte am liebsten früher Schluss gemacht. Doch eine halbe Stunde vor Ladenschluss wurde er noch einmal völlig in Beschlag genommen. Eine junge Frau mit ihrem Begleiter hatte sich vorgenommen, zu ihrer bevorstehenden Trauung ihren Gästen etwas Besonderes zu bieten.

Kaltenbach gab sich alle Mühe, fragte nach dem Speiseplan, der Lokalität sowie nach dem Alter und den Gewohnheiten der zu erwartenden Gäste. Es stellte sich rasch heraus, dass die Weinkenntnis der beiden über die Unterscheidung zwischen rot und weiß nicht hinausging. Auch die angebotenen Probiergläschen brachten außer der Verstärkung des Kicherns bei der Frau und des Brummens ihres Begleiters keine Entscheidungshilfe. Am Ende zogen die beiden mit Kaltenbachs Versprechen davon, dass er ihnen eine abwechslungsreiche Mischung zusammenstellen wolle, die nicht nur ihre Freunde, sondern auch die zu erwartende Verwandtschaft zufriedenstellen würde.

Kurz nach sechs stand Kaltenbach atemlos im Eingang zum Blumenladen am Tor. Die beiden Verkäuferinnen waren bereits dabei, die Schaukästen nach drinnen zu räumen.

Er überlegte nicht lange. »Etwas Schönes, Buntes!« Er musste über sich selbst grinsen. Dieses Mal war er es, der keine Ahnung hatte. »Und Unverfängliches!«, fügte er rasch hinzu. Die Sprache der Blumen musste er zuerst noch lernen.

Kaltenbach war spät dran. Als passionierter Vespafahrer hatte er normalerweise keine Parkprobleme. Doch mit dem Blumenstrauß hatte er keine andere Möglichkeit gesehen, als das Auto zu nehmen.

Nun kurvte er bereits zum zweiten Mal um die Häuserzeilen der Freiburger Altstadt. Die selbst ernannte ›Green City‹ war keine gute Stadt für Autofahrer. Die wenigen Parkplätze, die es gab, waren entweder dauerbelegt oder den Anwohnern vorbehalten.

Kaltenbach war kein Pünktlichkeitsfanatiker. Doch es war ihm lieber, unter den Ersten zu sein, um sich ein wenig vertraut zu machen. Schließlich waren heute außer Luise keine Bekannten zu erwarten.

Als er auch am Dreisamufer keine Parklücke fand, gab er auf und entschloss sich, in eines der teuren Parkhäuser zu fahren.

Er hastete an den Nobelgeschäften in der Konviktstraße vorbei zum Schwabentor. Wenn er sich beeilte, konnte er es noch schaffen. Das Kopfsteinpflaster schimmerte in der Abendsonne. Die Touristenscharen wurden um diese Zeit von Studenten abgelöst, die das schöne Wetter nutzten, um sich in einem der vielen Gartenrestaurants zu treffen.

Das Gebäude, in dem die Vernissage stattfinden sollte, war nicht weit entfernt von Luises ehemaligem Studio in der Fischerau. An der niedrigen Mauer, die das Grundstück von der Straße abgrenzte, hing ein großes Plakat mit dem gleichen Motiv wie auf seinem Einladungsflyer. Eine filigrane, abstrakt anmutende Plastik vor einem Schwarz-Weiß-Foto, das eine Wüstenlandschaft zeigte.

›Encounters and Relations – Begegnungen und Beziehungen‹ stand als Titel daneben. Dazu Luises Name sowie der von Jamie Granger.

»Lothar? Lothar Kaltenbach?«

Er fuhr herum. Ein Mann in Jeans und Lederjacke trat auf ihn zu.

»Lothar! Das gibt es doch nicht. Wie lange ist das her?«

Kaltenbach erkannte sein Gegenüber sofort. »Robbi! Slowhand! Gibt es dich auch noch?«

Die beiden umarmten sich und schüttelten sich die Hände.

»Das ist ja ein Ding!« Robbi freute sich sichtlich. »Seit wann interessierst du dich für Kunst?«

Die Frage traf Kaltenbach ebenso unvorbereitet wie die Begegnung mit Robbi. Robert Metzdorf war schon zu ihren gemeinsamen Studententagen in jede Kunstausstellung gegangen. Er konnte abendelang über die Bedeutungen und Unterschiede von Picassos verschiedenen Farbperioden diskutieren. Wenn er jemanden fand.

Viel wichtiger für Kaltenbach war, dass Robert schon damals ein begnadeter Musiker war, der ihn dazu gebracht hatte, Gitarre spielen zu lernen. Den Spitznamen ›Slowhand‹ hatte er seinem großen englischen Vorbild Eric Clapton zu verdanken.

»Willst du uns nicht verraten, wie dein Freund heißt, Robbi?« Eine der beiden Begleiterinnen streckte Kaltenbach die Hand entgegen. »Sigi Metzdorf. Ich gehöre zu diesem Chaoten hier.« Sie deutete auf ihre Begleiterin. »Und das ist Nadja.«

Kaltenbach sah in zwei dunkle Augen, die ihn neugierig musterten.

»Gehen wir doch rein, da können wir gleich mal auf unser Wiedersehen anstoßen.« Kaltenbach stimmte dem

Vorschlag sofort zu. So kam er zumindest vorläufig um die Antwort herum, was sein Kunstinteresse betraf.

Der Ausstellungsraum befand sich in einem flachen hölzernen Anbau eines der alten Häuser, die sich mit samt ihren Gärten vor der Bebauungswut der Siebzigerjahre gerettet hatten.

Am Eingang wurden sie von einem weiblichen Teenager empfangen, dessen kurze rote Haare wie kleine Handbohrer in alle erdenklichen Richtungen abstanden. Ihre abgewaschenen Jeans wurden fast ganz von einem zeltartigen dunkelgrünen T-Shirt überdeckt, auf dem sie in großen silbrigen Buchstaben ihre Liebe zu New York kundtat.

»Ich bin die Jessy. Kommt rein. Da hinten gibt's Sekt. Habt ihr was für die Garderobe?« Sie drückte jedem ein leeres Namensschildchen in die Hand, wie es Kaltenbach von Tagungen und Kongressen kannte. »Schreibt drauf, wer ihr seid!« Jessy wies auf ein paar Stifte, die an einem kleinen Tisch neben der Garderobe lagen. »Oder wer ihr sein wollt!«, zwinkerte sie Kaltenbach zu.

Mit seinen Blumen wirkte er etwas unbeholfen. Doch Jenny machte keine Anstalten, ihm den Strauß abzunehmen. Und Luise war nirgendwo zu sehen. Der Raum war nicht so groß, wie es von außen den Anschein hatte. Wände und Fußboden waren in hellen Farben gehalten, eine dezente Beleuchtung spielte mit den letzten Strahlen der Abendsonne. Überall verteilt standen Gäste in kleinen Grüppchen zusammen, die meisten mit einem Glas in der Hand.

»Gehen wir etwas trinken?«

Nadja fasste ihn am Arm und zog ihn zu einem weiß gedeckten Tisch voller Gläser.

»Was darf ich anbieten? Sekt, Kir, Hugo, Sekt-Orange?

Campari?« Ein glattgesichtiger Jüngling mit steil gegelten Haaren und gekleidet im schwarz-roten Livree eines Wiener Kaffeehauskellners wies mit einladender Geste über das Angebot.

Kaltenbach dachte an die Heimfahrt und entschied sich für Orangensaft mit einem Schuss Sekt.

»Na, na, nicht so zaghaft. Campari Soda für mich!« Nadjas rauchige Stimme passte zu ihren Augen. »Ich liebe diesen Bittergeschmack«, raunte sie Kaltenbach zu.

Von Luise war immer noch nichts zu sehen. Kaltenbach legte den Blumenstrauß auf einen Stuhl neben der Getränketafel. Der Jüngling verzog keine Miene.

Kaltenbach hatte keine Ahnung vom Verhaltenskodex bei Ausstellungseröffnungen. Da auch die Sitzgelegenheiten äußerst spärlich waren, ließ er sich von Nadja bereitwillig mitziehen. Von Robert und seiner Begleitung war nichts mehr zu sehen. Er kannte Luises Plastiken bereits aus dem vorigen Jahr. Eine davon, eine filigrane engelsgleiche Tänzerinnengestalt, hatte er sogar bei sich zu Hause stehen. Ihr Dankesgeschenk, wie sie es damals genannt hatte.

Doch was er nun sah, überraschte ihn. Ihr Stil hatte sich verändert. Waren ihre Plastiken zuvor zarte, zerbrechlich wirkende Andeutungen, so schienen sie jetzt kräftiger und entschlossener. Das Figürliche war fast ganz verschwunden.

»Schau mal hier: ›Aufbruch‹.« Nadja deutete auf eine Art Vase, die Kaltenbach erst bei näherem Hinsehen als ineinander verschlungene Knospenblätter entzifferte. Die Figur daneben erinnerte an ein Küken, das sich aus einem Ei schälte.

»Und hier: ›Werdendes‹!«

In ihre Betrachtungen ertönte von irgendwoher ein

Gong. Gleich darauf setzte Musik ein. Kaltenbach hörte ein Saxofon, dazu einen Kontrabass.

Die Anwesenden unterbrachen ihre Gespräche und wandten sich erwartungsvoll dem Kopfende des Raumes zu. Beifall ertönte.

Kaltenbach staunte, als er sie sah. Luise trug ein braunrotes bodenlanges Kleid im Folklore-Look, dazu eine bestickte Weste. Ihre hellbraunen Haare hatte sie nach oben gesteckt, über ihre Stirn fiel die kleine widerborstige Locke, die ihm gleich bei ihrem ersten Treffen aufgefallen war. Sie hielt ihre Hände verschlungen und lächelte.

»Encounters and Relations.« Der Mann neben ihr begann zu sprechen. Das musste Jamie Granger sein. Seine Stimme klang voll und wohlklingend. Nadja reckte den Hals. »Begegnungen und Beziehungen.«

Es folgte eine kurze Begrüßung und eine Einführung zu der Ausstellung. Granger sprach Englisch mit französischem Akzent.

»Er ist Kanadier«, flüsterte Nadja ihm zu. »Aus Quebec. Wohnt aber in Vancouver.«

Kaltenbach wunderte sich, woher sie dies wusste. Hatte er die Einladung nicht genau gelesen?

Luise sprach nur kurz. Darüber, wie inspirativ es in Amerika gewesen sei, und dass sie sich freue, nun wieder in Freiburg zu sein.

Am Ende drängten sich ein paar Fotografen nach vorn. Jamie legte den Arm um Luise, beide lächelten im Geflacker der Blitzlichter. Dann setzte die Musik wieder ein.

»Da seid ihr ja.« Robbi stand plötzlich neben ihm. Er grinste. »Wie ich sehe, kommt ihr gut miteinander klar!« Er hielt Kaltenbach das Glas hin.

»Auf einen interessanten Abend!« Nadja kicherte.

Kaltenbach nickte und stieß mit den beiden an. Er kam

sich wieder einmal völlig deplatziert vor. Vor allem sah es nicht so aus, als hätte er heute die Gelegenheit, Luise nach so langer Zeit gegenüberzutreten.

»Habt ihr euch schon umgesehen? Nicht schlecht, was die beiden machen, findest du nicht?« Robbi zog Kaltenbach zu einem der größeren Ausstellungsstücke.

»Diese Gegensätze finde ich spannend. Eng und weit. Kräftig und zart. Lebendig und entspannt.«

Erst jetzt fiel Kaltenbach auf, dass jedes von Luises Werkstücken mit einem Foto in Verbindung stand. Bei den ersten, die er gesehen hatte, hatte er die Bilder als bloßen Wandschmuck gesehen und sie kaum beachtet.

»Jamie ist ein toller Fotograf!«, meinte Nadja. Wobei ihr vielsagender Blick offen ließ, ob sie mit ihrem Kommentar die Bilder oder den Kanadier meinte.

Kaltenbach nickte ohne großes Interesse. Sein Blick blieb unvermutet an einem der Besucher hängen. Er kam ihm bekannt vor, doch er war sich nicht sicher. Der Mann war zu weit weg und drehte ihm zudem halb den Rücken zu.

»Einen kleinen Moment, bin gleich wieder da.« Kaltenbach ging um einen der Raumteiler herum, bis er den Mann aus der Nähe sah. Er hatte richtig vermutet.

Gisbert Hertzog, der Möbelfabrikant, unterhielt sich in sichtlich bester Laune mit einer Dame, deren opulentes Kleid ebenso wie ihr Goldschmuck eine Spur zu überladen im Kreis der übrigen Gäste wirkte.

Seit dem schrecklichen Anblick am Schlossergrab am Tag nach der Führung hatte das Geschehen in der Stadt Kaltenbachs Sinne geschärft. Seine Antennen waren ausgefahren, ein Bild begann vor seinem inneren Auge zu entstehen. Und Hertzog war ein Teil davon. Es gab das merkwürdige Gespräch, das Kaltenbach auf der Toilette des Alten Rathauses mitbekommen hatte. Und Hertzog war es, der ihn kurz vor Wagners Sturz in der Steinhalle fast über den Haufen gerannt hatte.

»Lothar, altes Haus, jetzt komm mal mit.« Robbi Metzdorf war neben ihn getreten und riss ihn aus seinen Gedanken. Er wies mit dem Kopf zum Ausgang. »Ich muss mit dir reden.«

Draußen war es inzwischen dunkel geworden. Es war warm, einer der typischen Maiabende im Breisgau, wie Kaltenbach sie liebte. Von der Adelhäuser Straße her leuchteten die Straßenlaternen. Zwei Radfahrer fuhren vorüber und unterhielten sich lautstark.

Metzdorf drehte sich eine Zigarette und zündete sie an. »Machst du noch Musik?«

»Wie man's nimmt. Ein bisschen für mich. Wenn mir danach ist. Das kennst du ja.«

»Bist du noch fit?«

Dieses Mal zögerte Kaltenbach mit der Antwort. Robbi konnte er nichts vormachen. Sie hatten früher oft zusammen Musik gemacht. Auf den unzähligen Feten natürlich und unten am Dreisamufer. Für kurze Zeit hatte es sogar so etwas wie eine Band gegeben mit einigen kleineren Auftritten.

Doch die Episode war beendet, als Jo, ihr Schlagzeuger, am Semesterende nach Konstanz gewechselt war und ihr Bassist, dessen Name Kaltenbach nicht mehr einfiel, sich auf das Examen hatte vorbereiten müssen.

Robbi war der Einzige, der Kaltenbachs Fähigkeiten richtig beurteilen konnte. Sie waren ein gut eingespieltes Duo gewesen, die sich die Licks und Riffs ohne große Absprache perfekt zuwerfen konnten. Blues. Ehrlicher, gerader Blues.

»Ich mache gerade ein bisschen etwas mit Irischer Musik.« Kaltenbach erzählte mit ein paar wenigen Worten von der Gruppe, die bei Walters Geburtstag im letzten Jahr entstanden war.

»Hört sich gar nicht so schlecht an.« Robbi grinste. »Aber hättest du nicht Lust, mal wieder etwas Richtiges zu machen?«

Kaltenbach verstand sofort, was er meinte. »Eine Bluesband?«

In Sekunden zogen Bilder von endlos langen Improvisationen in rauchgeschwängerten Kneipen an ihm vorbei. Lautsprechersound, der in die Eingeweide zog, elektrischer Bass, der den Körper zum Vibrieren brachte. Bier. Billiger Whisky.

»Hört sich gut an. Aber ich stehe in der Pflicht. Demnächst wird unser erster Auftritt sein.«

»Du hast noch nicht alles gehört.« Robbi blies den Rauch seiner Zigarette langsam aus. »Ich sage nur einen Namen: Big Guitar Thompson!«

Kaltenbach schaute ungläubig. Der große alte Mann des Delta Blues! Er hätte ihn zu gerne einmal erlebt. Die wenigen Plattenaufnahmen, die er kannte, waren umwerfend.

»Was ist mit ihm?«

»Ist in Deutschland. Macht gerade eine Clubtournee. Berlin, Hamburg, Frankfurt. Demnächst im Jazzhaus in Freiburg. Und immer mit Musikern vor Ort.«

Kaltenbachs Herz schlug schneller. Da musste er hin. Unbedingt. »Gibt es noch Karten? Gehen wir zusammen?«

Robbi schüttelte den Kopf. »Etwas viel Besseres. Ich hätte da nämlich so eine Idee. Und einen Vorschlag.«

Das Einzige, an das er sich von der Heimfahrt erinnerte, war, dass er in der Nacht im Halbschlaf aus Versehen bis Teningen gefahren war. Irgendwann hatte er dann doch den Weg zurück nach Maleck gefunden. Sein letzter Gedanke vor dem Einschlafen war die Frage, was aus seinen Blumen geworden war.

Der Abend in Freiburg hatte Kaltenbachs Gefühlswelt gehörig durcheinandergewirbelt. Das Wiedersehen mit Luise war völlig anders ausgefallen, als er es sich vorgestellt hatte. Den ganzen Abend über hatte es keine Möglichkeit gegeben, mit ihr unter vier Augen zu sprechen, so wie er es gewollt hatte. Und dann gab es noch Jamie, den gut aussehenden Kanadier, der bei der Begrüßung den Arm um sie gelegt hatte.

Am Ende war er erleichtert darüber, dass es in der Menge fremder Leute nicht zu einem belanglosen Small Talk gekommen war.

Gänzlich aufgewühlt hatte ihn das Gespräch mit Robert Metzdorf. Der Vorschlag, den er am Ende gemacht hatte, traf Kaltenbach wie ein Hammerschlag. Robbi hatte das Angebot bekommen, den Auftritt in Freiburg zu organisieren. Und Robbi hatte ihn, Kaltenbach, eingeladen mit ihm zusammen Gitarre zu spielen.

»Wie in alten Zeiten«, hatte er geschwärmt. »Das kann ich nur mit dir!«

Mit Robbi gemeinsam Big Guitar Thompson begleiten! Den rauen Blues der Südstaaten hautnah erleben! Einem seiner großen Vorbilder ganz nah sein! Die Vorstellung war umwerfend.

Während des Vormittags war Kaltenbach naturgemäß nicht bei der Sache. Beim Verkauf rettete er sich mit Routine und geschäftsmäßiger Freundlichkeit durch die Gespräche. Die Stammkunden sprachen an diesem Morgen nicht über Wein, sondern ausnahmslos von Grafmüllers Artikel in der heutigen Zeitung. Es war, wie Kaltenbach erwartet hatte. Die Wellen der Empörung schlugen hoch. Nahezu jeder fühlte sich persönlich betroffen. Die Spanne der Kommentare reichte von tiefstem Mitgefühl bis zu übelsten Drohungen.

Kaltenbach hielt sich sehr zurück. Er hatte weder die Kraft noch die Motivation, die Konversation über das Nötigste hinaus auszudehnen.

Kurz vor zwölf erschien Grafmüller mit weiteren Handyfotos. »Damit dir nicht langweilig wird an deinem freien Nachmittag!«

Kaltenbach war zu müde, um etwas zu entgegnen. »Mal sehen. Versprechen kann ich nichts. Was suchst du eigentlich?«

»Alles, was mit Wagner zu tun hat. Jetzt erst recht, wo wir wissen, dass es ein Anschlag war. Etwas Auffälliges, etwas, das nicht passt. Irgendwelche Personen, die nicht dazugehören. Vielleicht hat sogar jemand den Sturz mit drauf.« Grafmüller hielt sich nicht lange auf. »Gib mir Bescheid, okay? Ich zähle auf dich!«

Pünktlich um 12 Uhr schloss Kaltenbach die Ladentür ab und fuhr mit dem Bus nach Hause. Kurz vor eins streifte er seine Schuhe ab und warf sich mitsamt seinen Klamotten aufs Sofa. Innerhalb von zwei Minuten war er fest eingeschlafen.

Mit schmerzendem Hals und Druck auf der Blase wachte Kaltenbach auf. In seiner Wohnung war es völlig still. Über die wenigen freien Stellen an der Wand, die nicht von Büchern und Schallplattenregalen zugestellt waren, huschten winzige Regenbogenstreifen von der Prismenkugel am Fenster. Eine der allerletzten Erinnerungen an die Frau, mit der er 13 Jahre hier gewohnt hatte.

Kaltenbach drehte sich auf den Rücken und sah auf die Armbanduhr. Er hatte fast zwei Stunden geschlafen. Kaltenbach stand auf, warf die Kaffeemaschine an und wartete, bis ein großer Pott durchgelaufen war. Er kippte einen Schuss Milch aus dem Kühlschrank dazu und ging zurück zum Sofa, legte eine Platte auf und trank in langsamen Schlucken.

Das heiße Getränk und Van Morrisons kühle Stimme brachten Kaltenbachs Gedanken allmählich wieder auf die Reihe. Er musste aufpassen, dass er sich nicht in dem Dickicht dessen verlor, was ihn beschäftigte. Das Beste würde sein, eines nach dem anderen anzugehen. Ob es zu lösen war, wusste er nicht.

Als Erstes holte er das Telefon aus dem Flur und wählte Luises Nummer in Freiburg. Sie meldete sich schon nach dem zweiten Läuten.

Kaltenbach gratulierte zu dem gelungenen Abend, lobte ihre künstlerische Weiterentwicklung und wünschte ihr viel Erfolg. Sie freute sich hörbar, plauderte munter drauflos und fand es schade, dass er so früh wieder gegangen war.

Es tat gut, ihre Stimme zu hören. Kaltenbach war erleichtert. Doch in sein Glücksgefühl mischte sich ein warnender Klang. Wenn er jetzt auflegte, hätte er gar nichts erreicht. Er musste sich entscheiden, früher oder später. Am besten jetzt. Er gab sich einen Ruck.

»Hättest du Lust auf eine kleine Rollertour in den Schwarzwald? Oder ins Elsass? An den Kaiserstuhl?«

Luises Antwort kam spontan. »Klar, warum nicht. Wann?«

Jetzt musste er die Gelegenheit beim Schopfe packen. »Dieses Wochenende. Am Samstag oder Sonntag?«

»Sonntag geht nicht. Den Tag habe ich meinen Eltern versprochen. Sie haben Jamie und mich zum Kaffee eingeladen. Sie wollen ihn kennenlernen.« Kaltenbach spürte einen feinen Stich in der Magengegend. »Samstagabend ist auch schwierig. Freundinnenausflug nach Colmar. Wir haben uns ewig nicht gesehen.«

Kaltenbach spürte seine Felle davonschwimmen. Aber er durfte nicht länger warten. Jamie hatte die besseren Karten.

»Wie wäre es mit Samstagvormittag? Ist zwar dann nicht mit dem Roller, sondern nur eine Liefertour mit dem Wagen, aber eine schöne Strecke.«

»Warum nicht? Ich kann mit dem Zug kommen. Holst du mich ab?«

»Mach ich. Um zehn?«

»Zehn ist gut.«

Als er auflegte, spürte Kaltenbach, wie sein Herz klopfte. Es würde klappen! Ein Ausflug mit Luise!

Aus den Lautsprecherboxen tönte Van Morrisons Stimme.

»Well I'm down here on the running board
Where I've been many times before
But we got to keep it simple to save ourselves …«

Das war es. Manchmal musste man die Dinge einfach halten. Auf ihre Essenz zurückführen. Sich frei machen von Vorstellungen und Wünschen, die zwangsläufig immer subjektiv sein würden.

Kaltenbach stand auf und trug die leere Kaffeetasse zurück in die Küche. Er hatte getan, was er tun konnte. Alles andere würde sich zeigen.

Im Wohnzimmer fuhr er den Rechner hoch. Er musste den freien Nachmittag nutzen, sich endlich Grafmüllers Fotos vorzunehmen.

Nacheinander kopierte er den Inhalt der beiden Sticks auf die Festplatte. Dieses Mal würde er systematischer vorgehen. Insgesamt waren es Bilder von sieben verschiedenen Kameras. Er legte sieben Ordner an, nummerierte sie durch und begann mit dem ersten.

Es war eine Sisyphusarbeit. Die Aufnahmen ließen keinerlei Systematik erkennen. Die Mehrzahl der Bilder waren

Einzel- oder Gruppenfotos, manche sorgfältig arrangiert, viele einfach nur Schnappschüsse.

Kaltenbach kannte die meisten, es waren die immer selben Helfer, die bei Veranstaltungen der Stadt dabei waren – am Eingang, an der Kasse, bei der Garderobe. Sogar von ihm selbst und von Duffner waren ein paar Bilder dabei. Alles sah auf den ersten Blick normal aus, unbeschwerte Alltagsroutine.

Auf manchen der Bilder sah man Wagner im Hintergrund, wie er gerade mit Peschke zur Eingangstür hereinkam. Andere zeigten, wie er auf der Treppe stand. Mit breitem Lächeln hielt der Archivar seine Aktentasche hoch. Nichts Auffälliges.

Fast jeder der Handyfotografen hatte Bilder von Wagner gemacht, als er nach dem Sturz vor der Treppe lag. Doch es gab nichts, was Kaltenbach nicht selbst bereits gesehen hätte. Ein Pulk von Neugierigen, die Ärztin, die Rettungssanitäter, Dr. Scholl.

Kein Bild vom Sturz. Aber er hatte eine Idee. Bisher hatte er die vielen Zusatzinformationen auf digitalen Bildern immer als unnötigen Schnickschnack abgetan. Wenn es ihm jedoch gelang, die Uhrzeit zurückzurechnen, konnte er den Moment des Sturzes ziemlich genau einfangen.

Nachdem er die gesamten Bilder nach der Aufnahmezeit sortiert hatte, begann er mit den ersten Fotos, die Wagner am Fuße der Treppe zeigten. Von da arbeitete er sich rückwärts. Um 20 Uhr 47 waren zum ersten Mal die Sanitäter zu sehen. 20 Uhr 40 die Ärztin. Um 20 Uhr 39 zwei Fotos von Menschen, die um den gestürzten Wagner standen.

Weitere zwei Fotos von 20 Uhr 38. Ein Bild war von der Garderobe aus ins Foyer hinein aufgenommen, das andere zeigte drei fröhlich in die Kamera winkende städtische Mitarbeiterinnen. Nichts von Wagners Sturz. Kaltenbach war enttäuscht. Es wäre doch zu einfach gewesen.

Noch einmal verglich er die Uhrzeit. Das Bild vom Foyer musste unmittelbar vor Wagners Sturz entstanden sein. Sogar ein Teil des Aufgangs war im Hintergrund zu sehen.

Kaltenbach schaltete die Zoomfunktion ein und zog den Bildausschnitt größer. Auf den ersten Blick konnte er kaum etwas sehen. Die Silhouetten einiger Personen vermischten sich mit den großen Kübelpflanzen, die auf der Empore standen. Das Neonlicht von der Decke spiegelte sich in den Oberlichtern und verdunkelte zusätzlich die wenigen Gesichter bis hin zur Unkenntlichkeit.

Direkt am oberen Rand der Treppe entdeckte Kaltenbach einen Mann. Er versuchte die Qualität des Ausschnittes zu verbessern, doch das Gesicht blieb verschwommen. Dafür sah er an der Seite einen rechteckigen dunklen Gegenstand. Wenn dies eine Aktentasche war, musste der Mann Wagner sein.

Kaltenbach starrte auf das Bild, bis ihm die Augen tränten. Doch mehr war nicht zu erkennen. Vielleicht konnte Grafmüller etwas erreichen. Bestimmt gab es in der Redaktion Grafiker, die noch mehr aus dem Bild herausholen konnten.

Er notierte sich den Dateinamen und rief den Redakteur auf dessen Handy an.

»Redaktionskonferenz!«, raunte der ihm entgegen. »Ich kann jetzt nicht. Die Wagner-Geschichte schlägt hohe Wellen. Der Chefredakteur fordert genaueste Absprachen. Diskretion und Schlagzeile, du weißt schon. Und die Polizei redet auch mit.« Er schrieb die Datei-Nummer auf, die Kaltenbach ihm durchgab. »Okay, ich probier es. Unsere

Valeska hat schon manches Wunder vollbracht. Traue nie dem, was in der Zeitung steht«, kicherte er. Er bedankte sich und legte auf.

Kaltenbach schaltete den Rechner aus und lehnte sich in seinem Stuhl zurück. Wenn der Mann an der Treppe Wagner war, konnte man mit viel Glück die Ursache seines Sturzes erkennen. Die Wirkung der Betäubungstropfen mussten zu diesem Zeitpunkt bereits eingetreten sein.

Peschke! Natürlich. Peschke war die ganze Zeit bei ihm! Er musste doch etwas gemerkt haben. Ihn würde man fragen müssen.

Kaltenbach stand auf und ging ins Bad. Wahrscheinlich hatte die Polizei dies längst getan. Vielleicht hatte der Assistent Wagner sogar von dem Sturz bewahren wollen. Wahrscheinlich war die ganze Sucherei in den Fotos überflüssig gewesen. Eine Schnapsidee Grafmüllers.

Kaltenbach ließ das Wasser in die Wanne einlaufen und gab aus einer Tüte ein paar Badesalzkristalle dazu. Während er sich auszog, verbreitete sich ein angenehmer Lavendel-Rosenduft in dem Raum.

Langsam ließ er sich in das heiße Wasser gleiten. Er merkte, dass er kaum entspannen konnte. Die Fotos hatte er rasch abgehakt. Aber es war seltsamerweise nicht Roberts sensationelles Angebot, das ihn beschäftigte; noch nicht einmal der Gedanke an die Ausfahrt mit Luise am Freitag. Stattdessen kreisten die Wolken seiner Vorstellung um einen Namen.

Hertzog.

War es mehr als Zufall, dass der Breisgauer Möbelkönig bei der Vernissage war? Hertzog war ein Mann von Welt, er hatte Geld, beste Beziehungen in Geschäftskreisen. Warum sollte er sich nicht für Kunst interessieren? Vielleicht wollte er sogar etwas kaufen.

Doch da war dieses merkwürdige Gespräch, das Kaltenbach auf der Toilette ungewollt mitgehört hatte. Er konnte sich nicht mehr an die Einzelheiten erinnern. Doch es hatte eine Spur zu düster geklungen. Hertzog war angespannt gewesen, das hatte er an dem Tonfall entnommen. Und er konnte es ihm ansehen, als er ihm ein paar Minuten später wieder im Saal des Alten Rathauses begegnete.

Und dann gab es noch etwas. Es war Hertzog, der Kaltenbach in der Steinhalle entgegenkam und ihm fast die Tür an den Kopf geschlagen hatte, nur ein paar Minuten bevor Wagner die Treppe hinuntergestürzt war.

Kaltenbach verkürzte seine übliche lange Badezeit. Er musste mehr wissen.

Er holte eine Flasche Gutedel aus dem Kühlschrank und ging zurück zu seinem Rechner. Vielleicht war Hertzog der Schlüssel zu dem, was sie suchten.

KAPITEL 7

Während der Probe am Freitagabend schien es im allgemeinen kreativen Durcheinander nicht aufzufallen, dass Kaltenbach nicht ganz bei der Sache war. Er verspielte sich öfter als gewohnt und verpasste schon manchmal den Einsatz. Michael sah ein paar Mal stirnrunzelnd zu ihm herüber. Doch er sagte nichts.

Tatsächlich fühlte sich Kaltenbach hundeelend. Kurz bevor er losgefahren war, hatte Robbi angerufen.

»Die Sache geht klar. Ich habe mit dem Roadmanager von Big Guitar Thompson gesprochen. Er vertraut auf meine Entscheidung. Du bist dabei!«

Kaltenbach hatte vor Aufregung fast das Telefon fallen lassen.

»Ist allerdings nicht wie geplant im Jazzhaus, sondern bei Ray in der Wodanhalle. Aber das ist mindestens genauso gut. Also in drei Wochen. Samstagabend. Halt dich ran, Junge! Ich melde mich.«

Kaltenbach hatte in seiner Aufregung nicht viel Vernünftiges erwidert. Als er jedoch den Termin in seinem Kalender eintragen wollte, durchzuckte es ihn wie ein Stromschlag. Der Auftritt mit Big Guitar Thompson sollte exakt am selben Abend stattfinden, an dem die Emmendinger Musiknacht geplant war. Der Abend des ersten öffentlichen Auftrittes seiner irischen Gruppe!

Die Probe neigte sich dem Ende zu. Walter legte seine Gitarre zur Seite und stimmte ›The Parting Glass‹ an, eine melancholische Ballade, die traditionell in den Kneipen auf der Grünen Insel zum Abschied von Musikern und Zuhörern gemeinsam gesungen wurde.

In Kaltenbachs Ohren klang es wie ein Abgesang. Natürlich musste er den anderen von seinen Plänen erzählen. Doch er spürte, dass er es heute nicht übers Herz brachte.

Was würden sie ohne ihn tun? Würde dies das Ende bedeuten, noch ehe es richtig angefangen hatte?

Kurz nach 22 Uhr packten alle zusammen.

»Auf zum Stammtisch!«, rief Markus. »Dieter wird schon warten. Außerdem habe ich Durst für drei!«

Michael verabschiedete sich. »Dann kannst du für mich mittrinken«, meinte er. »Das war eine harte Woche, ich fahr nach Hause.« Andrea wollte noch zu ihrem Freund.

Die übrigen drei fuhren nach Windenreute in die Waldschänke. Dieter erwartete sie bereits ungeduldig.

»Hier kommt die Hoffnung der Breisgauer Musikszene!«, schallte es ihnen eine Spur zu laut entgegen. »Holt euch Autogramme, ehe es zu spät ist!«

Kaltenbach war es nicht gerade angenehm, als die meisten der Gäste sich zu ihnen umdrehten. Typisch Dieter, dachte er. Konnte seine Klappe nicht halten! Aber so war er eben. Immer versucht, die Menschen zusammenzuführen. Auch wenn sie es nicht wollten.

Walter schien dagegen völlig unbeeindruckt und steuerte direkt auf den eigens für sie reservierten Tisch in einer abgeteilten Nische des großen Gastraumes zu.

»Rede keinen Unsinn, sondern komm rüber«, gab er in Richtung Dieter zurück, der die Zeit bis zu ihrem Eintreffen offenbar genutzt hatte, an der Theke schon einmal vorzuglühen und dabei zwei reifere Damen zu unterhalten. Sein gut gemeinter Vorschlag, die beiden in die Männerrunde einzubeziehen, wurde jedoch von den anderen mit unmissverständlichen Blicken abgelehnt.

Kaltenbach hätte an diesem Abend nichts dagegen

gehabt. Sicher würde der bevorstehende Auftritt ihre Gespräche bestimmen. Er wusste immer noch nicht, wie er das Dilemma mit dem Doppeltermin lösen könnte.

Zusammen mit den Getränken kam die Wirtin der Waldschänke höchstpersönlich und setzte sich zu ihnen an den Tisch. »Wohlsein, die Herren!«, nickte sie ihnen zu. »Und, wie geht's mit eurer Musik?«

Seit sie den Grund erfahren hatte, warum der Stammtisch seit einigen Wochen wegen der Proben zwei Stunden später als gewohnt zusammentraf, nahm sie regen Anteil am Fortgang der ›Band‹, wie sie sie nannte.

Walter nahm einen kräftigen Schluck aus seinem Pilsglas und gab einen kurzen Bericht, der vor Optimismus und Vorfreude nur so strotzte.

»Inzwischen haben wir sogar schon einen Namen. Einen richtig authentisch…«

»Haben wir nicht!«, fuhr Markus dazwischen, der Walter gut genug kannte und wusste, dass er gerne Tatsachen schuf, die sich dann nur schwer wieder rückgängig machen ließen. Sofort begannen die beiden, sich verbal heftig ineinander zu verhaken.

Kaltenbach entging es nicht, dass die Wirtin im Gegensatz zu anderen Abenden nur höfliches Interesse zeigte. Er täuschte sich nicht.

»Jetzt streitet hier nicht rum. Ihr könnt euch ja einfach ›Die Breisgau-Iren‹ nennen.

Die entsetzten Blicke von Markus und Walter nahm sie ungerührt zur Kenntnis und warf gleichzeitig eine Zeitung auf den Tisch.

»Sagt mir lieber, was ihr dazu meint!«

Vor ihnen lag der Lokalteil der Badischen mit Grafmüllers Artikel und Fotos zu dem Sturz in der Steinhalle.

»Vor allem du«, grinste Dieter und prostete dem erschrockenen Kaltenbach zu. »Die Chefin wartet schon den halben Abend auf den Meisterdetektiv.«

»Blödsinn!«, stieß Kaltenbach hervor und steckte die Nase in sein Gutedelglas. Jetzt musste er sich rasch etwas einfallen lassen. Seit der erfolgreichen Aufklärung des geheimnisvollen Todessturzes am Kandel im letzten Frühjahr galt Kaltenbach bei vielen Emmendingern als heimlicher Held. Vor allem als Fachmann für Verbrechen jeglicher Art.

»Hier steht, dass du dabei warst!« Kaltenbach saß in der Falle. »Bei dem Mord am Schlossergrab und in der Steinhalle.« Die Wirtin ließ nicht locker, auch Dieter wurde nun sehr neugierig.

»Kann mich mal einer aufklären?« Dieter wohnte in Herbolzheim und interessierte sich normalerweise nur am Rande für den Emmendinger Tratsch, wie er es nannte. Sein Feld war die Weltpolitik. Er las lieber überregionale Tageszeitungen.

Es folgte ein buntes Sammelsurium an Vermutungen, Halbwahrheiten, Gerüchten und Spekulationen. Alle redeten munter drauflos. Die Wirtin spendierte eine Tischrunde, und Kaltenbach war sichtlich erleichtert, auf diese Weise aus dem Mittelpunkt zu rücken. An dem Gespräch beteiligte er sich nur so weit, dass er ab und zu eine Information einstreute, die sowieso schon alle kannten. Dabei bemühte er sich, den Fokus auf Grafmüller und die Polizei zu lenken.

Nach der zweiten Runde gab die Wirtin auf. Trotzdem ließ sie es sich nicht nehmen, Kaltenbach am Ende des Stammtisches beim Verabschieden einen letzten Satz mitzugeben. »Du bist aber schon noch dahinter, oder?«, raunte sie ihm verschwörerisch zu.

Kaltenbach schüttelte energisch den Kopf. »Nichts für mich. Das ist Sache der Polizei.«

Die Wirtin lächelte wissend. Kaltenbach schien sie nicht überzeugt zu haben.

Ebenso wenig wie sich selbst.

Kurz vor eins warf sich Kaltenbach zu Hause mit einem letzten Absacker auf sein Sofa. Der samtene Geschmack des Mundinger Roten beruhigte ihn einigermaßen.

Was sollte schon groß passieren? Er würde Grafmüller ein wenig bei seinen Recherchen unterstützen. Das verpflichtete ihn zu nichts.

Die beiden Auftritte waren genau genommen ein Luxusproblem. Es gab Schlimmeres, als sich zwischen zwei tollen Alternativen entscheiden zu müssen.

Nach einer Weile stand er auf und ging mit seinem Glas hinaus auf den kleinen Balkon der Dachgeschosswohnung. Die Nachtluft wurde in den ersten Maitagen spürbar milder. Maleck lag im Dunkel. Überall war es still. Am Himmel wechselten sich ein paar träge Wolkenfetzen mit dem Funkeln der Gestirne ab.

Er sollte sich nicht zu viel den Kopf zerbrechen. Es war ohnehin besser, an morgen zu denken. Es würde ein wunderbarer Tag werden in der besten Begleitung, die er sich vorstellen konnte.

Er prostete der geheimnisvoll beleuchteten Silhouette der Hochburg zu und trank sein Glas leer. Dann zog er sich aus und warf sich auf sein Bett. Sekunden später war er fest eingeschlafen.

3. WOCHE

Ich suche sie umsonst die heilige Stelle ...

Jakob Lenz

KAPITEL 8

Der weiße Kastenwagen, den Kaltenbach vor ein paar Monaten gekauft hatte, war fertig gepackt. Kurz vor neun kam Martina, eine seiner Cousinen aus der Kaiserstuhlsippe, wie er den Kaltenbach'schen Zweig um Onkel Josef nannte. Sie half seit einiger Zeit im Laden als Vertretung aus. Martina war etwas jünger als er und arbeitete normalerweise auf dem Weingut mit. Sie war froh um die Abwechslung.

»Falls ich um zwölf noch nicht zurück bin, schließ einfach zu und mach Feierabend«, hatte er ihr zum Abschied mitgegeben. Martina war es recht. Kaltenbach wusste, dass sie im Anschluss gerne noch ein wenig durch die Stadt bummelte.

Der Zug um 9 Uhr 15 hielt pünktlich auf Gleis eins am Emmendinger Bahnhof. Kaltenbach spürte, wie die Spannung in ihm wuchs. Er hatte überlegt, Luise mit Blumen zu empfangen. Doch es war ihm zu kitschig vorgekommen. Jetzt war er froh, dass er darauf verzichtet hatte.

Schon von Weitem winkte sie ihm zu. Sie trug weinrote Jeans, ein helles T-Shirt und Sportschuhe. Ihre Haarpracht hatte sie zusammengebunden und unter einem fliederfarbenen Kopftuch gebändigt, auch wenn sich eine ihrer Locken selbstständig gemacht hatte und sich über die Stirn legte. Und wie bei ihrem ersten Treffen fielen ihm die wenigen kleinen Sommersprossen auf.

Luise umarmte ihn und drückte ihm links und rechts und links einen Kuss auf die Wange. »Der frankokanadische Einfluss!«, lachte sie und hakte sich gleich darauf wie selbstverständlich bei ihm ein. Kaltenbach war sich beim Gedanken an Jamie nicht sicher, ob dies ein gutes Zeichen war.

Über Maleck fuhren sie zunächst nach Keppenbach und folgten dann der gut ausgebauten Straße nach Freiamt. Das erste Ziel war Brettental, ein herrlich gelegenes Dorf am Ende eines der Seitentäler. Von dort aus gab es genau die typischen Wanderwege, die das Bild des Schwarzwalds prägten und die die zahlreichen Touristen liebten.

Kaltenbach hielt direkt vor dem Haupteingang des Hotels. Patrick Vollers, der Wirt, war ein alter Bekannter und Geschäftspartner, für den er oft neue Spezialitäten aufgespürt hatte, die nun dessen umfangreiche und vielfältige Weinkarte bereicherten.

»Hast du die Südamerikaner?«, fragte Vollers schon von Weitem. Kaltenbach nickte. »Chile, Argentinien, Uruguay. Wie bestellt. Und als besondere Überraschung – hier!« Er deutete auf zwei Kartons mit gelbgrünem Aufdruck und portugiesischer Schrift. »Brasilianer. Den kriegst du fast nirgends. Und gute Qualität!«

Der Wirt war sichtlich erfreut. Er hatte vor, im Jahr des großen Sportereignisses in Brasilien den Kunden mehrere Themenangebote zu machen. Auch wenn Südamerika und der Schwarzwald auf den ersten Blick nicht viel miteinander gemein hatten.

Kaltenbach konnte es recht sein. Nach dem üblichen kurzen Gespräch über das Wetter, das Geschäft und den SC Freiburg saß er schon bald wieder in seinem Wagen. Er wendete, fuhr ein Stück die Straße am Sägewerk vorbei zurück und erreichte nach wenigen Kurven die Freiamter Hochfläche.

Kaltenbach kam gerne hier rauf. Inmitten der weiten Wiesen gab es überall Ansiedlungen und einzelne Höfe, dazwischen kleine Waldstücke, die von den jahrhundertelangen Rodungen verschont geblieben waren. Nach Osten hin verdichteten sich die sanft geschwungenen Hügel zu den Schwarzwaldbergen. Im Westen hingen dunstige Wolken über dem Rheintal, das von hier oben nur zu erahnen war.

Luise war bisher ziemlich schweigsam gewesen und hatte meist aus dem Wagenfenster gesehen. Kaltenbach begann zu zweifeln, ob ausgerechnet eine Geschäftstour das Richtige für ihr erstes Treffen nach so langer Zeit war.

»Wie war es denn in Amerika?«, fragte er, um das Gespräch in Gang zu bringen. Etwas Originelleres fiel ihm nicht ein.

»Es ist schön, wieder hier zu sein«, sagte sie nach einigem Zögern. »Natürlich hat es mir gefallen. Dass du das nicht falsch verstehst. Amerika ist ein tolles Land. Die Landschaft ist unglaublich beeindruckend. Die Menschen sind freundlich und aufgeschlossen. Vor allem ist nicht alles so ... so durchorganisiert wie bei uns hier.«

Kaltenbach dachte an seinen fehlgeschlagenen Versuch, in Kaltenbachs ›Weinkeller‹ eine Verkaufsecke für französische Käsespezialitäten einzurichten. Dabei hatte er sich hoffnungslos im Dickicht der Rechts-, Hygiene- und Gewerbevorschriften verheddert und irgendwann resigniert.

»Ich hatte sogar das Glück, Anschluss an die Künstlerszene in Vancouver zu finden«, fuhr Luise fort. »Vor allem Jamie hat mir viele Türen geöffnet. Er ist ein wundervoller Mensch. Er war es auch, der die Idee einer Reise nach Europa hatte.«

Am Straßenrand tauchte der Landgasthof Kreuz auf. Kaltenbach lud jeweils drei Kartons Kaiserstühler Müller-Thurgau und Grauburgunder ab, bevor es weiterging den Wald hinunter in Richtung Schuttertal.

»Trotzdem«, nahm Luise das Gespräch wieder auf, »könnte ich auf Dauer nicht dort leben. Meine Heimat ist hier. Emmendingen. Freiburg. Der Schwarzwald.« Sie lächelte. »Auch wenn es hier noch so spießig ist. Manchmal.«

Kaltenbach antwortete nicht gleich. Nach Amerika hatte es ihm zwar nie gereicht, aber auch er war er viel herumgekommen. Vor allem London mit seinen unzähligen Musikclubs hatte es ihm angetan. Amsterdam, Barcelona, Athen hatte er in bester Erinnerung. Einmal war er sogar mit ein paar Kumpels in einem alten VW-Bus bis ans Nordkap hochgefahren. Doch auch er war immer gern in den Breisgau zurückgekommen.

Inzwischen breiteten sich die Höhen um Biederbach vor ihnen aus. Vom Elsass herüber mischten sich dunkle Flecken in die schneeweißen Schönwetterwolken. Vielleicht würde es heute noch regnen.

»Ich habe oft an dich gedacht«, hörte sich Kaltenbach sagen. »Schließlich«, fügte er rasch hinzu, »haben wir ja einiges miteinander erlebt.«

»Das ist die Untertreibung des Tages.« Kaltenbach spürte, wie Luise ihre Hand auf seinen Arm legte. Er hatte das Gefühl, dass seine Haut zum Landeplatz einer Wolke Schmetterlinge wurde.

»Du hast mir das Leben gerettet. Das werde ich dir nie vergessen.« Sie zog die Hand zurück und starrte wieder in die Ferne.

Unvermittelt musste Kaltenbach das Steuer herumreißen. Eine Horde Zweiradfahrer zog auf hochgezüchteten Maschinen trotz der Kurven ungerührt an ihnen vorbei. Der Transporter kam für einige Sekunden bedrohlich ins Schwanken, ehe er ihn wieder unter Kontrolle bekam.

Luise hatte nur kurz aufgesehen.

»Aber für Peter werde ich dir ewig dankbar sein. Dir ist es zu verdanken, dass die Wahrheit ans Licht gekommen ist.«

»Denkst du noch oft an ihn?« Der Tod von Luises Bruder hatte sie damals zusammengeführt.

»O ja.« Luise versuchte zu lächeln, doch Kaltenbach sah, wie ihre Augen feucht glitzerten. »Auch er ist ein Stück Heimat.«

Für eine Weile saßen sie schweigend nebeneinander.

»Wann musst du wieder zurück?«

»Um vier hat sich eine Journalistin angesagt. Zuvor muss ich noch ein paar Kleinigkeiten erledigen.«

Kaltenbach sah auf die Uhr. Zwei Kunden gab es noch im Elztal, die auf ihn warteten. Ein wenig Zeit blieb ihnen.

»Wie wäre es mit einer Einladung zum Mittagessen? Als Abrundung sozusagen?«

Luise sah ihn fragend an. »Du willst doch nicht etwa wieder für mich kochen?«

Kaltenbach schüttelte den Kopf. »Dieses Mal nicht. Lass dich überraschen!«

Auf der Rückfahrt von Elzach bog Kaltenbach kurz vor Gutach zweimal nach rechts ab. Luise erriet sofort, was er vorhatte. »Gscheid?«, fragte sie freudig.

»Gscheid!«

Der Landgasthof ›Zum Gscheid‹ lag genau auf der Kammhöhe, die das Brettenbachtal vom Einzugsgebiet der oberen Elz trennte. Gleichzeitig kreuzte hier der Vierburgenweg, der vor allem im Sommer die Wanderer in Scharen lockte.

Die Gartenwirtschaft unter den Schatten spendenden Bäumen war entsprechend gut besetzt.

»Früher war das Gscheid bekannt für seine Brägele«, erinnerte sich Luise. »Ist das immer noch so?«

»Deshalb sind wir hier«, schmunzelte Kaltenbach

Wenig später stand vor beiden eine Riesenportion, dazu gab es Bibbeleskäse und Salat.

Luise strahlte: »Solche Bratkartoffeln findest du in ganz Amerika nicht! Eine perfekte Idee, hierher zu kommen.«

»Apropos perfekt. Warst du … ich meine, wart ihr zufrieden mit der Vernissage?«

»Ging so. Jamie hatte sich mehr erwartet. Aber ich kenne die Freiburger. Erstmal gucken. Erstmal abwarten. Nichts überstürzen. Das wird schon noch. Immerhin war ein Redakteur von der Badischen da. Sogar vom Kulturteil! Normalerweise ist es schwer, da reinzukommen«, lächelte sie. »Vielleicht hat ja das Amerikanische dabei geholfen. Ach ja, und ein Privatsammler hat um einen Termin gebeten.«

Kaltenbach kam eine Idee. »War das zufällig ein Dr. Hertzog aus Emmendingen? Ich habe ihn unter den Gästen gesehen.«

»Kennst du ihn?«, fragte Luise erstaunt.

»Nur flüchtig. Er fiel mir eben auf.«

Luise schob sich eine weitere Riesenportion auf die Gabel. »Nein, das war ein Schweizer aus Bern. Dr. Hertzog war eher, sagen wir mal, aus gesellschaftspolitischen Gründen dort.« Luise kaute genüsslich. Dazwischen tauchte sie immer wieder die Gabel in den Teller mit dem frischen Quark. »Ein Gedicht, dieses Essen. Da kommen jede Menge Erinnerungen hoch.«

Kaltenbach musste mehr in Erfahrung bringen. »Ist Hertzog Kunstliebhaber?«

»Ehrlich gesagt, ich weiß es nicht. Er war als Vertreter der Lions hier.«

»Lions?«

»Lions-Club Emmendingen. Du weißt schon.«

Natürlich hatte Kaltenbach von dem Verein gehört. Es waren hauptsächlich Geschäftsleute aus der Stadt, die sich dort für das Gemeinwohl engagierten. Ein paar Mal im

Jahr gab es ein Foto in der Zeitung, das einige Mitglieder beim Überreichen eines Schecks für eine soziale Organisation zeigten.

»Eine Vernissage zu organisieren ist keine einfache Sache. Ohne meine früheren Kontakte in Freiburg wäre das gar nicht gegangen. Vor allem ist es nicht billig. Alleine hätten wir das nicht geschafft. Aber zum Glück gibt es Sponsoren.«

Kaltenbach fielen die bunten Logos ein, die auf der Rückseite seiner Einladung abgedruckt waren. Normalerweise schaute er darüber hinweg.

»Die Emmendinger wollten zuerst nicht. Aber Hertzog war einer meiner Fürsprecher. Letztlich waren sie wohl auch ein wenig stolz auf das internationale Flair, das eine Tochter der Stadt aus Amerika mitbrachte.«

Kaltenbach war überrascht. Bei den ›Lions‹ gab es also noch andere Aktivitäten außer Tombolas und Entenrennen auf der Elz. Die Sponsorenschaft erklärte natürlich Hertzogs Anwesenheit.

»Wir sollten langsam aufbrechen«, meinte Luise.

»Ich kann dich gerne nach Freiburg bringen!«

Luise schüttelte den Kopf. »Nein, lass mal. Der Zug ist schon okay.«

Während sie über Keppenbach nach Emmendingen zurückfuhren, spürte Kaltenbach eine leise Enttäuschung. Es gab nun nichts mehr, was Hertzog in Zusammenhang mit dem Anschlag in der Steinhalle brachte. Oder doch? Hatte er etwas übersehen?

»Hast du schon einmal etwas von ›Abaris‹ gehört?«, fragte er unvermittelt.

Luise wiegte den Kopf. »Klingt irgendwie ägyptisch, finde ich. Oder griechisch. Was soll das sein? Ein Name? Warum fragst du?«

Kaltenbach wollte wegen eines vagen Verdachtes niemanden bloßstellen. Trotzdem entschied er sich, ihr von dem merkwürdigen Gespräch im Alten Rathaus zu erzählen. Als er geendet hatte, bogen sie gerade auf den Emmendinger Bahnhofsvorplatz ein.

»Ich glaube, du siehst Gespenster«, sagte Luise. »Ich habe Hertzog und die anderen Lions-Leute, mit denen ich Kontakt hatte, als seriös und respektvoll in Erinnerung. Wahrscheinlich ging es bei dem Gespräch um irgendetwas Geschäftliches.« Sie beugte sich zu Kaltenbach hinüber und drückte ihm einen Kuss auf die Wange. »Oder um die Liebe! Vielen Dank für den wundervollen Morgen. Ich habe das Gefühl, jetzt bin ich wieder zu Hause.«

In diesem Moment fuhr der rote doppelstöckige Zug aus Offenburg ein. Luise öffnete die Tür. »Jetzt muss ich aber los. Ruf mich an, hörst du?«

Kaltenbach nickte. Er sah ihr nach, bis sie hinter dem Bahnhofsgebäude verschwand. Erst ein durchdringendes Hupen erinnerte ihn daran, dass er mitten in der Parkbucht des Stadtbusses gehalten hatte.

Kaltenbach wendete und fuhr den Wagen auf den Parkplatz hinter dem Landratsamt. Bevor er ausstieg, lehnte er sich zurück, legte den Kopf in den Nacken und schloss die Augen. Luises Sommersprossen tanzten mit ihrer kecken Locke um die Wette. Die Erinnerung an ihren Kuss lag auf seiner Wange wie ein Rehkitz auf einer Frühlingswiese.

Die Sommersprossen verwandelten sich in kleine Blütenblätter, die Blütenblätter allmählich in klare Gedanken. Der Ausflug mit Luise war besser geworden, als er es sich erhofft hatte. Natürlich gab es viele offene Fragen. Und es gab Jamie. Aber diese Stunden konnte ihm keiner mehr nehmen. Er hatte das Gefühl, dass er einen Anfang gemacht hatte.

Ehe er nach Hause fuhr, entschloss sich Kaltenbach, noch einmal kurz in den Laden zu gehen. Bestimmt war Martina längst weg. Aber vielleicht hatte sie ihm eine Nachricht hinterlassen.

Auf den ersten Blick schien alles in Ordnung zu sein. Seine Cousine war nicht nur freundlich und hilfsbereit, sondern überaus patent, was das Praktische betraf. Wenn sie ihn vertrat, war der Laden hinterher tadellos in Schuss und bestens aufgeräumt.

Auf der Theke neben der Kasse hatte sie eine Nachricht hinterlassen: ›Umsatz okay, Mundinger ist alle, Dekanter nachbestellen. Gruß M.‹ Darunter hatte sie angefügt, dass Grafmüller zweimal da gewesen sei, und dass eine Frau Wagner angerufen habe.

Nachdenklich betrachtete er den Zettel. Grafmüller würde er später zurückrufen. Ihm konnte es nur um die Handyfotos gehen. Vielleicht hatten die Zeitungsleute ja tatsächlich etwas herausgefunden. Der Anruf von Frau Wagner hingegen überraschte ihn. Was konnte sie von ihm wollen?

Kaltenbach steckte die Tageseinnahmen ein und ließ wie gewohnt die Kasse offen stehen, ein Signal, dass es für potenzielle Einbrecher nichts zu holen gab. Damit war er seit Jahren gut gefahren.

Dann schloss er die Ladentür ab und ging gut gelaunt zurück zum Auto. Das wenige Grau in den Wolken hatte sich wieder verzogen. Heute würde er sich endlich einmal einen geruhsamen Tagesausklang gönnen. Vielleicht war gegen später sogar noch eine kleine Ausfahrt mit der Vespa drin.

Als Kaltenbach eine Viertelstunde später im Flur seiner Wohnung in Maleck das Display seines Anrufbeantworters blinken sah, ahnte er bereits, dass daraus nichts werden würde. Fünf Anrufe warteten auf ihn.

Die ersten waren allesamt von Grafmüller, jeder ein Stück ungehaltener als der vorangehende. Beim letzten grummelte er etwas von mangelnder Professionalität und Handyfaulheit und mahnte einen dringenden Rückruf an.

Kaltenbach grinste. Das war genau der Grund, weshalb er heute Morgen vor der Ausfahrt mit Luise sein Mobiltelefon ausgeschaltet hatte. Mit der Möglichkeit, immer und überall erreichbar zu sein, hatte er sich sowieso nie richtig anfreunden können. Aber mit Luise an seiner Seite hätte er sogar schon den Klingelton als störend empfunden. Es gab nichts Wichtiges, was nicht hätte warten können. Schon gar nicht Grafmüller.

Der vierte Anruf kam aus Freiburg. Robbi hatte kurzfristig für Sonntagmorgen ein paar Kumpels zusammengetrommelt. Ob er nicht dazu kommen wolle, so könne man sich schon mal ein bisschen einstimmen. Außerdem sei es ja nicht mehr lange bis zu dem großen Auftritt.

Kaltenbach schoss das Blut in den Kopf. Jetzt wurde es ernst! Er hatte seinen Emmendinger Musikerkollegen immer noch nichts gesagt und würde sich nicht länger drücken können.

Der letzte Anruf ließ ihn rasch wieder zur Besinnung kommen. Es dauerte ein paar Sekunden, ehe er die Stimme des Mannes erkannte. Sie gehörte Hans-Peter Wagner, den er erst kürzlich beim Besuch auf dem Kastelberg als zornigen und nervösen Sohn des Stadtarchivars kennen gelernt hatte. Mit knappen und nüchternen Worten bat er um raschen Rückruf.

Kaltenbach seufzte. Es würde ihm wohl nichts anderes übrig bleiben, als sich zuerst um die Anrufe zu kümmern. Zuvor warf er in seiner Küche die italienische Kaffeemaschine an und programmierte eine große Tasse Latte an dem futuristischen Display. Während die Maschine ihre Arbeit verrichtete, überflog er rasch die Zeitung.

Auch heute beherrschten die beiden Anschläge die Schlagzeilen. Bei der Aufklärung des Mordes an der Schlosser-Darstellerin kam die Polizei anscheinend nur langsam vorwärts, sie konzentrierte sich auf das Umfeld der Toten in Freiburg. Ansonsten wurde aus ermittlungstechnischen Gründen nicht mehr herausgegeben.

Zu Wagners Sturz hatte Grafmüller erneut einen sehr feinfühligen Artikel geschrieben, in dem die Bevölkerung auf die Möglichkeit eines Anschlages vorbereitet wurde. Zunächst galten aber alle Bemühungen und gute Gedanken an die rasche Genesung des Stadtarchivars.

Anschließend holte er das Telefon aus dem Flur und setzte sich mit dem Kaffee in seinen großen Sessel im Wohnzimmer. Dann wählte er Grafmüllers Nummer.

Der Redakteur war sofort am Apparat. Er freute sich über Kaltenbachs Lob für seine Artikel. »Ist nicht so einfach. Schließlich ist das eine große Sache. Aber das bin ich Wagner schuldig. Außerdem ist es mein Job«, knurrte er.

»Was ist mit den Handyfotos?«, fragte Kaltenbach.

»Haarige Sache. Unsere Grafiker haben sich bemüht, aber es gibt nichts Konkretes. Es sind zu viele Menschen auf der Empore. Es könnte so aussehen, dass Wagner von jemandem gestoßen wurde. Oder auch nicht. Ich habe dir die Vergrößerung schon zugemailt.«

Kaltenbach war enttäuscht. Aber vielleicht war er jetzt aus der Sache raus. »Was macht die Polizei?«

»Die hatten natürlich dieselbe Idee mit den Befragungen und den Handyfotos. Und da kam sehr schnell heraus, dass wir beide da mitgemischt haben. Ich habe einen Anschiss für zwei bekommen. Schöne Grüße.«

»Ist das die einzige Spur?«

»Natürlich nicht. Derzeit wird Wagners gesamtes Umfeld unter die Lupe genommen. Familie, Freunde,

Arbeitskollegen. Peschke natürlich. Außerdem wollen sie wissen, woran Wagner gearbeitet hat.«

»Klingt doch vielversprechend!«

»Mag sein. Aber sie lassen nichts raus außer Pressemitteilungen. Und die sind im Moment noch sehr dürftig.«

Kaltenbach spürte durchs Telefon, wie sehr es Grafmüller fuchste. Er hatte exklusiv die Sensation des Jahres vor der Nase und war trotzdem lahmgelegt.

»Wir bleiben weiter dran«, hörte er ihn sagen. »Vielleicht fällt dir zu dem Abend noch etwas ein. Und geh doch noch mal die Fotos durch. Ich rechne mit dir!«

Nachdem Grafmüller aufgelegt hatte, wählte er Wagners Privatnummer. Es läutete einige Male, ehe sich der Sohn es Stadtarchivars meldete. Seine Stimme klang kühl.

»Ich beuge mich lediglich dem ausdrücklichen Wunsch meiner Mutter«, sagte er. »Wenn es nach mir ginge …« Er unterbrach sich und bemühte sich hörbar, seine Contenance zu wahren.

Höflich war anders. Kaltenbach war gespannt, was nun kommen würde.

»Kurz: Meine Mutter bittet mich, Ihnen etwas zu übergeben. Da sie Sie nicht über Gebühr beanspruchen möchte, werde ich Ihnen das Betreffende persönlich vorbeibringen. Wie wäre es heute gegen 19 Uhr?«

»In Ordnung, kommen Sie vorbei.«

Wagner notierte sich Straße und Hausnummer und beendete das Telefonat mit knappen Worten.

Kaltenbach wusste mit dem Gespräch wenig anzufangen. Was konnte Frau Wagner von ihm wollen? Und warum stellte sie sich gegen ihren eigenen Sohn?

Er trank einen weiteren Schluck Latte und wählte erneut. Robert Metzdorf war nicht zu Hause. Kaltenbach hinterließ eine Nachricht mit einer Zusage für morgen und legte auf. Robbi würde sich bestimmt wieder bei ihm melden.

Kaltenbach trug die Tasse zurück in die Küche. Zu einer Vespatour spürte er keine Lust mehr. Der Gedanke an Hertzog und die Lions ließ ihm keine Ruhe. Er stand auf und setzte sich an den Rechner. Vielleicht konnte er im Internet doch noch etwas herausfinden.

Die Webseite von ›Möbel-Hertzog‹ unterschied sich nur wenig von anderen Firmenauftritten. Hertzog führte die Firma inzwischen in der dritten Generation. Außer seinem Stammsitz in Emmendingen hatte er überall Zweigstellen, die größten in Waldkirch und Freiburg. Der Einzugsbereich erstreckte sich über ganz Südwestdeutschland und die Nordschweiz.

Hertzog war Mitglied im Gewerbeverein und im Tennisclub. In den Zeitungsarchiven tauchte sein Name im Zusammenhang mit mehreren Benefizveranstaltungen auf. Nichts Außergewöhnliches für einen Mann in seiner gesellschaftlichen Position.

Über Hertzogs Privatleben war kaum etwas herauszufinden. Er war Anfang 40, verheiratet, seine beiden Kinder besuchten das Goethe-Gymnasium. An seiner repräsentativen Villa am Wöpplinsberg war Kaltenbach bei seinen Spaziergängen schon des Öfteren vorbeigekommen.

Das Läuten des Telefons riss Kaltenbach aus seiner Suche. Robert Metzdorf war am Apparat. Er klang aufgeregt und cool gleichzeitig. Typisch Robbi.

»Hey, super, dass du kommst«, kam er gleich zur Sache. »Morgen gegen elf. In Ebnet. Biergarten Dreisameck.«

»Biergarten?« Kaltenbach glaubte, sich verhört zu haben. Das war wohl kaum der geeignete Ort für eine Probe.

»Keine Sorge, ist schon okay. Ich kenne den Wirt. No problem. Hast du eigentlich deinen alten Verstärker noch? Kannst du gerne mitbringen.«

»Moment noch«, rief Kaltenbach rasch. »Elf Uhr morgens oder abends?«

Robbi lachte. »Scherzkeks. Stell dir den Wecker. Bis dann.« Aufgelegt.

Robbi, wie er leibt und lebt, dachte Kaltenbach.

Seine Laune hatte sich spürbar verbessert, als er sich wieder an den Rechner setzte. Dieses Mal gab er als Suchbegriff ›Lions Emmendingen‹ ein.

Eine schlichte und übersichtliche Webseite empfing ihn. Der Verein stellte sich und seine Ziele vor. Nichts Spektakuläres. Zur Sponsorenschaft für Luises Ausstellung fand sich lediglich ein knapper Hinweis. Dazu gab es einen Terminkalender und eine Mitgliederliste.

Kaltenbach lehnte sich zurück und faltete die Hände vor dem Bauch. So kam er nicht weiter. Vielleicht hatte Luise recht. Vielleicht hatte er sich verrannt.

Aus Neugierde überflog er die übrigen Treffer der Suchmaschine und war überrascht, wie viele Beiträge es gab. Viele englischsprachige Einträge waren darunter. Anscheinend gab es Lions-Mitglieder auf der ganzen Welt. Zudem tauchte der Name vielfach zusammen mit Rotary und Kiwanis auf.

Bei einem der Einträge blieb er hängen. Der zugehörige Blogbeitrag war mit der merkwürdigen Überschrift ›Nadelstreifen und Bauschürze‹ betitelt. Der Verfasser, ein Arzt aus Lübeck, wies auf Zusammenhänge von sogenannten Service-Clubs mit Freimaurerlogen hin. Er berichtete von seinen eigenen Erfahrungen und warnte vor den Abgründen, die sich seiner Meinung nach unter der Maske der Wohltätigkeit verbargen.

Kaltenbach kratzte sich nachdenklich am Ohr. Sein

Wissen über die Freimaurer gründete sich fast ausschließlich auf Romane und Filme, in denen es meist um etwas Geheimnisvolles ging. Einmal hatte er eine Dokumentation im Fernsehen angeschaut, in der behauptet wurde, dass Mozart seine Zauberflöte eigens für die damalige Wiener Loge geschrieben habe.

Neugierig folgte er einigen der Links. Der Arzt war offensichtlich nicht der Einzige, der einen Zusammenhang zu den ›Lions‹ sah.

Nach einer Viertelstunde setzte ein paar Lesezeichen und schaltete den Monitor ab. Er fragte sich, ob es Sinn ergab, auf diesem Weg weiterzuforschen. Das Internet barg immer wieder Überraschungen. Doch er hatte sich schon manches Mal hin zu Themen verirrt, die mit dem Ausgangspunkt nichts mehr zu tun hatten.

Am besten war es, Luise über die Lions zu fragen. Vielleicht wusste sie sogar, ob Hertzog etwas mit Freimaurern zu tun hatte.

Um sieben läutete es an der Tür. Das musste Wagner sein.

Als er die Haustür öffnete, stand der Sohn des Stadtarchivars vor ihm und überreichte ihm einen großen Umschlag.

»Mit Grüßen von meiner Mutter.«

Kaltenbach bat ihn herein, doch Wagner wandte sich bereits wieder zum Gehen.

»Sie wissen schon, was sie damit tun sollen. Wie schon gesagt, wenn es nach mir gegangen wäre …« Er verschwand mit knappem Gruß und ließ Kaltenbach einigermaßen verblüfft unter der Tür stehen.

»Salli Lothar!«, klang es im selben Moment fröhlich vom Nachbargrundstuck.

Frau Gutjahr winkte ihm von ihrem Garten aus zu.

Er hob die Hand und grüßte zurück: »Salli. Goht's?«

119

»'s goht. Weddsch e Salat?«

Das Ehepaar Gutjahr waren nicht nur Kaltenbachs Nachbarn, sondern seit Jahren seine Vermieter. Außer den Neuigkeiten aus Maleck versorgte vor allem Frau Gutjahr ihn mit allen möglichen Erzeugnissen aus ihrem großen Garten. Kaltenbach revanchierte sich dafür ab und zu mit einer guten Flasche Kaiserstühler.

Frau Gutjahr kam an den kleinen Zaun und reichte ihm einen Salatkopf aus ihrem Frühbeet. »Do hesch. Frischer goht's it!« Dann deutete sie auf die Straße. Wagner war mit seinem Wagen bereits verschwunden. »Ebbis unagnehms?«

Kaltenbach schüttelte den Kopf. »Nein. Eine, ähm, Bestellung.« Er nahm den Salat in Empfang und bedankte sich. So sehr er seine Nachbarin schätzte, hatte er im Moment keinerlei Lust auf Samstagstratsch am Gartenzaun.

»Ich muss gleich wieder hoch«, erklärte er. »Telefon!« Der Umschlag prickelte in seinen Händen.

Frau Gutjahr legte den Kopf schräg. So ganz schien sie nicht überzeugt, sich aber trotzdem zufrieden zu geben. »Scho recht. Sottsch glich mache«, nickte sie ihm aufmunternd zu.

»Telefonieren?«

»Der Lollo!«

Kaltenbach ging nach oben, legte den Salat in den Kühlschrank und schlitzte dann den Umschlag mit einem Küchenmesser auf. Ein dünner Plastikordner und ein handgeschriebener Brief kamen ihm entgegen. Der feinen, etwas altmodischen Schrift nach zu schließen, stammte er von Frau Wagner.

Gespannt überflog Kaltenbach die wenigen Zeilen.

›Sehr geehrter Herr Kaltenbach, in dem Umschlag befinden sich Kopien von Unterlagen, die meinem Mann wichtig waren. Er gab sie mir kurz vor dem schrecklichen Abend in der Steinhalle. »Sorge dafür, dass meine Arbeit fortgeführt wird, wenn mir etwas passiert«, hat er gesagt.

Wie wenn er es geahnt hätte!

Ich lasse Ihnen, Herr Kaltenbach, die Papiere zukommen, weil ich Sie bei Ihrem Besuch als warmherzigen und mitfühlenden Menschen erlebt habe. Ich spüre ganz fest, dass ich Ihnen vertrauen kann, und dass bei Ihnen das Erbe meines Mannes in guten Händen ist. Anderen vertraue ich nicht unbedingt. Es gibt viele Neider. Ich weiß nicht, ob mein Mann überleben wird. Ich habe Angst, dass noch mehr passiert.

Ich hoffe, mein Sohn war nicht allzu unfreundlich. Er war strikt dagegen, Ihnen diese Unterlagen zu übergeben. Doch er tut mir den Gefallen, weil er mich liebt.

Ihre ergebene Martha Wagner.‹

Kaltenbach ließ den Brief sinken. Er konnte kaum glauben, was er las. Sofort erinnerte er sich an den Besuch in dem Haus am Kastelberg und an den eindringlichen Blick, mit dem ihn Frau Wagner verabschiedet hatte.

Er nahm den Ordner in die Hand und las das Deckblatt. Es war eine Art Überschrift:

›Nachweis des Ursprunges und des Schauplatzes von Johann Wolfgang von Goethes *Herrmann und Dorothea*. Hinweise auf das Vorhandensein des ursprünglichen nicht abgeänderten Manuskriptes. Zusammengetragen anlässlich der Feiern zum ersten Emmendinger Goethesommer von Johannes Wagner.‹

Kaltenbach war mit einem Schlag hellwach. In Blitzesschnelle verdichtete sich sein Gedankenpuzzle zu einem Bild. In seinen Händen hielt er das Motiv für den Anschlag auf den Stadtarchivar!

Wenn es tatsächlich einen bis dato unbekannten Originaltext Goethes gab, wäre dies eine Sensation! Und es war nicht nur das. Kaltenbach wusste zwar wenig über den Antiquitätenmarkt. Aber es stand außer Frage, dass es neben dem literaturwissenschaftlichen Weltereignis auch um Geld gehen würde. Um sehr viel Geld.

Kaltenbach nahm den Ordner wieder auf und begann, die Unterlagen durchzublättern. Vor ihm lagen etwa 20 fotokopierte DIN-A4-Seiten, zum Teil mit handschriftlichem Text. Es gab Auflistungen, Skizzen und ein paar Fotos.

Auf den ersten Blick konnte er wenig damit anfangen. Um sich kundig zu machen, würde es viel Zeit und Aufwand kosten.

Er überlegte, ob er Grafmüller anrufen sollte. Doch er zögerte. Warum hatte Frau Wagner die Unterlagen ihm und nicht Grafmüller gegeben? Warum nicht Peschke, dem Assistenten ihres Mannes? Was meinte sie damit, dass sie niemandem trauen könne?

Der Mord an der Schauspielerin und der Anschlag auf Wagner innerhalb weniger Tage konnten kein Zufall sein. Wagners Koffer war gestohlen worden. Was hatte der Täter gesucht? War er nun der Nächste, dem Gefahr drohte?

Kaltenbach spürte, wie sich sein Hals zuschnürte, dass etwas Düsteres, Ungewisses auf ihn wartete.

Im Laufe des Abends kam sein Gedankenkarussell nicht zur Ruhe. In der Küche fand er eine halbe Flasche Rotwein, doch der Alkohol machte es nicht besser. Ebenso wenig konnte er sich auf das Nachtprogramm im Fernsehen konzentrieren. An Lesen war nicht zu denken. Die Idee kam ihm, als er an Robbis Anruf dachte. Im Halbdunkel stieg er die Treppe zum Keller hinunter. Zwischen einem alten Kleiderschrank und einem Stapel Bananenkartons fand er sofort, was er suchte.

Er schleppte den großen schwarzen Kasten hinauf in die Wohnung und stellte ihn mitten ins Zimmer. Vorsichtig zog er die Schutzhülle ab.

Er hatte seinen alten Gitarrenverstärker nie weggegeben. Auch wenn er seit vielen Jahren nicht mehr auf der elektrischen Gitarre gespielt hatte. Auch wenn er seither manches Mal das Geld gut hätte gebrauchen können.

Der Vox AC30 sah noch gut aus. Vorsichtig, fast liebevoll fuhren seine Finger über das dunkle Holz, fühlten die große Lautsprechermembran und tasteten sich über die Regler.

Er steckte das Kabel in die Steckdose und schaltete ihn an. Sofort leuchtete das grüne Kontrolllicht. Gleichzeitig ertönte leise das vertraute Brummen.

Ein Röhrenverstärker aus den Siebzigerjahren! So etwas gab es im digitalen Zeitalter höchstens noch über Ebay. 650 Mark hatte er damals ausgegeben. Viel Geld für einen Lehramtsstudenten in den Achtzigerjahren. Robbi hatte damals einen Marshall gehabt, Stöckle ein Ludwig-Schlagzeug. Klassisch. Wie die Shadows, wie George Harrison, wie Rory Gallagher.

Der Koffer mit der E-Gitarre stand seit Jahren im Schrank im Flur. Kaltenbach packte sie aus, schloss den Kopfhörer an, den er damals auf Monikas Drängen passend zurechtgebaut hatte, und stöpselte alles ein. Alles funktionierte noch. Dann drehte er den Regler auf.

Wie von selbst fanden seine Finger den Weg über Saiten und Bünde und lieferten sich ein Duett mit dem Gitarristen der Platte, die er zuvor aufgelegt hatte.

»Got a feeling inside I can't explain,
a certain kind I can't explain …«

Wenn er schon nicht schlafen konnte, wollte er wenigstens seinen Spaß haben.

KAPITEL 9

Kaltenbachs Gefühle schwankten zwischen Begeisterung und Ärger. Robbi hatte ihn hereingelegt. Anders konnte man es nicht nennen.

Was ihm sein alter Gitarrenpartner als Probe mit Kumpels angekündigt hatte, war nichts weniger als ein ausgewachsener Auftritt gewesen. ›Rock&Blues-Frühschoppen am Dreisameck‹. So hatte ihn ein mit Kreide handgeschriebener Aufsteller am Eingang zur Gartenwirtschaft begrüßt. Robert hatte in seiner pragmatisch-unkonventionellen Art das Angenehme mit dem Nützlichen verknüpft.

Natürlich hatte sich Kaltenbach nach dem ersten Schreck dem besonderen Reiz dieser Situation nicht entziehen können. Sie hatten zwei Stunden gespielt. Den ganzen Katalog hoch und runter.

»Geht doch!«, war Robbis knapper Kommentar gewesen.

Kaltenbach musste schmunzeln, als er bei der Rückfahrt von Freiburg daran dachte. Robbi hatte anscheinend keine Probleme mit außergewöhnlichen Situationen. Im Gegenteil.

Irgendwie machte er immer das Beste daraus. Das war schon früher so gewesen. Vielleicht sollte auch er endlich lernen, überzeugter zu seinen Fähigkeiten zu stehen.

Kaltenbachs gute Laune erhielt wenig später einen herben Dämpfer, als er bei Luise anrief. Zu seiner Enttäuschung war sie ziemlich kurz angebunden.

»Ich habe heute leider überhaupt keine Zeit. Präsenzpflicht in der Galerie, das verstehst du sicher. Jamie und ich erwarten im Laufe des Tages ein paar sehr interessante Kontakte. Kannst aber gerne auf einen Kaffee vorbeikommen.«

Das fehlte gerade noch! Ein künstlerischer Small Talk zu dritt war überhaupt nicht das, was er sich unter einem Treffen mit Luise vorstellte. Zudem machte es ihn zunehmend nervös, wenn er den Namen des Kanadiers hörte.

Kaltenbach lehnte höflich ab.

»Schade«, antwortete sie. »Ich ruf dich an. Versprochen.«

Ihre knappen Abschiedsworte klangen noch in seinen Ohren, als er über die Umgehungsstraße zurück nach Emmendingen fuhr.

Was tun mit dem angefangenen Sonntag? Vielleicht könnte er die gestern verschobene Rollertour nachholen. Der Himmel sah vielversprechend aus. Und heute Abend würde er sich Wagners Unterlagen genauer anschauen.

Auch Hertzog spukte weiter in seinem Kopf herum. Ob er als Lions-Mitglied tatsächlich etwas mit den Freimaurern zu tun hatte? Konnte es sein, dass diese Leute hinter Wagners Aufzeichnungen her waren? Hatte am Ende gar Hertzog den fehlenden Koffer gestohlen?

An der Ampel vor der Elzbrücke hatte Kaltenbach plötzlich eine Idee. In der Mitgliederliste der Emmendinger Lions hatten neben Hertzog einige bekannte Namen gestanden. Einer davon war ihm besonders geläufig. Ihn würde er fragen. Jetzt gleich.

Das Autohaus an der Elz war eine der besten Adressen der Stadt. Der junge Alexander Jungwirth hatte in den letzten Jahren ein schmuckes Areal errichtet, das Werkstätten und Verkaufsbereich großzügig und modern miteinander verband. Seit ihrer gemeinsamen Schulzeit hatte Kaltenbach stets losen Kontakt gehalten. Er wusste, dass er es sich auch sonntags nicht nehmen ließ, potenziellen Kunden mit Rat und Tat zur Seite zu stehen.

Kaltenbach bog in das weitläufige Firmengelände ein und parkte seinen Lieferwagen direkt vor der großen gläsernen Eingangstür.

Der kühle Chic des modernen Autohauses schaffte es mit sparsamem aber wirkungsvollem Einsatz den Erwartungen der Kundschaft zu entsprechen. Hier stimmte alles. Hier bedeutete Zeit nicht nur Geld, sondern hart erarbeitete Qualität. Jungwirth war eben in einem Gespräch mit einem Paar mittleren Alters, das sich für eine der repräsentativen Limousinen interessierten.

Als er ihn erkannte, entschuldigte er sich bei den beiden und kam zu Kaltenbach herüber. »Salli, Lothar. Lange nicht gesehen. Brauchst du einen neuen Wagen?«

»Kein Geld«, wehrte Kaltenbach ab. »Hast du einen Moment Zeit?«

Jungwirth nickte und bat ihn zu einem ovalen Glastisch, der in einem lichtdurchfluteten Erker stand. Eine mannshohe Grünpflanze bildete den einzigen Kontrast zum vornehmen Grau der Fliesen. Im Hintergrund war das beruhigende Gluckern eines Zimmerspringbrunnens zu hören.

»Schön, dich einmal hier zu haben. Zu einem neuen Wagen kann ich dich wohl nicht überreden. Und Motorroller haben wir immer noch nicht im Angebot. Also, was kann ich meinem Weinlieferanten Gutes tun?«

Kaltenbach entschloss sich, gleich zur Sache zu kommen. »Du bist doch bei diesen Lions.«

»Im Lions-Club? Willst du etwa auch mitmachen? Gute Idee. War schon lange fällig.«

Kaltenbach schüttelte den Kopf. »Nein, das nicht. Ich wollte eher etwas darüber wissen. Was ist das eigentlich für ein Verein?«

»Das klingt aber ein wenig despektierlich, wie du das sagst. Gibt es Probleme?«

Kaltenbach schwieg. Er war sich nicht sicher, wie viel er preisgeben konnte.

Doch sein Gegenüber lachte kurz auf und fuhr fort. »Formell ist das natürlich schon ein Verein, wie du sagst. Deutschland deine Regularien. Aber genau genommen sind wir ein ziemlich lockerer Zusammenschluss von Leuten, die ähnliche Interessen haben.«

Und genügend Geld, dachte Kaltenbach.

»Ursprünglich kam die Idee aus Amerika. In den Zwanzigerjahren gab es einige Industrielle, die auf der Basis von Beziehungen untereinander das Geldverdienen mit Einsatz für die Gemeinschaft verknüpfen wollten. Amerika hat ja bis heute nicht die ausgeprägten Sozialsysteme wie die europäischen Länder. Dafür ist das private Engagement hoch.«

»Und dafür macht ihr Tombolas und Benefizkonzerte?«

»Unter anderem.« Jungwirth lachte. »Es wird nicht alles an die große Glocke gehängt. Vieles spielt sich im Verborgenen ab.«

»Zum Beispiel Sponsoring?«

»Zum Beispiel. Gerade im Kulturbereich engagieren sich die Mitglieder gern.«

»Und das geschieht allein aus reiner Nächstenliebe?«

»Weißt du, Lothar, das ist jetzt vielleicht etwas schwer zu verstehen.« Jungwirth äugte zwischendurch zu den beiden Kunden, die sich inzwischen auf den Sitzen des Wagens niedergelassen hatten und das Cockpit bewunderten. »Natürlich ist ein Gutteil Eigenwerbung dabei. Als Clubmitglied genießt man in Emmendingen eine hervorragende Reputation. Aber es kommt noch etwas hinzu. Für mich zumindest. Es ist dieses Gefühl, Teil einer Gemeinschaft zu sein. Sich gemeinsam einem höheren Ziel zu verpflichten.«

»Und die anderen Vereine, sind die auch so? Rotary, Kiwanis, Freimaurer?«

»Die Freimaurer sind anders. Ich weiß, dass manche uns gerne in diese Ecke stellen. Geheimzirkel, elitärer Männerbund und was nicht alles. Aber ich kann dich beruhigen. Bei uns brauchst du keine esoterischen Riten zu befolgen. Wenn ich dich empfehle, genügt ein Aufnahmeantrag. Und die Bereitschaft, ab und an ein wenig großzügig zu sein.«

Für einen Moment hörte man nur das leise Gluckern des Zimmerspringbrunnens.

Kaltenbach entschloss sich, konkret zu werden. »Hertzog. Was hältst du von dem?«

»Seriös. Arbeitet viel. Ich komme ganz gut klar mit ihm.«

»Kann es sein, dass er außer bei euch auch bei den Freimaurern ist?«

»Das kann durchaus sein. Jeder ist frei zu tun, was ihm beliebt, solange es dem Club nicht schadet.« Jungwirth stand auf und knöpfte sein Jackett zu. Kaltenbach sah, dass er ihn nicht länger aufhalten durfte. »Frag ihn selbst. Und noch einmal: Es gibt keine Geheimnisse.«

Auf dem Rückweg fuhr Kaltenbach beim ›Kaffeekännchen‹ in der Mundinger Straße vorbei und nahm ein Stück Kuchen mit. Gegen drei Uhr war er endlich zu Hause. Er schleppte Verstärker und Gitarre aus dem Auto nach oben, dann machte er sich einen großen Cappuccino.

Während er langsam den Käsekuchen verspeiste, dachte er über den Besuch im Autohaus nach. Es klang alles zu schön, zu glatt. Zumindest bei Hertzog musste noch mehr dahinterstecken. Die beiden Begegnungen im Alten Rathaus und in der Steinhalle zeigten, dass er eine andere Seite haben musste.

Was hatte der Möbelfabrikant zu verbergen? Wovor hatte er Angst?

Kaltenbach entschloss sich, die Rollerausfahrt auf den frühen Abend zu verschieben. Stattdessen räumte er das Geschirr weg und nahm sich Wagners Ordner vor. Vielleicht war das, wonach Wagner forschte, für Hertzog von besonderem Interesse? Vielleicht gehörte er zu jenen Kunst- und Antiquitätensammlern, von denen die Öffentlichkeit nie erfuhr, und die sich ausschließlich im Privaten an ihren Schätzen erfreuten?

Ein unentdecktes Manuskript von Goethe war nicht nur etwas Besonderes, sondern mit Sicherheit auch viel Geld wert. Konnte es sein, dass Hertzog bereit war, dafür zu töten?

Kaltenbach setzte sich an seinen Tisch im Wohnzimmer und schlug den Ordner auf. Als Erstes fiel ihm eine Folie auf, in der eines der gelben Reclameheftchen steckte, wie er sie von früher aus der Schule kannte.

»Johann Wolfgang von Goethe: Hermann und Dorothea«, las er leise. Im inneren Deckblatt stand Wagners Name.

Beim Durchblättern sah er, dass der Text überall mit Unterstreichungen, Markierungen und Kommentaren versehen war. Einige Passagen waren rot umrandet und trugen dicke Ausrufezeichen.

Kaltenbach versuchte, die ersten Verse zu lesen. Die Sprache war seltsam gedrechselt und schwer verständlich. Er konnte nur hoffen, dass Wagner irgendwo eine Zusammenfassung notiert hatte.

Die anderen Schutzhüllen enthielten Kopien alter Fotos und eine Zeichnung. Auf einem Bild aus den Dreißigerjahren erkannte Kaltenbach mit viel Mühe die heutige Emmendinger Stadtbibliothek. Dazu gab es eine Großaufnahme der Gedenkplatte vom Grab von Goethes Schwester und die historische Aufnahme vom Marktplatz, welche die

129

Schlosser-Darstellerin bei der Führung am Brunnen herumgezeigt hatte. Eines der Blätter war mit merkwürdigen Zeichen versehen, die Kaltenbach an mittelalterliche Steinmetzkerben erinnerten. Alle übrigen waren eng mit Wagners akribischer Handschrift beschrieben, hier und da stachen Markierungen und Verweise hervor.

Kaltenbach seufzte. Das würde dauern, bis er alles entziffert hatte. Der Stadtarchivar hatte offenbar die Segnungen moderner Computerprogramme noch nicht schätzen gelernt.

Das letzte Blatt fiel besonders auf. Unter der Überschrift ›Goethe im Breisgau‹ fand sich eine Liste mit Orten. Kaltenbach kannte die meisten von ihnen. Am Ende stand in großen, doppelt unterstrichenen Buchstaben der Name ›Tennenbach‹. Wenn Wagner den Ort derart hervorgehoben hatte, konnte dies bedeuten, dass dort der entscheidende Hinweis zu finden war, vielleicht sogar das Versteck des Manuskriptes selbst!

Er sprang auf, zog seine Schuhe an und warf seine Lederjacke über. Es war immer noch hell genug für eine kleine Rollertour.

Auf der Straße am Sonnenziel vorbei waren es nur wenige Minuten zu dem Ort im Brettenbachtal, wo früher das Zisterzienserkloster gestanden hatte. Über Jahrhunderte hinweg bildete das Wirken der Mönche neben dem geistigen Zentrum ein bedeutender wirtschaftlicher Faktor für den gesamten mittleren Breisgau. Bis zum Bodensee und zum Kaiserstuhl hatten ihre Handelsbeziehungen gereicht. 1806 kam mit der Säkularisierung bei der Gründung des Badischen Großherzogtums das Ende. Das Kloster wurde nahezu komplett abgerissen und die Steine weiterverwendet.

Goethe musste von dem Kloster gewusst haben, dachte Kaltenbach, als er die schmale Straße das Tal entlang fuhr. Ein Kloster, eine Kirche – ideale Orte, um etwas aufzubewahren, das den Gefahren der Zeit trotzen sollte. Dass ausgerechnet die Klosterkapelle den Abriss überlebt hatte, grenzte an ein Wunder.

Ein Touristenkleinbus mit Freiburger Autokennzeichen stand auf dem unbefestigten Parkplatz am Straßenrand. Kaltenbach stellte die Vespa daneben und schloss den Helm an.

Ein Gedenkstein und eine Hinweistafel wiesen auf das erstaunliche Ausmaß der ehemaligen Klosteranlage hin. Über das ganze Tal hatte sich die riesige Anlage ausgebreitet. Heute gab es außer der Kapelle lediglich noch ein ehemaliges Ökonomiegebäude am gegenüberliegenden Waldrand, das inzwischen zu einem Gasthaus geworden war.

Die große hölzerne Eingangstür war nur angelehnt. Aus dem Innern der Kapelle drangen gedämpft Stimmen.

Kaltenbach trat ein. Ein schlichter Raum empfing ihn. Zwei Reihen einfacher Holzbänke bildeten in ihrer Mitte einen schmalen Gang, der zu einem Altarstein führte, auf dem ein weißes Tuch lag. Die kahlen Wände säumten ein paar dekorative Sandsteinsäulen. Schräg von oben fiel durch hohe Fenster das Licht der Abendsonne.

Vor dem Altar hatte sich eine untersetzte, etwas ältere Dame aufgebaut. Mit deutlich alemannisch eingefärbtem Zungenschlag trug sie einige Erklärungen vor. Vor ihr in der ersten Bankreihe saßen drei Männer und drei Frauen aus dem Land der aufgehenden Sonne, die ihre Ausführungen mit freundlichem Nicken begleiteten. Mit schussbereiten Kameras verfolgten sie jede Handbewegung der Sprecherin.

Beim Knarren der Eingangstür drehten sich alle um und empfingen Kaltenbach mit einem sechsfachen Blitzlichtgewitter, gefolgt von einem sechsfachen freundlichen Nicken.

Die Reiseleiterin sah nur kurz mit einem strengen Blick auf und fuhr dann mit der Beschreibung des Wenigen fort, was in der Kapelle zu sehen war.

»Look at se carvings at se side of se churchbanks. You can find se same motives at se seeling …«

Kaltenbach setzte sich in die hinterste Bank und wartete. Kurz darauf gab die Frau ein Zeichen.

»Okay, five minutes!«

Ihre sechs Anvertrauten schwärmten mit flinken Schritten im Innenraum aus und fotografierten zur Sicherheit noch einmal alles, was sie gesehen und über das man ihnen erzählt hatte. Danach fanden sie sich ebenso rasch in wechselnden Gruppen zusammen, die vom jeweils übrig gebliebenen im Bild festgehalten wurden.

Kaltenbach fragte sich, wie viele Gigabyte Erinnerungen jeder von ihnen am Ende seiner Europatour nach Hause brachte. Und ob sie jemals wieder angeschaut wurden.

»Wenn du noch länger bleiben willst, kannst du den Schlüssel zurückbringen? Drüben beim Engel. Wir sind sowieso spät dran. Nicht vergessen: Zuschließen!«

Mit diesen Worten bekam Kaltenbach von der Reiseleiterin einen riesigen Bartschlüssel in die Hand gedrückt. Dieser ihrer Einschätzung nach traditionelle alemannische Abschiedsritus blieb von den Gästen aus dem fernen Osten nicht unbemerkt. Selbstverständlich wurden die beiden für die Daheimgebliebenen festgehalten.

»Su-she-li-san! Su-she-li-san!«

Mit sechsfacher Verbeugung und den magischen Worten wurde Kaltenbach herzlichst verabschiedet. Eine Minute später hörte er, wie der Minibus wegfuhr.

Angenehme Stille breitete sich aus. Kaltenbach stand auf und ging langsam die Wände entlang. Die schmucklosen Steine waren eng aneinandergefügt, keinerlei Öffnung oder Spalt war erkennbar. Wenn er mit dem Fingerknöchel klopfte, klang es überall dumpf und matt.

Der Fußboden war ebenso schlicht. Kein Anzeichen für eine Öffnung oder eine lose Platte. Kaltenbach schlug vorsichtig das Tuch vom Altar zurück. Darunter verbarg sich ein polierter länglicher Betonklotz, der am unteren Rand unübersehbar das Zeichen einer Firma aus dem Südschwarzwald trug. Das Ganze stand fest und unverrückbar auf einem Steinsockel.

In einer Nische an der Rückwand hinter dem Altar befand sich eine Madonnenfigur. Ihre geschnitzte Oberfläche glänzte seltsam dunkel, fast wie angesengt.

Kaltenbach setzte sich in eine der Nischen an der Längswand und ließ den Blick über das karge Innere schweifen. Irgendetwas stimmte hier nicht. Wagner konnte sich nicht geirrt haben. Oder hatte er etwa absichtlich eine falsche Fährte gelegt, falls die Unterlagen je in die falschen Hände gerieten?

Vielleicht war der Hinweis auf einer der Grabplatten verborgen, die vor der Kapelle in die Außenwand eingelassen waren. Er ging wieder hinaus, doch Kaltenbach hatte große Mühe, in den verwitterten Buchstaben überhaupt etwas zu erkennen. Vorsichtshalber machte er einige Aufnahmen. Das würde er sich noch einmal in Ruhe ansehen.

Zum Abschluss lief er einmal langsam um die Kapelle herum. Auch hier gab es keinerlei Anhaltspunkte. Offenbar war das Gebäude vor nicht allzu langer Zeit frisch renoviert worden. Heller Putz, neue Dachziegel, schmucklose Fenster, das war alles.

Kaltenbach schloss enttäuscht ab und brachte den Schlüssel wie versprochen in das Gasthaus auf der gegenüberliegenden Talseite.

»Das ist nett von Ihnen«, bedankte sich die Wirtin. Ihre braunen Augen sahen Kaltenbach freundlich an. »Wir haben schon gedacht, die Japaner seien weg und hätten den Schlüssel stecken lassen. Ist alles schon vorgekommen. Wollen Sie noch etwas trinken?«

Kaltenbach nickte und setzte sich an einen der Fenstertische. Außer ihm gab es keine weiteren Gäste. »Gibt's auch noch warm?«

»Warm nicht. Aber einen Elsässer kann ich gerne machen.«

Zehn Minuten später saß Kaltenbach vor einer Riesenportion Wurstsalat mit Käse.

»Sagen Sie, die Kirche, ist das tatsächlich das Einzige, was von dem Kloster übrig geblieben ist?«, fragte er die Wirtin, die sich am Nachbartisch niedergelassen hatte. »Die Anlage muss doch riesig gewesen sein.«

»Na hier, das Gasthaus. Das war schon vor 200 Jahren bewirtschaftet.« Mit Wohlwollen betrachtete sie Kaltenbachs sichtbaren Appetit. »Soll auch noch eine Weile so bleiben.«

Ihr Gatte, ein hochgewachsener Mann mit grauem Bart, kam jetzt ebenfalls hinzu. Er stellte ein Glas mit Rotweinschorle auf den Tisch, an dem beide abwechselnd nippten.

»Das mit der Kirche stimmt allerdings nicht so ganz«, meinte er. »Das, was übrig geblieben ist, war damals die Kapelle. Die richtige Klosterkirche gibt es schon lange nicht mehr.«

Kaltenbach wurde aufmerksam. »Das da unten ist nicht die Kirche?«

»Nein, nein. Die Kirche war viel größer. Sie stand ein Stück weiter hinten im Tal, dort wo jetzt die Straße nach Mußbach hochgeht.«

Kaltenbach spürte einen winzigen Hoffnungsschimmer. »Gibt es irgendwelche Überreste? Fundamente?«

Beide Wirtsleute lachten. »Die Bauern haben damals alles abgeräumt. Jedes Haus, jede Mauer, jeden Stein. Baumaterial war teuer. Da ist nichts mehr übrig. Die Herren vom Landesdenkmalamt haben damals zur 850-Jahr-Feier noch einmal alles abgesucht.«

Kaltenbach sah den Hoffnungsschimmer wieder verglimmen. Es war sinnlos, selbst durch die Wiesen zu stapfen und alte Steine umzudrehen.

»Mit der Kirche war aber noch etwas!« Die Engelwirtin stieß ihren Mann an.

»Ja, wenn es der Herr ganz genau wissen will. Die Kirche war ja damals schon weg, als alles abgeräumt wurde.«

»Weg?«

»Ja. Damals gab es in Freiburg noch keine Kirche für die Evangelischen. Außerdem hatten die kein Geld. Da hat ihnen der Großherzog die Tennenbacher Kirche geschenkt.«

»Die Klosterkirche ›geschenkt‹? Wie soll das gehen?«

»Er hat sie komplett abbauen und abtransportieren lassen. Jeden Stein, jeden Dachziegel, die gesamte Einrichtung.«

Kaltenbach war sprachlos. »Und dann?«

»Dann hat er sie in Freiburg wieder aufbauen lassen. Dort, wo jetzt die Rheinstraße ist. Die Regierenden haben schon damals gerne Geschenke gemacht, für die sie nicht selber bezahlen mussten!«

Am Abend fuhr Kaltenbach zum zweiten Mal an diesem Tag nach Freiburg.

Die späte Dämmerung lag über den Häusern, als er über die neu gestaltete Habsburger Straße in Richtung Stadtmitte fuhr. Ungefähr wusste er, wo er hinmusste. Trotzdem verfuhr er sich zwei Mal im Geflecht der Einbahnstraßenregelungen und landete jeweils wieder beim Siegesdenkmal, ehe er schließlich sein Ziel erreichte.

Die Rheinstraße war nur einen Steinwurf von der Innenstadt entfernt. In einigen älteren Bürogebäuden brannte Licht. Auf der Straßenseite gegenüber standen Wohnhäuser, an denen der Zahn der Zeit wenig vorteilhaft nagte. Vereinzelte Bäume lockerten den tristen Anblick nur wenig auf.

Keine Kirche.

Kaltenbach wendete seine Vespa, schlug einen Bogen um den Block und fuhr die Straße ein zweites Mal ab.

Nichts.

Inzwischen war es fast dunkel. Kaltenbach parkte am Gehwegrand und ging zu Fuß ein paar Schritte in beide Richtungen. Keines der Gebäude hatte auch nur annähernd Ähnlichkeit mit einer Kirche aus dem 19. Jahrhundert. Hatte er den Straßennamen richtig verstanden? Gab es die Rheinstraße etwa ein zweites Mal, vielleicht in einem anderen Stadtteil?

Hinter sich hörte er lautes Lachen und Rufen, das rasch näher kam. Er drehte sich um und hatte gerade noch Zeit, ein paar Radfahrern auszuweichen, die unbekümmert die Einbahnstraße entlangbrausten. Keiner von ihnen fuhr mit Licht.

»Sie müssen schon aufpassen, junger Mann«, tönte plötzlich neben ihm eine Stimme. »Immer schön auf dem Trottoir bleiben! Gell, Arnie, wir zwei wissen das!«

Kaltenbach sah sich einem älteren Herrn gegenüber, der einen offenbar ebenso alten Hund an der Leine mit sich führte.

»Fahrradgangster! Verkehrsrowdies!«, schimpfte er den Radfahrern hinterher, die längst in eine Seitenstraße abgebogen waren. »Keine Rücksicht! Seit Freiburg ›Green City‹

ist, glauben die, sie können machen, was sie wollen.« Er beugte sich zu Kaltenbach. Eine Geruchsmischung aus Schweiß und Speick Seife wehte an ihn heran. »Und ich sage Ihnen eines: Am Schlimmsten sind die Elektroautos. Die hören wir gar nicht, wenn sie kommen. Gell, Arnie?«

Der zottelige Dackelmischling hatte wie sein Namensgeber die besten Zeiten lange hinter sich. Gelangweilt schnupperte er an Kaltenbachs Hosenbein und legte sich dann umständlich auf den Boden.

Jetzt erst bemerkte der Mann den Helm, den Kaltenbach in der Hand trug. »Motorrad!« Sein Gesicht hellte sich auf. »Sind Sie Motorradfahrer?« Mit seinem dünnen Zeigefinger stieß er abwechselnd auf den Helm und auf Kaltenbachs Lederjacke. »Ich war einer der Ersten nach dem Krieg! 200er NSU! Bei Wind und Wetter!«

Kaltenbach sah Hilfe suchend um sich. Der rüstige Rentner mit seinem Exbodybuilderhund hatte offenbar nicht oft Gelegenheit, auf seinem Abendspaziergang einen Gesprächspartner zu finden.

»Und jeden Sonntag den Schauinsland hoch. Das waren Zeiten!«

Kaltenbach warf aus Höflichkeit zwischendurch ein »Aha« oder »Ach ja?« ein, was seinen Gegenüber aber nur noch mehr anspornte.

»… die B3 entlang. Nichts mit Autobahn …«

Verstohlen ließ Kaltenbach seinen Blick die Straße entlang wandern. Er musste die Kirche finden.

»Wohnen Sie hier?«, unterbrach er den Wortschwall.

Der Alte war inzwischen bei seiner ersten Fahrt über den Gotthardpass (»Nur mit Lederjacke! Kein Helm!«) nach Italien und ließ sich nur ungern unterbrechen.

»Warum fragen Sie das?« Sein Blick wurde misstrauisch.

»Ich suche etwas. Können Sie mir helfen?«

Arnie gurgelte, was früher einmal ein Knurren gewesen sein mochte, und drehte sich auf die Seite.

»Sie sind nicht von hier?«

»Ich suche die Kirche. Hier in dieser Straße soll es eine Kirche geben.«

Der Alte schüttelte energisch den Kopf. »Hier gibt es keine Kirche, junger Mann! Diese gottlosen grünen Fahrradterroristen brauchen keine Kirche!«

»Aber dies ist doch die Rheinstraße?«

»Natürlich. Schon ewig. Hier gehen wir jeden Abend raus. Und jeden Morgen. Das hält uns fit. Gell, Arnie?«

Kaltenbach versuchte es noch einmal. »In den Nachbarstraßen vielleicht?«

»Nirgends. Die nächste ist drüben in Neuburg. Ja, früher. Da war es anders.«

Seine Augen begannen zu glänzen wie bei seiner Erinnerung an das erste Motorrad. »Eine schöne Kirche war das. Dort bin ich getauft worden und konfirmiert. Meine Eltern haben mich jeden Sonntag …«

»Und wo ist diese Kirche?« Kaltenbach wurde ungeduldig. In ihm regte sich eine Mischung aus Hoffnung und Verzweiflung.

»November 44. Die Tommies. Lumbeseggl. Alles haben sie kaputtgemacht. In einer Nacht! Meine Mutter hat geheult.«

»Sie meinen, die Kirche wurde zerbombt?«

»Da war nichts mehr zu machen. Kein Stein ist auf dem anderen geblieben. Wir sind dann alle ins Münster gegangen, sonntags.« Die Augen des alten Mannes wurden feucht. »Da kann ich Ihnen Geschichten erzählen, junger Mann. Wissen Sie, damals, 1944, da war ich …«

Kaltenbach musste das Gespräch beenden. Er unterbrach ihn, so höflich er konnte. »Es tut mir leid, ich muss los. Dringend. Vielen Dank, Sie haben mir sehr geholfen!«

»Schon recht.« Der Alte wandte sich ab. Sofort stemmte sich der Hund hoch und schüttelte sich träge. »Komm, Arnie. Die jungen Leute sind immer so ungeduldig.«

Kaltenbach verabschiedete sich und lief rasch zu seinem Roller zurück. Im Gehen zog er den Reißverschluss seiner Jacke hoch und setzte den Helm auf. Sekunden später brauste er durch die Nacht davon.

Eine halbe Stunde später war er zu Hause. Er zog seine Schuhe aus, legte Musik auf und setzte sich mit einem Glas Rotwein ins Wohnzimmer.

Es war ein langer, ereignisreicher Tag gewesen. Die Bluessession am Vormittag, Jungwirths Erklärungen zu den Lions, die Japaner in der Klosterkapelle. Am Ende die Erinnerungen des Alten in Freiburg.

Auf dem Tisch lag Wagners Ordner noch genau so, wie er ihn zurückgelassen hatte. Kaltenbach schlug ihn auf.

›Tennenbach Kirche!‹ Die beiden Worte sprangen ihm entgegen wie zum Hohn für seine vergebliche Suche. Eine Kirche, die es nicht mehr gab, von einem Kloster, das es nicht mehr gab. Was konnte Wagner nur damit gemeint haben? Wie sollte er jetzt weitermachen?

Langsam blätterte er die Seiten durch. Irgendwo hier musste die Lösung liegen.

Kaltenbach goss sich ein zweites Glas ein. Die Wärme der Burgundertrauben breitete sich allmählich in seinen Gliedern aus. Wieder sah er Frau Wagners Augen vor sich.

Er musste einen neuen Ansatz finden, und er wusste auch schon wie. Bei allem, was bisher geschehen war, ging es stets um einen Namen. Alle Unterlagen Wagners wiesen auf ihn.

Johann Wolfgang von Goethe.

Kaltenbach ließ einen Schluck zwischen Zunge und Gaumen kreisen. Alleine würde er nicht weiter kommen. Er brauchte jemanden, der sich auskannte. Jemand, der ihm alles über Goethe und seine Zeit erzählen konnte. Und jemand, dem er völlig vertraute.

Langsam ließ er den Burgunder über den Gaumen nach unten gleiten. Jetzt konnte nur noch Friedrich Schiller helfen.

KAPITEL 10

Die Woche begann mit Hochbetrieb. Kurz nachdem Kaltenbach den ›Weinkeller‹ aufgeschlossen hatte, kamen bereits die ersten Kunden. Eine achtköpfige Reisegruppe aus Westfalen hatte das Wochenende in Emmendingen verbracht und war nun fest entschlossen, einige Flaschen aus der Gegend als Mitbringsel mit nach Hause zu nehmen.

Nach einigen geduldigen Versuchen gab Kaltenbach es auf, die Unterschiede und feinen Details erklären zu wollen.

»Wir nehmen dann eine Kiste Roten, eine Kiste Weißen und eine Kiste Prosecco.«

Kaltenbach seufzte. Manchmal war es nicht einfach, Vertreter gehobener Weinkultur sein zu wollen.

Auch danach hatte der Laden guten Zulauf. Als Kaltenbach endlich etwas Luft hatte, wählte er die Nummer seines alten Kumpels Friedrich Schiller in Auggen.

Seine Frau Beate war am Apparat. »Nein, Fritz ist in der Schule. Er hat heute Unterricht bis drei.«

»Weißt du, ob er heute Abend Zeit hat?«

Beate lachte. »Du machst Witze. Erst lässt du monatelang nichts von dir hören, und dann muss es ganz schnell gehen. Aber okay, ich werde ihn fragen. Bei Lothar Kaltenbach hat er noch nie Nein sagen können.«

Eine Viertelstunde später klingelte das Telefon. Die Stimme am anderen Ende der Leitung war allerdings nicht die, die er erhofft hatte.

»Sonderprobe!«, tönte ihm Walter forsch entgegen. »Es ist nicht mehr lange hin. Wir müssen unbedingt noch ein paar Stücke durchgehen. Mittwochabend bei mir! Die anderen wissen Bescheid. Geht klar, oder? Wo warst du eigentlich gestern den ganzen Tag?«

Kaltenbach murmelte etwas von Rollertour bei schönem Maiwetter. Er kam gar nicht dazu, zu widersprechen. Manchmal wünschte er sich insgeheim, selbst ein bisschen mehr Entschlusskraft aufzubringen.

Gegen halb elf stand der französische Weinlieferant aus Mulhouse in der Ladentür. Es war ein schlaksiger Bursche, der nicht viel älter als 20 aussah. In seinem Mundwinkel baumelte eine Zigarette, und er gab sich erst gar keine Mühe, Deutsch zu sprechen.

Als er kaum eine Viertelstunde später wieder gegangen war, hatte er mitten im Laden einen Stapel Kartons aus dem Languedoc hinterlassen. Der Verkaufsraum ähnelte mehr dem eines Lebensmitteldiscounters als einem seriösen Weinfachgeschäft.

»So sind sie, die Franzosen. Charmant und hilfsbereit.« Herbert Schramm, der Lammwirt von gegenüber, grinste über das ganze Gesicht.

»Hör bloß auf«, knurrte Kaltenbach, »nimm lieber dein Zeug am Besten gleich mit!«

Schramm lud zwei Kartons auf die Sackkarre, die er mitgebracht hatte. Dann half er Kaltenbach, die übrigen Kisten nach hinten zu tragen.

»Immer flissig die Herre?«

Die heisere Frauenstimme ließ Kaltenbach wie jedes Mal an einen undichten Dampfkessel denken. Frau Kölblin verfinsterte den unteren Teil der Ladentür in ihrer ganzen Breite. Wie immer, wenn sie zu Besuch kam, steuerte sie direkt auf den großen Ohrensessel zu, der am Fenster neben dem kleinen Tisch in der Probiernische stand. Mit einem Seufzer ließ sie sich hineinfallen.

»Henners ghert?«, rasselte sie, nachdem sie wieder einigermaßen zu Puste gekommen war. »Marie hett verzellt, dass dr Dogder Scholl e Lesefescht mache will. Zuesetzlich zu ellem, was sie sowieso schu mache wenn. Wege unserm Wagner. Er will Kinder ues de Schuele hole un vorlese lo. Un e Chor. Alles Goethe.« Zwischendurch rang Frau Kölblin immer wieder nach Luft. Heute musste sie selbst für ihre Verhältnisse vieles auf einmal loswerden. »D' Dochter vu d' Marie ihrer Cousine isch au debii«, wusste Frau Kölblin. »Die hett sogar schu emol bime Wettbewerb gwunne!«

Den letzten Karton behielt Kaltenbach im Laden und riss ihn auf. Gerade als er begann, die dunkelbraunen Flaschen in das Regal mit den Franzosen einzuordnen, läutete das Telefon im Hinterzimmer.

»Grüß dich, Lothar.« Grafmüllers Stimme klang seltsam belegt.

Kaltenbach spürte sofort, dass etwas nicht stimmte. Er setzte sich an den kleinen Tisch und dämpfte seine Stimme. »Ist etwas passiert? Wo bist du?«

Grafmüllers Atem klang angestrengt. »Adi! Was ist los? Ist dir nicht gut?«

»Er hat es nicht geschafft«, sagte er kaum hörbar.

»Wer? Um was geht es denn?«

»Wagner ist heute Morgen gestorben. Organversagen. Die Ärzte haben alles versucht.«

Kaltenbach war fassungslos.

»Bist du noch dran?«, fragte Grafmüller.

»Seine Frau«, sagte Kaltenbach langsam, »hat sie …«

»Sie war bei ihm. Bis zum Ende ist sie an seinem Bett gesessen.«

Für einen Moment schwiegen beide.

»Ist dir klar, was das bedeutet?«, begann Grafmüller erneut.

»Was meinst du damit?«

»Jetzt ist es kein Mordversuch mehr. Jetzt ist es Mord!«

In Kaltenbachs Kopf klang das Wort wie der Schlag einer riesigen Glocke. Sofort fiel ihm der Ordner ein, der bei ihm zu Hause auf dem Tisch lag.

»Wir müssen uns dringend sehen. Ich melde mich!«

Nachdem Grafmüller aufgelegt hatte, blieb Kaltenbach regungslos auf seinem Stuhl sitzen. Er war wie benommen, als er endlich wieder nach vorn ging.

Frau Kölblin war immer noch dabei, ihre Sicht der Dinge zum Stand des ›Emmendinger Goethesommers‹ von sich zu geben. Als sie Kaltenbach sah, wechselte sie schlagartig das Thema. »Wie siehsch du aus? Du bisch jo ganz keesig! Isch dr schlechd? Muesch ebbbis esse?«

Kaltenbach stützte sich auf die Theke und blickte auf den Boden. »Wagner ist gestorben.«

Knapp zehn Minuten später war Kaltenbach allein im Laden. Vor die Tür hatte er das ›Geschlossen‹-Schild gehängt. Herbert Schramm hatte sich ebenso rasch verabschiedet wie Frau Kölblin, die bei aller Pietät die sensationelle Neuigkeit natürlich so schnell wie möglich unter die Leute bringen musste.

Kaltenbachs Schädel schmerzte. Zwei Tote in kürzester Zeit. Zwei Morde. Zwei Verbrechen, die mit Sicherheit miteinander zusammenhingen. Und die ganz offensichtlich in Verbindung mit dem Emmendinger Goethesommer standen. Vor seinem inneren Auge begann der Umschlag mit dem Ordner auf dem Tisch in Maleck zu glühen wie Feuer.

In Kaltenbachs Kopfschmerzen mischte sich eine Empfindung, die unerbittlich an ihn herandrängte. Ein Gefühl, das er vergeblich versuchte abzuwehren.

Er hatte Angst.

Im Gegensatz zu Lothar Kaltenbach war Friedrich Schillers Begeisterung für klassische Literatur in der Schule geweckt worden und hielt bis heute an. Während seine Klassenkameraden sich über die neuen Star-Wars-Filme austauschten, verschlang er reihenweise Werke wie ›Die Räuber‹, ›Macbeth‹ oder ›Nathan der Weise‹.

»Das ist besser als jeder Krimi«, pflegte er zu antworten, wenn er Kopfschütteln erntete und ironische Kommentare zu hören bekam. Seine Mitschüler hatten ihm rasch den Spitznamen ›Tell‹ verpasst. Neben der Liebe zur Literatur war der Name bis heute geblieben.

Als kurz vor der Mittagspause der Anruf aus Auggen kam, tat es Kaltenbach gut, Tells Stimme zu hören.

»Was ist los mit dir, Alter?« Tell klang gut gelaunt. Tell war immer gut gelaunt. Kaltenbach hätte viel um ein Stück von seinem unerschütterlichen Optimismus gegeben. Für ihn schien es keine Probleme zu geben, die nicht lösbar waren.

Mit wenigen Worten schilderte Kaltenbach die Ereignisse der letzten Tage. Tell pfiff leise durch die Zähne, als er von den beiden Morden hörte.

»Ganz schön was los bei euch in der Provinz«, meinte er scherzhaft. Auch Kaltenbach musste lachen. Tells Heimatdorf war nicht größer als ein Emmendinger Stadtteil.

»Und du meinst, diese Goethe-Geschichte hat etwas damit zu tun? Du machst mich neugierig.«

»Ich muss wissen, was du von der ganzen Sache hältst. Am liebsten würde ich dir die Unterlagen zeigen.«

Tell überlegte nicht lange. »Du hast Glück, heute Abend habe ich frei. Beate ist im Yogakurs, und die Kinder gehen ins Kino. Die Deutschkorrekturen kann ich auch morgen machen. Ich hole dich am Bahnhof ab.«

Kaltenbach fiel ein Stein vom Herzen. Der Anruf beruhigte ihn zumindest ein wenig. Wenn ihm jemand helfen konnte, dann war es Tell. Trotzdem musste er vorsichtig sein. Sicherheitshalber würde er Kopien von Wagners Aufzeichnungen anlegen.

Über Mittag fuhr er nach Hause und holte den Ordner. Zurück im Laden ließ er in seinem Hinterzimmer Seite für Seite durch seinen kleinen Tischkopierer laufen. Wieder stieg die nervöse Mischung aus Neugier und Angst in ihm hoch, die die Nachricht von Wagners Tod in ihm ausgelöst hatte. Was würde der Unbekannte tun, um an diesen Ordner heranzukommen? Was war, wenn der Täter auch ihn im Visier hatte? Wusste außer Frau Wagner und ihr Sohn tatsächlich niemand davon?

In diesem Moment klopfte es an der Ladentür. Kaltenbach fuhr erschrocken auf. Er zwang sich zur Ruhe und äugte vorsichtig von hinten durch den Laden. Erleichtert sah er, dass Grafmüller vor der Tür wartete.

»Komme sofort!«, rief er laut. Mit raschem Griff packte er die Papiere und schob den Stapel in die Schreibtischschublade. Es war besser, wenn der Redakteur vorläufig nichts davon erfahren würde.

Grafmüllers Haare fielen ihm in Strähnen über die Stirn. Er sah erschöpft aus. Ohne Umschweife ließ er sich in den Sessel fallen. »Hast du einen Kaffee für mich?«

»Klar. Kommt sofort!« Kaltenbach verschwand und kam nach kurzer Zeit mit zwei frisch gefüllten Tassen zurück. Belebender Duft erfüllte den Raum. »Keine Milch, viel Zucker. Stimmt doch?«

Grafmüller nickte. Vorsichtig nippte er an dem heißen Getränk. »In der Stadt ist die Hölle los«, stieß er endlich hervor. »Wagners Tod spricht sich herum wie ein Lauffeuer. Die Leute spielen verrückt. Die Polizei war da und wollte meine gesamten Fotos sehen. Am liebsten woll-

146

ten sie alles als Beweismittel mitnehmen. Aber das geht natürlich nicht.«

»Hast du etwas von ihnen erfahren?«

»Jetzt auf einmal sehen alle einen Zusammenhang mit dem Mord am Schlossergrab. Die wollen das Ganze noch einmal von vorne aufrollen. Zusammen mit den Freiburgern. Und sie befürchten, dass noch mehr passiert.«

Kaltenbach spürte, wie es kalt an ihn heranwehte.

»Mein Chef macht mir natürlich die Hölle heiß. Er will alles und jeden und das möglichst sofort. Er sagt, sobald die Großmedien das erfahren, ist es vorbei mit der Exklusivität.«

Kaltenbach konnte sich lebhaft vorstellen, was die Klatschspalten des Boulevards daraus machen würden. Vor allem bliebe da kein Raum mehr für die taktvollen Artikel, wie sie Grafmüller bisher geschrieben hatte.

»Was wirst du tun?«

»Arbeiten, was bleibt mir anders übrig. Zur Not auch ohne die Polizei. Und immer versuchen, so seriös wie möglich zu bleiben. Und du? Hast du inzwischen etwas herausgefunden?«, fragte er. »In der jetzigen Situation kann alles nützlich sein. Jede Kleinigkeit. Was ist mit den anderen Handyfotos?«

Kaltenbach schüttelte den Kopf. »Nichts Auffälliges. Ich glaube, diese Spur führt nicht weiter.«

»Und Hertzog? Was ist mit dem?«

Kaltenbach erzählte wahrheitsgemäß das Wenige, was er inzwischen über den Möbelhändler wusste. Die Begegnung auf Luises Vernissage in Freiburg ließ er weg. Dafür berichtete er von dem Besuch bei Jungwirth.

»Lions-Club?« Grafmüller klang skeptisch. »Spar dir die Mühe. Ich kenne fast alle von denen. Die sind harmlos.« Grafmüller stand auf. »Ich muss weg. Vielleicht frage ich Hertzog trotzdem einmal. Hätte ich schon längst tun sollen. Versuche doch noch mal, dich an den Abend in der Steinhalle zu erinnern. Wenn dir irgendetwas einfällt, ruf mich an.«

Kaltenbach sah ihm nach, wie er durch die Lammstraße in Richtung Marktplatz davoneilte. In der Redaktion würde ordentlich etwas los sein. Noch nie hatte er den Redakteur derart nervös und unter Druck erlebt.

Kaltenbach ging zurück ins Hinterzimmer, holte die Papiere aus der Schublade und kopierte den Rest. Durch das Gespräch fühlte er sich bestätigt, die Unterlagen für sich zu behalten. Zumindest vorläufig. Wenigstens hatte Grafmüller nicht versucht, ihn hineinzuziehen.

Doch wenn sich die Stimmung weiter aufheizte, konnte alles Mögliche passieren. Kaltenbach wollte jetzt ganz auf Nummer sicher gehen. Er verteilte die Kopien auf zwei große braune Umschläge. Der erste war für Tell bestimmt. Auf den anderen schrieb er nach kurzem Zögern Luises Adresse in St. Georgen.

Der Nachmittag verlief schleppend. Es kam kaum Kundschaft, und Kaltenbach war froh, als er endlich Feierabend machen konnte. An der Hauptpost warf er den Umschlag für Luise ein. Für einen Moment blitzte so etwas wie Erleichterung in ihm auf. Trotzdem war ihm nicht ganz wohl dabei.

Bis zur Abfahrt des Zuges blieb ihm noch etwas Zeit. Kaltenbach überquerte die Straße und lief an der Einkaufsgalerie vorbei die wenigen Schritte zum Alten Friedhof an der Bahnlinie.

Nach dem Rummel der letzten Tage lag der Ort ruhig und verlassen wie die meiste Zeit des Jahres. Die Absperrbänder der Polizei waren verschwunden. Nichts deutete mehr darauf hin, dass hier erst vor Kurzem ein schreckliches Verbrechen geschehen war.

Es war noch angenehm warm. Zwischen den Grabsteinen wucherte Gras. Um die wild wachsenden Wiesenblumen brummten Bienen und Käfer in der Abendsonne. Kaltenbach konnte den friedlichen Anblick nicht lange genießen. In seiner Erinnerung tauchte sofort das Bild der toten Schauspielerin auf.

Vor Jahren hatte er bei einer Ausstellung in Stuttgart das Gemälde eines englischen Malers aus dem 19. Jahrhundert bewundert. Das Ophelia-Motiv aus ›Hamlet‹. Eine junge Frau im weißen Kleid lag reglos und geheimnisvoll unter der Oberfläche eines grün schillernden Sees, ihre Augen geschlossen, die Hände gefaltet. Trotz der Schönheit war ihm die Szene damals reichlich kitschig vorgekommen. Ein künstliches Arrangement.

Die Tote in den Kleidern von Goethes Schwester hatte genau so ausgesehen. Arrangiert für den Betrachter.

Hatte der Mörder damit etwas bezweckt, indem er sein Opfer auf diese Weise zur Schau stellte? Sollte es ein Hinweis sein? Oder sollte es von etwas ablenken?

Er war noch nicht einmal sicher, ob dies überhaupt der Ort war, an dem das Verbrechen stattgefunden hatte. Die Schlosser-Führung endete normalerweise immer auf diesem Friedhof. Der theatralische Schlusspunkt war natürlich beabsichtigt und kam der Trinkgeldkasse der Schauspielerin nicht unerheblich zugute.

Nachdenklich glitt Kaltenbachs Blick über die verfallenen Gräber. Er konnte sich nicht erinnern, dass in der Presse Genaueres dazu gestanden hatte.

Aber es wäre möglich gewesen. Die Zeit zwischen dem Ende der Führung und dem Auffinden der Toten hatte nicht mehr als eine halbe Stunde betragen, in etwa die

Zeit, die sie beide zu spät zu ihrer Verabredung gekommen waren. Der Mörder musste ihr hier aufgelauert haben.

Kaltenbach trat vor das Schlossergrab. Die zerdrückten Blumen waren inzwischen ausgetauscht worden. Nachdenklich betrachtete er die großformatige Steinplatte, die seit Jahrzehnten hinter dem Grab an der alten Friedhofsmauer hing. Ein Relief in der Mitte erinnerte an die Verstorbene. Es zeigte eine junge Frau mit markant geschnittenen Gesichtszügen und der aufgetürmten Frisur in der Mode des 18. Jahrhunderts. Ihr Blick wirkte ernst und nach innen gekehrt.

Der links und rechts eingemeißelten Schrift hatten Wind und Wetter bereits sichtbar zugesetzt. Neben dem Sterbedatum stand in verschnörkelten Buchstaben Name und Stand der Verschiedenen.

»Frau Cornelia Friderica Christiana Goethin, Ehegemahlin des Hofrathes Johannes Georg Schlosser.«

Ganz klein am Ende war das Sterbealter eingefügt, so als habe selbst der Bildhauer das tragische Schicksal nicht fassen können. Cornelia war nur 26 Jahre alt geworden.

Kaltenbach spürte, wie ihn die Melancholie dieses Ortes befiel. Wie anders hätte das Leben dieser Frau verlaufen können, wenn sie heute gelebt hätte. Goethe war zu jener Zeit bereits ein Prominenter, der ihr alle Türen hätte öffnen können. Stattdessen war ihr Leben in der damaligen Provinz verglüht, noch ehe es richtig begonnen hatte.

Nicht ihr berühmter Bruder war es, der ihr die letzten Grüße hinterher schickte. Am Rande des Grabes stand auf einem kleinen Schild die Liebeserklärung ihres Dichterfreundes Jakob Lenz.

Kaltenbach beugte sich herunter, um besser lesen zu können:

›Empfange mich Erde, dass du mein Grab wärst
– ich soll euch verlassen, sie verlassen,
von ihr vergessen wie ein vorübergewehter Windhauch …‹
Ein paar Minuten blieb Kaltenbach stehen, die Hände in den Taschen vergraben. Dann drehte er sich um und ging nachdenklich davon.

Mit seiner Regiokarte fuhr Kaltenbach in 40 Minuten nach Auggen. Tell empfing ihn freudestrahlend am Bahnhof.
»Willkommen im Markgräflerland! Schön, dass du dich mal sehen lässt. Wie wäre es mit einer Straußi?«
»Sind denn schon welche auf?«
»Klar. Wir fahren zum Berner.«
Tell steuerte seinen Wagen durch den kleinen Weinort und bog dann auf einen der schmalen Wirtschaftswege ab. Um sie herum breiteten sich dicht bestandene Weinberge aus. Überall war das frische Grün der Rebtriebe zu sehen. Hinter den sanft auf- und abgleitenden Hügeln neigte sich die Sonne über den Vogesen dem Abend zu.
»Eine herrliche Gegend!« Für den Augenblick vergaß Kaltenbach seine Sorgen.
»Bei diesem Anblick freue ich mich immer wieder, hier zu wohnen«, gab Tell zurück. »Und ich bin sicher, dass ich den Rest meiner Tage hier verbringen werde. Trotzdem beneide ich dich ein bisschen.«
Kaltenbach schmunzelte innerlich, als er Tell das sagen hörte.
»Manchmal. So wie jetzt zum Beispiel. Mittendrin in einer Verbrecherjagd, Rätseln und Geheimnissen auf der Spur – so etwas habe ich hier nicht. Ich bin sehr gespannt, was du mitgebracht hast!«
Nach ein paar Minuten Fahrt durch die Reben bogen sie auf einen mit Kies bestreuten Parkplatz ein. Berners

151

Straußenwirtschaft lag als moderner Anbau direkt neben dem Hauptgebäude des Weingutes. Außer einem gemütlichen Wirtsraum gab es eine breite Terrasse, von der aus die Gäste einen herrlichen Blick über die umliegenden Felder hatten.

Die Tische im Freien waren gut besetzt. Tell steuerte zielsicher auf zwei freie Plätze zu.

»Salli! Ist es erlaubt?«

»Freilich. Grüezi!«

Die Gesellschaft am Tisch war unschwer als Gäste aus der Schweiz zu erkennen. Rasch wurden freundliche Worte ausgetauscht.

Kaltenbach liebte die ungezwungene Atmosphäre der saisonalen Gastbetriebe, von denen es im Markgräflerland in fast jedem Dorf welche gab. Zu Öffnungszeiten hing vor dem Eingang ein großer Besen, der von den Einheimischen liebevoll ›Strauß‹ genannt wurde.

»Nobe die Herre, was wellener?

Den knorrigen Wirt kannte Kaltenbach noch von früher. Er hatte vor Jahren mit dem Ausschank in seinem Wohnzimmer angefangen, später war der Hof dazugekommen. Jetzt war er sichtlich stolz auf seinen schmucken Bau.

Kaltenbach bestellte Gutedel und einen Elsässer Flammenkuchen.

Tell zündete sich als Erstes eine Zigarette an. »Na dann leg mal los!«

Kaltenbach schob seinem Freund den Ordner zu und erzählte in knappen Worten von den bisherigen Ereignissen.

Sofort begann Tell, sich in die Notizen zu vertiefen. Ab und zu nickte er. Einmal huschte sogar ein Lächeln über seine Züge. Doch die meiste Zeit blickte er konzentriert auf die Aufzeichnungen. Selbst durch die Bestellung, die kurz

152

darauf von Berners Frau an ihren Tisch gebracht wurde, ließ er sich nicht aus der Ruhe bringen.

Kaltenbach war äußerst gespannt, doch wagte er es nicht, seinen Freund zu unterbrechen. Er hatte seinen Flammenkuchen fast aufgegessen, als Tell den Ordner zuklappte und sich erneut eine Zigarette anzündete.

»Hochinteressant. Da ist einiges dabei, das ich noch nicht gekannt habe. Bei manchem bin ich mir nicht sicher, das müsste ich genauer nachprüfen.«

»Worum geht es denn?«

»Das Hauptthema ist Goethe und alles, was ihn mit unserer Gegend hier verbindet. Euer Stadtarchivar hat das zusammengestellt, sagst du? Das merkt man. Es war ihm sehr wichtig, Bezüge zu Emmendingen zu dokumentieren. Dann wird es interessant.« Er schlug einzelne Seiten wieder auf und fuhr mit dem Finger über den Text. »Goethe war zwei Mal in Emmendingen. Das ist bekannt. In seinem Tagebuch zu seiner Reise nach Italien gibt es einige kurze Passagen, in denen er davon berichtet. Beim ersten Mal hat er seine Schwester Cornelia besucht, beim zweiten Mal stand er vor ihrem Grab. Tragisch. Danach ist der Kontakt zur Familie Schlosser weitgehend abgebrochen. Ein paar Goetheforscher vermuten allerdings, dass es noch einen dritten Besuch gegeben habe. Es gibt ein paar Indizien, aber eindeutig belegt hat es bisher noch niemand.«

»Das kann doch nicht so schwierig sein?«

»Die Zeit vor 200 Jahren war informationstechnisch eine völlig andere Welt. Selbst bei einer berühmten Persönlichkeit wie Goethe stützen sich die meisten Quellen auf das, was er selbst aufgeschrieben hat. Und zu einem weiteren Besuch findet man eben nichts. Es kann natürlich auch sein, dass er nicht wollte, dass jemand davon erfährt.«

»Wieso sollte Goethe so etwas gewollt haben?«

»Wenn es zu persönlich wurde. Zum Beispiel deutet einiges darauf hin, dass er seine ehemalige Liebe im Elsass besucht hat. Die inzwischen verheiratet war! Das war zur damaligen Zeit eine höchst pikante Geschichte.«

Tell lachte und winkte dem Straußenwirt, der gerade mit einem Tablett mit leeren Gläsern vorbeischlurfte. »Eine Buurevesper für mich. Senf nicht vergessen!« Danach fischte er eine der Seiten heraus und zeigte darauf. »Oder hier, schau mal.« Auf dem Blatt waren zeilenweise verschiedene Winkel, Ecken und Punkte gezeichnet. Für Kaltenbach sah es aus wie Kindergekritzel. »Freimaurerzeichen. Eine Art Geheimschrift.«

Kaltenbach zuckte zusammen. »Freimaurer?«

»Goethe war viele Jahre Mitglied. Sein Schwager Schlosser ebenfalls. Vielleicht haben die beiden damals die Freiburger Loge besucht.«

Kaltenbachs Herz schlug schneller. Er deutete auf das Blatt. »Und das hat Goethe geschrieben?«

»Das ist nicht gesagt. Ich muss das zuerst übersetzen. Dürfte nicht allzu schwierig sein.«

Kaltenbach war völlig verblüfft. »Du kennst die Geheimschrift der Freimaurer?«

»So geheim ist die gar nicht. Sie war eher eines ihrer Erkennungszeichen. Außerdem diente sie hauptsächlich dazu, dass nicht jeder gleich den Text lesen konnte. Als würdest du etwas in Spiegelschrift schreiben. Oder rückwärts. Einfach, aber wirksam.«

»Woher weißt du so viel über Freimaurer?«

»Ich war fast selber mal einer.«

Kaltenbach starrte ihn mit offenen Augen an.

»Fast. Ich bin ein paar Mal hingegangen. Meine romantisch-esoterische Phase!« Dann machte er sich über den Wurst- und Käseteller her, der inzwischen vor ihm stand.

»Mmmh. Mit Gurke!« Er riss ein Stück Bauernbrot ab und kaute es genüsslich zusammen mit etwas Speck. »Aber das Ganze war mir zu statisch und zu altbacken.«

»Da kann man einfach so hingehen?«

»Klar. Die freuen sich über jeden, der kommt. Es gibt Vorträge und Führungen. Mitgliederwerbung sozusagen. Sollen wir mal hin? Ich habe da noch ein oder zwei Bekannte.«

Kaltenbach war sprachlos.

»Die beißen nicht. Im Gegenteil. Nachwuchsmangel, verstehst du? Die Jugend rennt lieber asiatischen Gurus hinterher. Oder huldigt hemmungslosem Materialismus. Kein Bedarf an geistigen Werten.«

Die Spannung und der Wein schlugen Kaltenbach auf die Blase. Als er von der Toilette zurückkam, stöberte Tell bereits weiter in dem Ordner.

»Diese Listen hier sind spannend. Das sind alles Orte, von denen man weiß, dass Goethe dort war. Die Bötzinger Mühle zum Beispiel. Der Übergang, die Hölle …«

»Die Hölle?«

»Das Höllental. Goethe nannte es so in seinem Tagebuch. Er hat damals in der Ravennaschlucht übernachtet.« Er wies auf eine zweite Liste. »Hier sind alles Orte mit Fragezeichen. Manche mehr, manche weniger. Kann sein, dass diese auf eine dritte Reise hindeuten.«

»Und die Bilder?«

»Viele wissen nicht, dass Goethe bei jeder Gelegenheit gezeichnet hat. Meist naturwissenschaftliche Studien, wie etwa Pflanzen. Aber auch Landschaften. Hier ist zum Beispiel die Hochburg.«

»Das soll die Hochburg sein?« Er dachte an den Anblick von seinem Balkon in Maleck. Nur mit viel Fantasie konnte er die Ruine wiedererkennen.

155

»200 Jahre sind eine lange Zeit. Da ist vieles zugewuchert oder abgebrochen. Schau dir mal dieses Bild an.« Er wies auf eine zweite Zeichnung. »Diese Kirche hier gibt es heute gar nicht mehr.«

Ein hoher spitzer Turm inmitten einer großen Anlage. »Klosterkirche Tennenbach. Ist ganz bei dir um die Ecke. Abgetragen 1835, in Freiburg wieder aufgebaut, am Ende des Zweiten Weltkrieges völlig zerstört.«

Peinlich. Kaltenbach spürte wie er rot wurde. Da hätte er sich einiges ersparen können. Er beschloss, seine fehlgeschlagenen Recherchen besser zu verschweigen.

»Hier ist noch etwas Interessantes. Ein Text mit Seiten- und Zeilenangaben. Alles aus ›Hermann und Dorothea‹. Da muss ich allerdings zu Hause genauer nachschauen.«

Kaltenbach fluchte innerlich, dass er das gelbe Heftchen mit den Anmerkungen zu Hause hatte liegen lassen.

»So sprach, unter dem Tor des Hauses sitzend am Markte, wohlbehaglich zur Frau der Wirt zum Goldenen Löwen.« Tell las, als würde er auf der Bühne stehen.

»Da gibt es gleich zu Beginn eine Stelle, die für viele auf das Gasthaus am Emmendinger Marktplatz hinweist. Hier, überall. Es sieht so aus, als habe Wagner alle infrage kommenden Stellen aufgelistet.«

Kaltenbach hörte gespannt zu. Tells Erklärungen waren sensationell. Doch eines fehlte noch. »Siehst du Irgendetwas, das auf eine weitere Quelle hindeutet? Auf einen Originalaufschrieb vielleicht?«

»Du meinst, eine Art Urschrift? Ein Entwurf? Ein Hinweis, wo so etwas zu finden wäre?« Tell schüttelte den Kopf. »Für ein Urteil ist es noch zu früh. Du sagst, es ist wichtig, also will ich nichts Falsches sagen. Ich schlage vor, du lässt mir das alles hier, und ich kümmere mich darum, sobald ich Zeit habe. Einverstanden?«

Kaltenbach nickte. Er war überzeugt, dass Tell sich noch heute dahinterklemmen würde.

»Einverstanden.«

Tell winkte der Bedienung. »Und jetzt trinken wir noch einen. Die nächste Runde geht auf mich!«

KAPITEL 11

Kaltenbach hatte sich nicht getäuscht. Als er am nächsten Morgen im ›Weinkeller‹ am Rechner die tägliche Post abrief, wartete bereits eine Mail von Tell im Eingangsfach. Abgeschickt um 1 Uhr 37 in der Nacht. Sein Freund hatte sich ordentlich reingekniet.

›Im Anhang schon mal die Übersetzung der Freimaurerschrift. Lateinischer Text, es ist das Salve Regina, ein Gesang an Maria. Abaris ist Goethe. Die Ortsliste ist wie vermutet. Beide Reisen im Breisgau. Weiteres später.‹

Das Ganze klang ziemlich verwirrend. Tell war wohl zu müde gewesen, um verständliche Sätze zu schreiben. Trotzdem war Kaltenbach gespannt, als er den Anhang öffnete.

Der Text bestand aus 13 Zeilen. Mit dem wenigen Schullatein, das er noch nicht vergessen hatte, konnte Kaltenbach einige Worte wie ›regina‹ oder ›benedictum‹ verstehen. Es schien sich tatsächlich um ein Gebet oder ein Lied zu handeln.

Hatte er gestern bei der Marienfigur in der Kapelle etwas übersehen? Vielleicht musste er noch einmal hinfahren. Während sein Blick nach unten wanderte, sprang ihm plötzlich die letzte Zeile ins Auge. Unter dem Marientext stand in Druckbuchstaben ein einziges Wort. Es war das Wort, das er zum ersten Mal am Abend im Alten Rathaus vor der Toilette gehört hatte.

Abaris!

Kaltenbach spürte, wie etwas auf ihn zukam, von dem er die ganze Zeit geahnt hatte. Hertzog, die Freimaurer, Goethe, der Tod Wagners. Und jetzt Abaris!

Abaris ist Goethe, hatte Tell dazugeschrieben. Aber was konnte das bedeuten? Am liebsten hätte er Tell auf der Stelle angerufen, doch dies war nicht möglich. Er würde sich gedulden müssen. Rasch verfasste er ein Antwortschreiben und bat um sofortigen Rückruf. Mehr konnte er im Moment nicht tun.

Nachdem er auf den Senden-Knopf gedrückt hatte, las er Tells Mail noch einmal durch. Dessen Auskunft über die Namensliste war wenig ergiebig. Hier hatte Wagner als Lokalpatriot Fleißarbeit geleistet. Bei seinen Vorträgen und Zeitungsartikeln war es beim Publikum sicher gut angekommen, zwischendurch Bezüge zur Heimat einzustreuen. Doch es war nach Tells Aussage nichts dabei, was nicht bereits bekannt war.

Eine Reihe von Kunden lenkte Kaltenbach in der Folge von seinen Gedanken ab. Erst gegen halb elf kam er dazu, Luise anzurufen. Er musste sie unbedingt auf das Päckchen vorbereiten, das er gestern abgeschickt hatte.

»Und was soll ich damit anfangen?«, fragte sie. Ihre Stimme klang müde.

Er erklärte Luise, wie er an die Unterlagen gekommen war, und bat sie, sie für ihn aufzubewahren. Über deren Bedeutung beließ er es bei ein paar Andeutungen. Das Gespräch und die Mail von Tell erwähnte er nicht.

»Es sind sowieso nur Kopien«, versuchte er, sie zu beschwichtigen. »Nenne es eine Art Sicherheit. Falls mal etwas wegkommt.« Und falls ihm etwas passierte, schoss es ihm durch den Kopf. »Am besten, du verwahrst sie an einem sicheren Ort und kümmerst dich nicht weiter darum.«

»Von mir aus«, brummte sie. Luise schien nicht überzeugt.

Kaltenbach wechselte rasch das Therma. »Übrigens wird Wagner seine Forschungen nicht weiter fortführen können.«

Luises Stimme schlug deutlich in Betroffenheit um, als sie die Nachricht vom Tod des Stadtarchivars hörte. »Die arme Frau. Meine Eltern haben beide gut gekannt. Ein netter Mann. Er war ja so etwas wie die gute Seele der Stadt. Morgen ist die Beerdigung, sagst du? Ich werde natürlich kommen.«

»Schön, dann sehen wir uns.« Wieder bimmelte die Ladenglocke. »Ich muss Schluss machen. Es kommt jemand. Bis morgen.«

Kaltenbach war überrascht, als er sah, wer in den Laden kam. Auf den ersten Blick war klar, dass die beiden Männer keine Kunden waren. Der jüngere trug ein einfaches graues Jackett über einem hellen Hemd, dazu eine blaugelb gestreifte Krawatte. Sein Gesicht schmückte ein scharf geschnittener Kinnbart.

Der andere war einen guten Kopf größer und deutlich älter. An seiner dicken dunklen Lederjacke war er sofort als Polizist zu erkennen.

»Hauptkommissar Schneider, Kripo Freiburg«, schnarrte der Jüngere. Er zückte seinen Ausweis und hielt ihn Kaltenbach vor die Nase. Mit einer knappen Kopfbewegung wies er auf seinen Kollegen. »Kriminalobermeister Basler. Sind sie Lothar Kaltenbach?«

Kaltenbach nickte. »Ist etwas passiert?«, stieß er hervor.

Schneider ignorierte die Frage. »Können wir uns setzen?«

Kaltenbach bot den beiden die Stühle in der Probiernische an. Er begnügte sich mit einer Weinkiste und setzte sich dazu.

»Bei der Vernehmung des Zeugen Grafmüller wurde wiederholt Ihr Name genannt. Sie waren bei beiden Todesfällen vor Ort?«

Kaltenbach nickte. Natürlich. Das hatte so kommen müssen.

»Beschreiben Sie möglichst genau, was Sie gesehen haben.«

Basler zückte ein Notizheft und einen Stift. Kaltenbach bemühte sich, nichts auszulassen. Seine Spekulationen behielt er für sich. Der Mann war ihm in höchstem Maße unsympathisch.

»Finden Sie es nicht merkwürdig, dass sowohl Sie, als auch Ihr Begleiter Grafmüller zu den letzten Personen gehörten, die beide Ermordeten – ich betone: beide! – zuletzt lebend gesehen haben?« Er kniff die Augen zusammen und taxierte Kaltenbach lauernd. »Ich sage Ihnen gleich: Ich gehöre nicht zu denen, die an Zufälle glauben!«

Kaltenbach zuckte mit den Schultern. Er hielt es für besser, nicht mehr zu sagen.

»Außerdem …« Schneider machte eine theatralische Pause und streckte sein Kinn vor. Kaltenbach war überzeugt, dass er diese Geste zu Hause vor dem Fernseher mit amerikanischen Ermittlerserien eingeübt hatte.

»… ist da noch die Sache mit den Fotos.«

Das kam unerwartet. Kaltenbach spürte, wie die Hitze in ihm hochstieg. Grafmüller hatte offenbar von ihren Recherchen erzählt. Er musste zwar kein schlechtes Gewissen haben. Doch bei einem wie Schneider konnte die Sache auch unangenehm werden.

»Die Bilder«, antwortete er rasch, »sind alles nur Schnappschüsse. Persönliche Erinnerungen.«

Schneider verzog den Mund zu einem kaum wahrnehmbaren Grinsen. »Erinnerungen. Sind Sie damit einverstanden, wenn wir auf Ihrem Rechner nachsehen?«

»Bitte. Ich habe nichts zu verbergen.«

In Begleitung von Basler ging Kaltenbach nach hinten und holte sein Notebook. Er war froh, für ein paar Sekunden Schneiders Gesicht nicht sehen zu müssen. Wenn das alles war, hatte er nichts zu befürchten. Auf seiner Festplatte gab es nur ganz wenige Aufnahmen. Grafmüllers Material war auf dem Datenstick gespeichert.

Er öffnete den Ordner mit den Bilddateien und drehte den Monitor so, dass Schneider ihn sehen konnte.

»Ist das alles?«

Kaltenbach nickte. Schneider war sichtlich enttäuscht.

»Ich mache Sie darauf aufmerksam, dass Sie sich strafbar machen, wenn Sie Beweismaterial zurückhalten!«

Wieder kniff er die Augen zusammen und warf Kaltenbach seinen coolen Ermittlerblick zu. Dann stand er unversehens auf, Basler ebenfalls.

»Für heute war es das. Aber ich sage Ihnen gleich: Sie haben mich nicht überzeugt. Wir hören voneinander. Und merken Sie sich eines: Es gibt keine Zufälle!«

Grußlos verließ er den Laden.

Im Vorbeigehen nickte Basler Kaltenbach zu und verdrehte die Augen. Offenbar gehörte sein Chef nicht unbedingt zu seinen Lieblingskollegen.

Nach dem wenig erfreulichen Zusammentreffen mit der Staatsgewalt beschloss Kaltenbach, die Mittagspause um eine halbe Stunde vorzuziehen. Er steckte zwei Stofftaschen ein und lief durch die Lammstraße zum Marktplatz.

Die Stände auf dem Wochenmarkt waren um diese Jahreszeit von Woche zu Woche reichhaltiger bestückt. Frischer Salat lag neben Würzkräutern und dem ersten Freilandgemüse. Überall gab es Blumen in reicher Auswahl.

Von den Imbissbuden wehte verführerischer Duft herüber und erinnerte Kaltenbach daran, dass sein Frühstück heute Morgen mit Kaffee und einem Heidelbeerjoghurt sehr spartanisch ausgefallen war. Doch zunächst wollte er den Einkauf erledigen. Er erstand Brot, Käse, Frühlingszwiebeln und die ersten Radieschen. Bei den Spargeln prüfte er sorgsam die Qualität. Kaltenbach nickte zufrieden und ließ sich drei Pfund von den makellos glänzenden weißen Stangen einpacken. Dazu nahm er eine Handvoll Grünspargel mit. Als krönenden Abschluss stellte er zwei Schalen Erdbeeren vorsichtig in seiner Einkaufstaschen obenauf.

Der Einkauf hatte ihn noch hungriger gemacht. Bei einem Elztäler Metzger deutete er auf den Grill mit den munter brutzelnden Bratwürsten.

»Einmal Merguez bitte!«

»Harissa?«

»Gern.«

Es gehörte zum Ritual, dass jeder Kunde gefragt wurde, ob er das Brötchen mit der scharfen Chilipaste bestrichen haben wollte. Dabei waren für die meisten die winzigen nordafrikanischen Würstchen schon würzig genug.

Eine Viertelstunde später war Kaltenbach zurück im Laden. Dann wählte er Tells Nummer.

»Er ist noch in der Schule in Müllheim«, erklärte Beate. »Aber er hat gerade Mittagspause. Es lohnt sich für ihn nicht, nach Hause zu fahren. Entweder ist er etwas essen gegangen, oder er sitzt im Schulgarten. Ich gebe dir seine Handynummer.«

Beim zweiten Versuch hatte Kaltenbach Glück. Tell meldete sich sofort. Kaltenbach hörte, wie er beim Sprechen kaute.

»Mit dem meisten bin ich durch. Tolle Sammlung! Tolles Material! Den Mann hätte ich gerne einmal persönlich kennengelernt.«

Kaltenbach hörte förmlich das Herz des Klassikerliebhabers höher schlagen.

»Ich schicke dir heute noch ein paar Notizen. Es sieht

163

so aus, als sei Wagner einer interessanten Hypothese auf
der Spur gewesen.«

»Hermann und Dorothea?«

»Das weißt du? Na, war ja zu erwarten von einem alten
Emmendinger. Aber weißt du auch«, fuhr er fort, »dass
Wagner weit über das hinaus geforscht hat, was der übliche Lokalpatriotismus behauptet? Dem will ich noch näher
nachgehen. Ich habe da so einen Verdacht.«

Im Hintergrund hörte Kaltenbach Gläserklingen und
das Klappern von Besteck.

»Wagner hat jede Menge Indizien gesammelt«, fuhr Tell
fort.

»Aus dem Text?« Kaltenbach dachte an die vielen
Anstreichungen in dem gelben Heftchen.

»Nicht nur. Es gibt von und über Goethe jede Menge
Unterlagen. Briefe, Tagebücher, Gespräche. Wagner hat
sich gut ausgekannt.«

»Dann war Goethe also tatsächlich ein drittes Mal in
Emmendingen?«

»Das ist nicht ausgeschlossen. Theoretisch zumindest
denkbar. Aber das Schärfste kommt noch. Wagner vermutet, dass es eine Frühfassung von ›Hermann und Dorothea‹
gegeben hat. In der sollen die Bezüge viel deutlicher sein.
Was wir heute kennen, ist anscheinend zum Teil umge-
schrieben worden.«

»Warum? Und von wem?«

»Spekulation. Wahrscheinlich von Goethe selber. Vielleicht wollte er das Persönliche rausnehmen. Vielleicht
wollte er seine Schwester schützen.«

»Seine Schwester?«

Tell lachte. »Was glaubst du, wer ›Dorothea‹ sein könnte?
Wer hat wohl eine traurige Liebesgeschichte in der Provinz erlebt? Ich vermute, dass Goethe eine Geschichte für

Cornelia geschrieben hat, vielleicht sogar aus schlechtem Gewissen, weil er sich so selten hat sehen lassen. Dann hat er wohl gemerkt, dass das Ganze zu offensichtlich war. Zumindest für ein Provinzkaff zur damaligen Zeit. Vielleicht hat es ihm auch schlichtweg nicht gefallen. Man weiß, dass Goethe Perfektionist war. Mit einem großen Schuss Eitelkeit.«

Kaltenbach kam aus dem Staunen nicht heraus, was sein Freund alles wusste und aus den Unterlagen herauslesen konnte. Was er sagte, öffnete ungeahnte Möglichkeiten.

Doch die wichtigste Frage hatte Tell noch nicht beantwortet. »Goethe ist Abaris. Was meinst du damit?«

»›Abaris‹ ist der Logenname Goethes. Es war damals wie heute üblich, dass die Mitglieder des Bundes einen neuen, zusätzlichen Namen bekamen. Untereinander benutzten die Brüder dann hauptsächlich diese Bezeichnung. Man hat diese Zuordnung übrigens in einem Band der Illuminatenakten gefunden. Steht heute in Russland im Staatsarchiv.«

»Goethe war also bei den Freimaurern?«

Wieder klang Tells unbekümmertes Lachen durch das Telefon. »Wenn du wüsstest, wer alles zu den Freimaurern gehörte. Friedrich der Große, Lessing, Washington. Mozart hat seine ›Zauberflöte‹ sogar extra für sie geschrieben. Wahrscheinlich kam Goethe über seinen Schwager dazu.«

»Schlosser war auch dabei?« Kaltenbach kam aus dem Staunen nicht heraus. »Und ich dachte immer, das seien irgendwelche gefährliche Spinner und Geheimbündler. Verschwörer gegen den Staat.«

»Du liest zu viele amerikanische Thrillerautoren. Geheimnisse verkaufen sich immer gut! Je weniger man weiß, desto herrlicher kann man spekulieren. Vatikan, Gral, Bundeslade, Weltverschwörung – da geht der Stoff nie aus.«

Kaltenbach musste zugeben, dass sein Wissen bisher nur sehr oberflächlich war. Was Tell da erzählte, war völlig neu für ihn.

»Übrigens habe ich heute Morgen mit meinem alten Spezi Schmitthenner gesprochen. Das nächste Informationstreffen der Loge ›Zur Wahren Eintracht‹ ist diese Woche. Ich habe dich angemeldet. Er freut sich immer auf Besuch.«

»Zur Wahren Eintracht?«

»Eine der Freimaurervereinigungen in Freiburg. Schmitthenner ist dort ›Meister vom Stuhl‹. Du kannst gerne noch jemanden mitnehmen, wenn du magst. Ich selber habe leider keine Zeit. Muss endlich mal die Korrekturen machen. Viel Spaß!«

Kaltenbach hatte das Gefühl, in Kopf und Bauch drehte sich alles gleichzeitig in verschiedene Richtungen. Mit wackligen Fingern drückte er den Startknopf der Kaffeemaschine. Dann ließ er sich platt auf seine Liege fallen.

Außer den drei scharfen Merguez gab es jede Menge zu verdauen.

Nach Ladenschluss fuhr Kaltenbach direkt nach Hause. Kaltenbach wählte aus seinen Einkäufen aus, was er für seine Komposition aus weißem und grünem Spargel mit einer schönen Kratzete brauchte. Das Übrige verstaute er im Kühlschrank. Für die nächste halbe Stunde waren in der Küche die Geräusche von Töpfen, Pfannen, Messern und sprudelndem Wasser zu hören. Kaltenbachs bohrende Gedanken wurden für eine Weile in den Hintergrund gedrängt. Kochen war seit Jahren sein perfekter Ausgleich für die Unbillen des Alltags.

Nach dem Essen nahm er eine Schale Erdbeeren mit ins Wohnzimmer. Er steckte sich nacheinander ein paar der prallen roten Früchte in den Mund. Nicht mehr lange, dann würde die Ernte der kommenden Tage ihr volles Aroma entfalten.

Die beiden Toten, das Vermächtnis des Archivars – alles zerrte an ihm, zog an ihm wie ein düsterer Krake. Das Hin und Her wegen der bevorstehenden Auftritte, die Gedanken an Luise – all dies lähmte sein Gemüt zusätzlich. In Momenten wie diesen wünschte er sich manchmal weit weg in Zeit und Raum, um dann aus der Ferne alle Schleier durchschauen und die Zweifel auflösen zu können.

Vielleicht sollte er einmal im Jahr weggehen. So wie Luise es getan hatte. Wie sie es tun musste.

Und doch. Trotz allem war auch bei ihr die ganze Zeit über ein Teil ihres Bruders mit im Gepäck gewesen.

Mittlerweile war es draußen dunkel geworden. Wolken überzogen den ganzen Himmel mit einer düsteren Decke. Der Wind schob eine mächtige Gewitterfront von Westen her auf den Kandel und die Vorberge des Schwarzwalds zu. Über der Rheinebene flammten die ersten Wetter auf.

Er liebte diesen Aufruhr der Elemente. Als Kind hatte er seine Eltern verblüfft, als er völlig durchnässt inmitten von Blitz und Donner auf der Terrasse ihres Hauses stand und vor Begeisterung in die Hände klatschte. Damals hatte er zum ersten Mal die reinigende Kraft dieses Naturereignisses gespürt. Vielleicht war es an der Zeit, wieder einmal etwas völlig Verrücktes zu tun.

Er stand auf und zog seine Gummistiefel an.

In dieser Nacht schlief Kaltenbach so gut wie lange nicht. Sein gestriger Spaziergang im Abendgewitter hatte vieles von den Wirren und dem Ärger der letzten Tage weggewaschen. Seine Träume waren bunt und vielfältig gewesen, doch zu keiner Zeit unangenehm. Er war sich vorgekommen wie ein Tänzer, der schwerelos über alle Hindernisse hinwegglitt.

Er wachte früh auf. Der Himmel über Maleck strahlte frisch gewaschen. Das Mahlwerk der DeLonghi sang wie ein heiserer italienischer Operntenor.

Die Lektüre der Zeitung holte Kaltenbach zurück in die Realität. Der Tod Wagners hatte es inzwischen auf die Titelseite geschafft, inklusive der Kolumnenspalte der Freiburger Chefredaktion. Im Lokalteil überschlugen sich die Meldungen. Grafmüller hatte alle Register gezogen, um seinen Chef zufriedenzustellen. Fast jeder Artikel trug sein Namenskürzel.

Zwei Interviews hatte er geführt. Stadtmarketingmanager Dr. Scholl versicherte seine tiefe Betroffenheit. Gleichzeitig äußerte er den ausdrücklichen Wunsch – und er sei sich sicher, im Namen aller Emmendinger zu sprechen – im Sinne des hoch geschätzten Verstorbenen die Veranstaltungen zum Goethesommer fortführen zu wollen, ja müssen. Natürlich seien im Moment alle Veranstaltungen auf Eis gelegt, doch wolle man so bald wie möglich zurück zur Normalität. Für das Wochenende kündigte er eine kurzfristig angesetzte Benefizveranstaltung mit namhaften Persönlichkeiten an, deren Erlös der geschätzten Witwe zur Verfügung gestellt würde.

Für das zweite Interview musste der Pressesprecher der Polizei seinem Vorgesetzten den Vortritt lassen. Der Polizeichef wies mit allem Nachdruck darauf hin, dass die Ermittlungen zeitnah und mit größtmöglichem Einsatz aller Kräfte vorangetrieben würden. Man hoffe, schon sehr bald erste Ergebnisse vorlegen zu können. Eine Gefahr für die Bevölkerung bestehe nicht.

Kaltenbach vermutete, dass Grafmüller das Gespräch mit dem Oberpolizisten nicht leicht gefallen sein dürfte. Kein

Ermittler sah es gern, wenn in seine Arbeit hineingepfuscht wurde. Die Überprüfung der Handyfotos und sein eigenmächtiges Weiterforschen hatten ihn in ein schlechtes Licht gerückt. Wahrscheinlich war er noch nicht aus dem Schneider.

Bevor Kaltenbach hinunter in die Stadt fuhr, warf er den Rechner an. Er musste unbedingt mehr über ›Abaris‹ herausbekommen.

Es dauerte eine Weile, bis er geeignete Artikel fand. Abaris wurde als eine mythische Gestalt aus längst vergangenen Zeiten beschrieben. Altgriechische Geschichtsschreiber nannten ihn Abaris, den Hyperboreer; ein Fremder, der aus dem Norden kam und Apollopriester wurde. Andere hielten ihn für einen Schamanen.

Die vielen exotischen Namen und Bezeichnungen verwirrten ihn. Warum sich Goethe ausgerechnet diesen Namen zugelegt hatte, wurde nicht weiter ausgeführt, auch nicht in den anderen, noch spärlicheren Hinweisen, die er im Netz fand. Einmal hieß es, Goethe sei auch Mitglied im Illuminatenorden gewesen.

Merkwürdig fand Kaltenbach, dass die Ordensnamen heute noch benutzt wurden. Vor über 200 Jahren, zu Zeiten von Königen und Fürsten, war es vielleicht nötig gewesen, dass sich Andersdenkende in verschwiegenen Männerbünden trafen. Aber im 21. Jahrhundert?

Konnte es sein, dass die sogenannten Wohltätigkeitsvereine mehr waren als Gemeinschaften guter Menschen, die großherzig hoffnungsvolle Jungkünstler sponserten?

Kaltenbach versuchte, sich an das Gespräch zu erinnern, bei dem er den Namen Abaris zum ersten Mal gehört hatte. Es waren nur Bruchstücke gewesen, die er mit halber Aufmerksamkeit verfolgt hatte.

›Abaris ist wichtig für die Gemeinschaft.‹ So in etwa hatte der Satz gelautet, der ihm nach wie vor in den Ohren klang. Wie konnte Goethe heute noch so wichtig sein? Und vor allem – um welche Gemeinschaft ging es überhaupt? Der Emmendinger Lions-Club mit Hertzog als Mitglied? Oder führten die Spuren nach Freiburg zur ›Wahren Eintracht‹?

Die Fragen beschäftigten Kaltenbach auch noch, als er sich im Hinterzimmer des ›Weinkellers‹ für die Beerdigung umzog. Es traf sich gut, dass der Laden mittwochs am Nachmittag sowieso geschlossen war. Als er auf dem Bergfriedhof die Menge der Trauergäste um sich herum sah, zweifelte er, ob überhaupt jemand zum Einkaufen gekommen wäre.

Die ganze Stadt schien auf den Beinen zu sein, um Wagner das letzte Geleit zu geben. Die Aussegnungshalle hinter dem Haupteingang war völlig überfüllt. Dunkel gekleidete Menschen standen überall auf den Wegen und zwischen den Grabsteinen.

Kaltenbach hatte Luise rechtzeitig am Bahnhof abgeholt. Angesichts der Menge entschlossen sie sich zu einem kleinen Spaziergang, bis die Trauerfeier zu Ende war.

»Die Frau tut mir leid. Der Tag heute muss extrem hart für sie sein.« Luise hängte sich bei ihm ein. »Aber das Schlimmste kommt erst.« Luise hielt den Blick gesenkt. »Es ist die Zeit danach. Die Stunden, die Tage. Vielleicht noch länger.«

Kaltenbach spürte, wie ein leises Zittern über ihren Körper lief. Vor einem Jahr war sie es gewesen, die hinter dem Sarg ihres Bruders hatte laufen müssen. »Es schmerzt zu wissen, dass alles vorbei ist. Dabei ist es nicht nur der Verlust allein. Es sind die Erinnerungen.«

Luise blieb mitten auf dem Weg stehen. Kaltenbach sah, wie ihre Augen feucht wurden, und nahm sie in den Arm.

»Halt mich fest. Ganz fest«, sagte sie leise.

Er spürte ihren Kopf an seiner Schulter. Von ihren Haaren strömte ein zarter Lavendelgeruch.

»Ich bin froh, dass es dich gibt«, sagte sie.

Hinter dem Glitzern ihrer Augen öffnete sich ein weiter Raum. Die Zeit schien still zu stehen. Ein leiser Wind wehte, als sich ihre Lippen zum Kuss fanden.

Nach der Beerdigung standen einige der Trauergäste in Gruppen beisammen. Die meisten zerstreuten sich jedoch rasch. Noch war der Tag nicht zu Ende, und viele hatten sich eigens ein, zwei Stunden freigenommen.

Während der Zeremonie am Grab hatte Kaltenbach Frau Wagner beobachtet. Die meiste Zeit über schien sie sehr gefasst. Manchmal sah man sie sogar nicken oder leise lächeln, wenn einer der vielen Trauerredner auf die Verdienste ihres Mannes hinwies.

Ihr Sohn Hans-Peter hingegen wirkte wie das genaue Gegenteil. Sein Gesicht war wie versteinert, die Augen blickten starr, die Lippen waren aufeinandergepresst.

»Jeder hat eben seine eigene Art, mit Trauer umzugehen«, meinte Luise, als sie später einige Schritte durch den nahe gelegenen Stadtpark liefen. »Bei mir waren es neben dem Schmerz die schönen Momente, in denen ich Peter gesehen habe. Ich kann der Frau nur wünschen, dass es ihr ebenso geht.«

»Dazu müsste sie aber zuerst Klarheit haben.«

Luise sah ihn erstaunt an. »Du meinst, was hinter seinem Tod steckt? Wer Schuld daran hat?«

Kaltenbach nickte. Die Enten am Teich erhoben sich träge aus ihrer Siesta und watschelten eine nach der anderen ins Wasser.

Kaltenbach deutete auf eine Bank. »Hier sitze ich manchmal über Mittag.«

Ein wenig Wind kam auf und versetzte die mannshohen Schilfbüschel am Rande in leises Rascheln. Vom Spielplatz herüber wehte fröhliches Kindergeschrei.

»Du hast mir nicht alles zu dem Ordner gesagt, den du mir geschickt hast, stimmt's?«

Kaltenbach senkte den Kopf. Er wusste, dass er nicht mehr darum herumkam, ihr alles zu erzählen. Eine Viertelstunde später fühlte sich Kaltenbach erleichtert. Er hatte nichts ausgelassen. Von der Stadtführung ›Auf Cornelia Schlossers Spuren‹ über den Abend in der Steinhalle bis hin zu seinem Verdacht gegen Hertzog. Er erzählte ebenso von seinem Gespräch mit Tell wie von seinem Fehlschlag mit der Tennenbacher Kirche. Und natürlich von Abaris.

An einigen Stellen hakte Luise nach. Bei seiner Schilderung der Begegnung mit dem Alten und seinem Hund zog ein Lächeln über ihr Gesicht.

»Da bist du an ein richtiges Freiburger Bobbele geraten. Sei froh, dass er Arnie nicht auf dich gehetzt hat!«, meinte sie amüsiert.

Die meiste Zeit hörte sie jedoch konzentriert zu. »Und die Polizei?«, fragte sie.

»Die machen das, was sie tun müssen. Fakten zusammentragen, Leute befragen, recherchieren.« Schneiders schnarrende Stimme klang ihm wieder in den Ohren, als Kaltenbach auf den Besuch der beiden Beamten im ›Weinkeller‹ kam. »Die würden mir nicht einmal zuhören.«

»Trotzdem glaube ich, dass der Schlüssel zu dem Ganzen irgendwo in Wagners Forschungen liegt. Deswegen wurde er umgebracht. Und deswegen wurde die Frau ermordet.«

Beide saßen eine Weile schweigend und schauten über den Teich. Die Enten waren in der Zwischenzeit wieder das gegenüberliegende Ufer hinaufgeklettert und hatten sich ihre Ruhepositionen gesucht. Der Wind war schwächer geworden.

»Ich erinnere mich gut, als wir einmal in der Schule einen Besuch im Stadtmuseum gemacht haben«, fuhr Luise fort. »Pflichtprogramm für Emmendinger Schüler. Gähnend langweilig. Dachten alle. Dann kam Wagner. Seine Begeisterung hat uns alle mitgerissen. Selbst die größten Chaoten der Klasse hingen an seinen Lippen. Der erste Flieger der Welt landet auf einem Misthaufen! Wir haben Tränen gelacht.« Sie strich sich eine Locke aus der Stirn.

»Wagner strahlte eine gesunde Mischung aus Humor und Ernsthaftigkeit aus. Er hätte sich nie irgendwelchen wilden Spekulationen hingegeben. Lothar, diese Unterlagen sind mehr als Theorien. Er hatte ein festes Ziel. Ich bin sicher, er hatte Spuren entdeckt, die dort hin führen!«

Kaltenbach kratzte sich nachdenklich am Kinn. »Du meinst also …«

»Gehen wir einfach einmal davon aus, dass alles, was er zusammengetragen hat, authentisch ist. Gehen wir davon aus, dass seine Ideen keine Mutmaßungen sind, sondern der Wahrheit entsprechen. Und gehen wir davon aus, dass er den Schlüssel längst gefunden hat.«

»Du willst damit sagen, dass es tatsächlich eine zweite Fassung von ›Hermann und Dorothea‹ gibt? Dass Goethe die Namen nachträglich verändert oder entfernt hat?«

»Genau das. Wagner liebte seine Heimatstadt. Aber für billigen Lokalpatriotismus wäre er sich zu schade gewesen. Er muss handfeste Beweise gefunden haben. Und vielleicht noch mehr.«

»Du meinst, diese Urschrift existiert heute noch? Das wäre unglaublich!«

»Vielleicht hat er sie gefunden. Vielleicht war er auf dem besten Wege dorthin.«

Kaltenbach hatte nun ebenfalls das Jagdfieber gepackt. »Damit gibt es ein klares Motiv für den Anschlag. So wie Dieter es vermutet hatte. Irgendjemand wollte verhindern, dass das bekannt wurde.«

»Oder jemand wollte das Manuskript selbst finden.«

»Hertzog?«

»Möglich. Aber da gibt es mit Sicherheit noch mehr Kandidaten. Andere Kunstsammler zum Beispiel. Antiquitätenhändler. Oder sogar Berufskollegen, die ihre eigenen Thesen gefährdet sehen.«

Vom Turm der benachbarten Stadtkirche schlug die Glocke. Kaltenbach sah auf die Uhr. Ihm fiel ein, dass er sich mit seinen Musikkollegen zu einer Sonderprobe verabredet hatte.

»Ich muss los«, sagte er zu seinem Bedauern. »Wir proben heute Abend.« Plötzlich kam ihm eine Idee. »Hast du nicht Lust mitzukommen? Du könntest die Jungs kennenlernen.«

Luises Miene hellte sich auf. »Warum nicht? Und wenn dein Freund Tell den Rest geschickt hat, gehen wir der Reihe nach alles durch.«

Kaltenbach spürte die Erleichterung. Die Unterhaltung nahm Druck von ihm. Wenn Luise recht hatte, lag die Lösung direkt vor ihnen. Und wenn es in Wagners Unterlagen etwas gab, würden sie es finden.

»Ich bin froh, dass ich nicht mehr alleine bin«, sagte er. »Aber ich fürchte, es kann gefährlich werden. Wer zwei Mal tötet, tut es auch ein drittes Mal.«

Luise legte ihre Hand auf seinen Arm. »Hab Vertrauen. Schließlich sind wir beide ein bewährtes Team. Weibliche Intuition und männlicher Verstand. Das passt doch!« Sie sah ihn verschmitzt an.

»Vielleicht ist es bei uns beiden eher umgekehrt.«

»Vielleicht«, lachte sie und strich sich zum 17. Mal ihre kecke Locke aus der Stirn.

KAPITEL 12

»Und nun?« Kaltenbach betrachtete etwas ratlos die vielen Blätter, die auf dem Tisch verstreut lagen. Außer Wagners Ordner mitsamt den Skizzen und Bildern waren es die Ausdrucke von Tells Mails. Noch gestern Nacht hatte er die fehlenden Informationen geschickt. Zwischen all dem Papier leuchtete wie ein mahnendes Signal das gelbe Heftchen von ›Hermann und Dorothea‹ hervor.

»Hex-hex!« Luise lachte. Sie war kurz nach neun wie verabredet aus Freiburg gekommen. »Nur dass es nicht so einfach ist wie in einem Kinderbuch.«

»Stimmt«, sagte Kaltenbach. »Trotzdem werden wir viel Fantasie brauchen.« Beide waren sich einig, dass die Antwort auf ihre Fragen vor ihnen auf dem Tisch lag.

»Ich denke, ab sofort gehen wir systematisch vor.« Er nahm ein leeres Blatt und einen Kuli und schrieb in großen Druckbuchstaben das Wort ›Fakten‹ als Überschrift auf. »Was wissen wir? Zwei Tote. Eine Schauspielerin und ein Stadtarchivar. Beide Morde in Emmendingen. Beide hängen miteinander zusammen.«

»Das ist bereits die erste Vermutung«, warf Luise ein. »Aber wir wollten ja davon ausgehen, dass es so ist.«

»Beide Verbrechen sind innerhalb von kurzer Zeit passiert«, fuhr Kaltenbach fort. »Beide haben etwas mit Goethe zu tun.«

Ihr Gespräch wurde durch das Bimmeln der Ladenglocke unterbrochen.

Kaltenbach verzog den Mund und stand auf. »Ich komme gleich wieder.«

Er war nicht wie sonst bei der Sache, als er die Kundschaft bedienen musste, eine junge Frau mit ihrem kleinen Sohn. Aber er hatte es sich nicht leisten können, den ›Weinkeller‹ einfach geschlossen zu lassen. Und Maria konnte als Aushilfe so kurzfristig nicht einspringen.

Im Stillen hatte er gehofft, Luise nach der Probe gestern Abend noch zu einem Absacker einladen zu können. Doch kurz vor zehn, als Walter das Signal zum Aufbruch gegeben hatte, hatte sie sich gleich angeschlossen und zum Bahnhof verabschiedet.

Die Kundin wollte ›nur mal gucken‹ und kaufte letztendlich nichts. Luise sah kurz auf, als er zurück ins Hinterzimmer kam.

»Ich habe schon mal weiter gemacht«, sagte sie. »Es sieht so aus, als müssten wir mehrspurig vorgehen.«

Kaltenbach sah ihr über die Schulter. Der Geruch ihrer Haare kitzelte in seiner Nase.

»Mehrspurig?«

»Ich habe mit den Motiven angefangen. Was bringt jemanden dazu, zwei Menschen zu töten?« Sie tippte mit dem Stift auf das Blatt. »Ich sehe zwei Motive. Das erste ist klar: Gier. Wagner hatte etwas Wertvolles gefunden, was auch ein anderer wollte. Entweder um es zu Geld zu machen, oder um es einfach zu besitzen.«

»Etwas, von dem wir noch nicht genau wissen, was es ist.«

»Von dem wir aber annehmen, dass es eine wichtige Information zu Goethe und seinen Besuchen im Breisgau ist. Dass es neue Erkenntnisse zur Entstehung von ›Hermann und Dorothea‹ liefert.«

»Stichwort: Schauplatz Emmendingen.«

»Genau. Dazu gehört die Möglichkeit, dass es ein unentdecktes Goethe-Original gibt, dem Wagner auf der Spur war.«

Luise wandte sich wieder dem Papier zu. Kaltenbach zog

einen zweiten Stuhl heran und setzte sich neben sie. Seit ihrem Kuss gestern auf dem Friedhof stand etwas Unausgesprochenes, Erregendes zwischen ihnen. Etwas, das darauf wartete, endlich seine Erfüllung zu finden.

»Vielleicht gibt es jemanden, der weniger auf Geld als auf den Entdeckerruhm spekulierte.« Kaltenbach zwang sich, wieder zum Thema zu kommen. »Konkurrenten oder Neider gibt es unter den Goetheforschern bestimmt genug. Wenn ich nur an das aufgeblasene Getue bei der Eröffnungsveranstaltung denke.« Er erinnerte sich an das Podiumsgespräch mit den beiden literarischen Hochkarätern. »Selbst wenn es nur ein kleines Licht in der Szene ist. So wie Peschke zum Beispiel.«

»Schwierig. Sobald du in die Öffentlichkeit gehst, musst du auch nachweisen, woher deine Ergebnisse stammen. Woher du die Quellen hast. Das wäre in diesem Fall nur schwer möglich.«

»Trotzdem ist es nicht ausgeschlossen. Es gibt genügend Beispiele, dass auch Wissenschaftler und Forscher für den Ruhm buchstäblich über Leichen gehen.«

»Na schön«, sagte sie. »Wir wollen zunächst einmal alles gelten lassen. Was du angesprochen hast, gehört fast schon zum zweiten Motiv.«

Kaltenbach sah sie fragend an.

»Das zweite Motiv wäre die Absicht, die Veröffentlichung zu verhindern.«

Kaltenbach schüttelte den Kopf. »Das hatte ich ursprünglich auch gedacht. Aber wäre das nicht völlig unsinnig? Neue Forschungen, neue Ergebnisse, neue Wahrheiten – wer wäre nicht davon begeistert?«

»Neue Wahrheiten sind nicht immer erfreulich. Vor allem sind sie bedrohlich für das Gegenwärtige. Viele Menschen haben Angst vor Veränderungen.«

»Schon. Im Privaten mit Sicherheit. Oder Ängste um berufliche oder wirtschaftliche Sicherheiten. Aber bei der klassischen Literatur? Kann ich mir nicht vorstellen.« Kaltenbach hielt inne. »Allerdings wäre es schon eine Blamage für die renommierte Forschung, wenn ausgerechnet ein unbedeutender Stadtarchivar wie Wagner auf bahnbrechende neue Erkenntnisse stößt.«

»Zum Beispiel. Du siehst, wir haben hier ein durchaus mögliches Motiv.«

Zum Glück blieb es im Laden ruhig. Kaltenbach stellte die Kaffeemaschine an und brühte nacheinander zwei Tassen auf. Kurz darauf breitete sich der aromatische Duft in dem kleinen Raum aus.

Für eine Weile hingen beide ihren Gedanken nach. Schließlich griff Kaltenbach nach dem Papier.

»Mehrspurig. In der Tat. Die Frage ist, was wir konkret tun können.« Er tippte auf das Wort ›Textstellen‹, das Luise notiert hatte. »Das hier kannst du vergessen. Die Geschichte auf Spuren und Hinweise zu untersuchen, das schaffe ich nicht!«

Er dachte daran, wie er sich durch den Text gequält hatte. Die manieristische und aus seiner Sicht umständliche Sprache der Literatur des 18. Jahrhunderts hatte ihm größte Mühe bereitet.

»Geht mir genauso«, lachte Luise. »Aber ganz ausschließen dürfen wir es nicht. Immerhin gibt es die Anmerkungen Wagners.«

»Und die Kommentare von Tell.«

»Genau. Ich denke, wir sollten uns als Erstes auf die Orte konzentrieren, die Wagner aufgelistet hat. Irgendetwas werden wir finden. Am besten, wir klappern alle der Reihe nach ab.«

Kaltenbach betrachtete die Spalte, die von allen am längsten war. »Von mir aus können wir sofort anfangen. Das Schlosserhaus und der Goethepark liegen gleich um die Ecke, da können wir zu Fuß hin.«

Wieder unterbrach das Bimmeln der Ladenglocke ihr Gespräch. Zu Kaltenbachs Erleichterung war es dieses Mal ein Stammkunde, dessen Vorlieben er genau kannte. Allerdings gehörte bei ihm das obligatorische Schwätzchen dazu, sodass es eine Weile dauerte, ehe er wieder nach hinten gehen konnte.

Zu Kaltenbachs Überraschung kam ihm Luise bereits entgegen. »Hier«, sagte sie und drückte ihm ein Papier in die Hand. »Ich habe alles noch einmal übersichtlich aufgeschrieben. Ich denke, das reicht vorerst. Solange du hier beschäftigt bist, ziehe ich schon mal los. Nein, nicht zur Recherche«, beruhigte sie ihn. »Einfach so. In der Stadt hat sich vieles getan in letzter Zeit. Ich habe Lust, ein bisschen durch die alte Heimat zu bummeln. Heute habe ich endlich einmal Zeit.«

Etwas enttäuscht blickte Kaltenbach ihr hinterher, aber immerhin waren sie ein gutes Stück vorwärts gekommen. Das Bild Frau Wagners von der gestrigen Beerdigung kam ihm in den Sinn. Mit Luises Hilfe würde er tun, was möglich war, um die Ungewissheit hinsichtlich den Tod ihres Mannes zu lösen.

Kaltenbach spülte die beiden Kaffeetassen aus. Dann setzte er sich in den alten Ohrensessel im Laden. Auf den Spuren Goethes durch den Breisgau! Wenn der Anlass nicht so tragisch wäre, könnte dies direkt ein touristischer Anreiz sein. Grafmüller würde bestimmt eine tolle Artikelserie daraus machen.

Grafmüller. Hertzog. Die Namensassoziation brachte ihn zurück. Wo war der Möbelfabrikant auf dieser Liste einzuordnen? Geldgier war es wohl eher weniger. Hertzog gehörte mit Sicherheit zu den vermögendsten Unternehmern im Breisgau. Dann schon eher die Lust auf Ruhm, die Eitelkeit des Sammlers. Oder gehörte Hertzog etwa zu denen, die versuchten, die Wahrheit zu verhindern? Was hätte er für einen Grund dafür?

Vor dem Schaufenster unterhielten sich zwei gesetzte Herren, kurz darauf bimmelte die Glocke und die beiden traten ein. Kaltenbach faltete das Blatt sorgfältig zusammen. Heute Abend stand sein Besuch bei der ›Wahren Eintracht‹ in Freiburg an. Wenn es eine Verbindung von Hertzog zu der Freimaurerloge gab, würde er bestimmt mehr über ihn erfahren.

Das Haus am Freiburger Lorettoberg weckte in Kaltenbach zwiespältige Erinnerungen. In seiner Studentenzeit war er aus naiver Neugier mit ein paar Kommilitonen bei einem Semestereröffnungsfest einer der traditionellen Burschenschaften gewesen. Die Mischung aus Männlichkeitsriten, Standesdünkel und Alkohol hatte ihn jedoch recht schnell abgeschreckt. Warum einige der Studentenverbindungen immer noch in den schönsten Villen untergebracht waren, war ihm bis heute ein Rätsel geblieben.

Das stattliche Jugendstilgebäude am oberen Ende der schmal ansteigenden Straße stand etwas nach hinten versetzt am Hang. Während er die steilen Steinstufen emporstieg, bewunderte Kaltenbach den riesigen Garten.

Er hatte den Eindruck, in einen Park zu kommen. Überall standen alte Eichen, Buchen und Kiefern. Büsche und Sträucher wechselten mit sorgfältig gepflegten Blumenbeeten. Auf der frisch gemähten Rasenfläche standen vereinzelt Bänke. Kein Mensch war zu sehen.

Neben der schweren Eingangstür hing ein blank poliertes Messingschild, worauf ›Zur Wahren Eintracht‹ eingraviert war, darüber ein geöffneter Zirkel und ein nach oben zeigender rechter Winkel.

Die Tür stand offen. Trotzdem drückte Kaltenbach den ebenfalls in Messing eingelassenen Klingelknopf.

Schon nach wenigen Augenblicken tauchte vor ihm ein Mann in einem dunklen Anzug, schwarzer Fliege und Manschetten auf, der ihn an einen englischen Butler erinnerte.

»Herr Kaltenbach? Bitte treten Sie ein!«

Mit einer formvollendeten minimalen Verbeugung trat der Mann zur Seite und wies ins Innere des Hauses. Er wunderte sich, dass der Livrierte seinen Namen wusste.

Das ehrwürdige Äußere der Villa setzte sich im Innern des Gebäudes fort. Hinter der Tür öffnete sich eine große Eingangshalle. Über spiegelblank gebohnerte Steinfliesen war ein etwas bejahrter roter Läufer ausgebreitet, der zu einer Treppe im hinteren Teil führte. Durch die Fenster unterhalb der Decke fiel spärliches Licht herein.

Der Schwarzgekleidete führte Kaltenbach über den Teppich nach hinten. Erst jetzt sah er, dass es zu beiden Seiten des zentralen Treppenaufgangs Türen gab.

»Bitte treten Sie ein!«

Für einen Moment war Kaltenbach völlig überrascht. Was ihn empfing stand in völligem Gegensatz zu dem, was er bisher gesehen hatte.

Der große, hell erleuchtete Raum hätte ebenso gut das Sitzungszimmer einer Bank oder einer mittelständischen Firma sein können. Um einen langen Tisch gruppierten sich Stühle in schlichtes modernes Design. An den Wänden standen niedere weiße Büroschränke. Am Kopfende des Raumes war eine Leinwand aufgezogen, davor hing von der Decke ein Beamer herab. Die Stühle waren bis auf einen alle besetzt.

Vor der Leinwand stand ein untersetzter Herr, den Kaltenbach auf Mitte 30 schätzte. Als er Kaltenbach sah, lächelte er und nickte ihm zu. Im selben Moment drehten sich die meisten der Anwesenden um. Etwa zehn Augenpaare hefteten sich neugierig auf ihn.

»Herr Kaltenbach? Ich freue mich sehr. Setzen Sie sich doch. Wir haben uns lediglich ein wenig unterhalten. Mit Ihnen sind wir vollständig und können beginnen.« Er geleitete Kaltenbach zu dem letzten freien Platz am hinteren Ende des Tisches. Dann schritt er wieder nach vorn.

Mit merkwürdig feierlich klingenden Begrüßungsworten stellte er sich als Uwe Auwarter vor, seines Zeichens Logenmeister der ›Wahren Eintracht‹. »Ich habe mir erlaubt, als Einführung eine kleine Präsentation vorzubereiten.«

Das Licht im Raum wurde gedimmt. Mit einem Druck auf die Fernbedienung des Beamers erschien auf der Leinwand ein Bild von Zirkel und Winkel, dieselben Zeichen, die Kaltenbach bereits an der Haustür gesehen hatte.

Kaltenbach hielt sich mit beiden Händen an den chromglänzenden Stuhllehnen fest. Er saß wie versteinert. Vor seinen Augen begann es zu flackern.

Die Stimme.

Er hatte sie sofort erkannt. Es war die Stimme, die er auf der Toilette des Alten Rathauses vor dem Fenster gehört hatte.

Es gab keinen Zweifel. Vor ihm stand der Mann, der das geheimnisvolle Gespräch mit Hertzog geführt hatte.

Während die Bilder der Präsentation abliefen, beobachtete Kaltenbach aus dem Halbdunkel des Saales seinen Gastgeber genauer. Auwarter war eine unauffällige Erscheinung. Mit seiner dezenten Kleidung, der randlosen Brille und dem akkuraten Kurzhaarschnitt erinnerte er eher an einen Finanzbeamten als an ein Mitglied eines esoterischen Ordens.

Einzig seine Augen waren Kaltenbach aufgefallen. In dem kurzen Moment der Begrüßung hatte er das Gefühl, dass Auwarter ihn blitzschnell taxiert hatte.

Während er seinen Kommentar zu den Bildern sprach, wirkte Auwarters Stimme sanft und beruhigend. Das Bedrohliche, Fordernde, das Kaltenbach damals herausgehört hatte, war völlig verschwunden.

»Jeder Maurer ist ein Baumeister am großen Tempel der Vernunft und der Nächstenliebe«, hörte er ihn sagen. »Es ist das oberste Ziel jedes Bruders, sich selbst und damit die gesamte Menschheit zu reinigen, zu stärken und zu veredeln.«

Kaltenbach wandte sich wieder der Leinwand zu. Auf einem Gemälde war eine Art stilisierter griechischer Tempel zu sehen. Um ihn herum gruppierten sich in üppiger Natur etliche Gestalten, deren Gewänder Symbole trugen. Kaltenbach erkannte Planetenzeichen, wie sie ihm schon in Zeitungshoroskopen begegnet waren, dazu verschiedene Buchstaben und geometrische Formen. Des Weiteren Handwerksgeräte wie Hammer, Mörtelkelle und Winkeleisen. Ein Mann, der dem Tempel am nächsten stand, trug eine Schürze.

»Die Ursprünge der Freimaurerei gehen weit zurück in die Vergangenheit. Schon beim Bau des Salomonischen Tempels …«

Wieder musste Kaltenbach an Hertzog denken. War es Zufall, dass er auf Luises Vernissage aufgetaucht war? War es Zufall, dass er ausgerechnet in dem Moment in das Foyer der Steinhalle gekommen war, als der Anschlag auf Wagner passierte?

›Wenn es zum Äußersten kommt, wirst du einschreiten müssen!‹ Diesen Satz hatte er damals von Auwarter gehört. Das war mehr als eine Feststellung. Das war ein Auftrag.

»… aus Emmendingen. Schlosser war zu jener Zeit Oberamtmann in der Stadt. Er war verheiratet mit Cornelia, der Schwester von Johann Wolfgang von Goethe.«

Gebannt starrte Kaltenbach auf den Kupferstich eines ernst blickenden Mannes.

»Schlosser war Mitbegründer der Loge ›Zur Wahren Eintracht‹ und wurde zum ersten ›Meister des Stuhls‹ ernannt. In seinem Haus in Emmendingen waren die führenden Köpfe jener Zeit zu Gast wie zum Beispiel der Schriftsteller und Philosoph Johann Caspar Lavater oder der tragische Dichter Jakob Michael Reinhold Lenz. Goethe selbst ließ es sich nicht nehmen, auf seinen Reisen seinen Schwager zu besuchen. Wir nehmen an, dass er damals der Loge einen Besuch abgestattet hat.«

Kaltenbach war wie elektrisiert. Plötzlich tauchten Verbindungen auf, an die er bisher nicht gedacht hatte. Goethes Schwager als Gründer der Freiburger Freimaurerloge! Gab es hier den ersten Zusammenhang mit der Toten auf dem Schlossergrab? Konnte es sein, dass Wagner auf etwas gestoßen war, das die Loge unbedingt an sich bringen wollte? Gab es ein Geheimnis, das nicht an die Öffentlichkeit gelangen durfte, auch nicht nach 200 Jahren? Unter keinen Umständen?

Das Bild von Zirkel und Winkelmaß bildete den Abschluss der Präsentation. Langsam wurde das Licht im Saal wieder hochgefahren. Die Gäste drehten sich von der Leinwand weg und blinzelten einander benommen an. Kaltenbach nahm das fertig beschriftete Namensschild, das vor ihm auf dem Tisch lag, und heftete es sich an seinen Pullover.

»Wenn ich Sie nun zu einem kleinen Rundgang bitten dürfte.«

Wie aus dem Nichts erschien in der Tür der Livrierte, der Kaltenbach hereingeführt hatte. Mit einer leichten Verbeugung geleitete er die Gruppe zurück in die Eingangshalle. Während Auwarter begann, die Architektur und deren Symbolik zu erklären, hatte Kaltenbach Gelegenheit, die übrigen Teilnehmer zu betrachten. Es waren allesamt Männer, gut gekleidet. Bis auf einen bleichen, leicht nervösen Studententypen waren alle älter als er. Auf den Namensschildchen war zu erkennen, dass Besucher aus Basel und Karlsruhe dabei waren. Die meisten kamen aus Freiburg.

Der Butler führte die Gruppe die Treppe nach oben. Wie im Erdgeschoss befanden sich Türen auf beiden Seiten. Durch linken Eingang geleitete Auwarter sie in die Bibliothek.

Im Gegensatz zu dem Konferenzzimmer darunter war dieser Raum überaus gemütlich eingerichtet. Um zwei schwere, polierte Eichentische gruppierten sich im Raum etliche Polstersessel, jeder einzelne mit einer hellen Stehlampe an der Seite. Auf dem Boden lagen dunkle weiche Teppiche. Die Stirnseite sowie die gesamte Wand zum Nachbarzimmer nahmen bis zur Decke reichende Bücherregale aus dunklem edlem Holz ein. Einige wertvolle alte Folianten standen in einer mit einem Schloss gesicherten Glasvitrine. Auf der gegenüberliegenden Seite konnte Kaltenbach durch die großen Fenster hinaus auf die Bäume im Garten sehen.

Während die meisten Teilnehmer interessiert durch die Regale stöberten, orientierte sich Kaltenbach unauffällig Richtung Tür und verschwand im geeigneten Moment nach draußen. Er musste die Gelegenheit nutzen, sich umzusehen.

Vor der Tür umfing ihn sofort die majestätische Stille des großen Hauses. Vom Flur auf der Empore bogen weitere Türen ab. Der Raum direkt neben der Bibliothek war offenbar eine Art Magazin. Auch hier gab es eine Menge

Bücher in Regalen, offenen Kisten und Schränken. Vereinzelt lagen Stapel auf dem Boden.

Die zweite Tür war abgeschlossen, ebenso die dritte. Kaltenbach spürte, wie die Enttäuschung in ihm hochstieg. Was hatte er erwartet? Wollte er einen aufgeschlagenen Ordner finden, in dem die Namen und Motive einer literarischen Mordverschwörung aufgelistet waren? Er schüttelte den Kopf. In dieser Situation blieb ihm nichts anderes übrig, als geduldig die Steinchen zusammenzutragen und sich auf seine Intuition zu verlassen. Vor allem musste er Ruhe bewahren.

Die Tür an der rechten Seite der Empore war breiter als die anderen. Kaltenbach drehte sich um und lauschte. Nichts war zu hören außer seinem eigenen Atem. Als er die Klinke herunterdrückte, gab die Tür nach. Leise trat er ein.

Direkt hinter dem Eingang hing von der Decke ein riesiger dunkler Vorhang. Kaltenbach lauschte erneut, dann schob er den schweren Stoff mit beiden Händen zur Seite.

Auf den ersten Blick fühlte er sich an den Chorraum einer Klosterkirche erinnert. Zu beiden Längsseiten des Raumes standen jeweils drei Stuhlreihen, allesamt mit hoher Lehne und dunkel bezogenem Polster. Dazwischen spannte sich eine freie Fläche auf. Der Fußboden wirkte mit seinen quadratischen Steinplatten im Wechsel von Schwarz und Weiß wie ein überdimensionales Schachbrett. Links und rechts des Eingangs stand jeweils ein massiver Kandelaber mit dicken Kerzen.

Was er hier sah, überraschte Kaltenbach in höchstem Maße. Einen derartigen Raum hatte er nach alldem, was er bisher gesehen hatte, nicht vermutet.

Vorsichtig ging er ein paar Schritte weiter. Der gesamte Raum lag im Zwielicht. Lediglich durch einige schmale

Öffnungen unter der Decke drang nur spärliche Helligkeit herein.

An den Wänden an der Seite hingen Gemälde mit allegorischen Darstellungen ähnlich derer, die er bereits bei Auwarters Präsentation gesehen hatte. Am hinteren Ende des Raumes stand eine Art Pult mit einem Stuhl dahinter. Zu beiden Seiten waren stilisierte Säulen zu sehen, in der Mitte prangte in einem Dreieck ein großes Auge im Strahlenkranz.

Kaltenbach hatte den Eindruck, in einer Art Kapelle gelandet zu sein. Waren die Freimaurer am Ende doch nichts anderes als eine christliche Sekte?

Aber ein Kreuz konnte er nirgends entdecken. Stattdessen starrten ihm auf dem Tisch die leeren Augenhöhlen eines Totenschädels entgegen. Daneben lagen ein Schwert und ein Buch.

Kaltenbach stockte der Atem. Vorsichtig ging er um das Pult herum. Das Buch war in schweres Leder gebunden und trug als Prägung abermals das Auge im Strahlenkranz.

Vorsichtig streckte er die Hand aus, um es zu öffnen.

»Dieser Raum ist für Besucher nicht vorgesehen!«

Kaltenbach erschrak heftig und fuhr herum. Vor ihm stand der Mann in der dunklen Livree. Blut schoss ihm in den Kopf und sein Herz pochte vor Aufregung. Mit Mühe stammelte Kaltenbach etwas von Toilette, Suchen und Neugier. Ohne auch nur im Ansatz darauf einzugehen, deutete der Butler mit seinem weißen Handschuh in Richtung Ausgang.

Bis sie zu den anderen in die Bibliothek zurückgekehrt waren, wich der Mann nicht von seiner Seite. Kaltenbach ließ sich erschöpft in einen der Sessel fallen. Aus den Augenwinkeln sah er, wie der Livrierte zu Auwarter ging und leise mit ihm sprach.

Auwarter nickte und kam sofort quer durch den Raum zu ihm. »Wie mir scheint, haben Sie ein ganz besonderes Interesse an unserer Arbeit. Darf ich Sie im Anschluss an die Führung zu einem persönlichen Gespräch einladen?«

Kaltenbach schluckte. Er nickte und zwang sich zu einer freundlichen Antwort. Auwarter schien zufrieden. Gleich darauf bat er die Anwesenden zum Abschluss des Begegnungstages noch einmal nach unten in den Sitzungssaal.

Dort lag inzwischen auf jedem Platz eine dunkelblaue Mappe. Kaltenbach schlug sie auf. Sie enthielt eine Broschüre, verschiedene Kopien sowie einen Flyer.

Nach Auwarters Dankes- und Abschlussworten wurden die Besucher zum Ausgang geleitet und an der Tür verabschiedet. Der Butler bedeutete Kaltenbach, ihm in ein kleines Büro zu folgen. Er war überrascht, außer ihm noch zwei weitere Teilnehmer der Gruppe zu sehen, darunter der Schweizer aus Basel.

Bereits eine Viertelstunde später stand Kaltenbach im Garten der Villa am Lorettoberg und versuchte seine Gedanken zu ordnen. Auwarter war mit keinem Wort auf seinen unerlaubten Ausflug in den geheimnisvollen Raum eingegangen. Stattdessen lud er nach einem kurzen Gespräch alle drei zu einer internen Führung an einem der kommenden Tage ein. Bei ihnen habe er ein ernsthaftes Interesse an der Arbeit und den Zielen der Loge gespürt. Gerne wollte er eine Gelegenheit bieten, sich gegenseitig näher kennenzulernen.

Das war alles. Kaltenbach war erleichtert. Er war sich vorgekommen wie ein Schuljunge, der beim Kirschenklauen erwischt worden war. Trotzdem wurde er das Gefühl nicht los, dass Auwarter seinen Blick für einen

Moment länger auf ihm ruhen ließ als nötig. Hinter diesen Augen war etwas verborgen, das ihm Sorge bereitete.

Als er wieder zu Hause war, schaute er sich noch die Info-Mappe an, fand aber nichts Besonderes. Dann rief er Tell an und erkundigte sich nach dem kuriosen Zimmer.

»Der Zeremonienraum. Das Innerste der Loge. Alles, was du gesehen hast, ist genauestens durchdacht und folgt festgelegten Regeln. Freimaurer arbeiten mit Vorliebe mit Symbolen. Von der Maurerkelle bis zu den schwarz-weißen Bodenplatten.«

»Und das Schwert? Der Totenschädel?«

»Das ist nicht so blutrünstig, wie du glaubst. Das Schwert gilt als Zeichen des Streites zwischen Gut und Böse. Der Schädel erinnert an die Vergänglichkeit und soll vor Überheblichkeit bewahren.«

Tell lachte, als Kaltenbach erzählte, wie er ertappt worden war. »Stimmt schon. Das sehen die gar nicht gerne. Es wundert mich allerdings, dass der Saal nicht abgeschlossen war.«

Nach dem Telefonat hatte sich Kaltenbach hingelegt und früh geschlafen.

Der Freitag begann regnerisch. Über Nacht hatte es außerdem stark abgekühlt, sodass Kaltenbach am Morgen mit dem Stadtbus hinunter nach Emmendingen fuhr. Das trübe Wetter schien die Kauffreudigkeit der Emmendinger zu dämpfen. Kaum ein Kunde fand den Weg vom Wochenmarkt herüber. Nicht einmal Frau Kölblin ließ sich blicken.

Kaltenbach blieb genügend Zeit, über sein gestriges Erlebnis in der Loge nachzudenken. Er wusste nicht, wie er das Ganze einordnen sollte. Trotz Tells Erklärungen fühlte er sich zwiegespalten. Einerseits gab es genug Merkwürdigkeiten bis hin zum Skurrilen. Andererseits schien ihm das, was er gesehen hatte, wenig geheimnisvoll. Fast hatte er den Eindruck, in einen Verein von Spießbürgern gelandet zu sein.

Aus Auwarter wurde er nicht schlau. Warum hatte er ihn ein paar Mal so durchdringend angesehen? Ob er irgendetwas von ihm wusste? Konnte Hertzog dahinterstecken?

Kaltenbach nahm ein weiches Tuch aus dem Schrank und begann, Gläser und Flaschen in den Regalen abzustauben. Es war merkwürdig, dass seine Gedanken immer wieder zu dem Möbelfabrikanten zurückkehrten. Hertzog war ein Bindeglied, dessen wurde er sich immer sicherer.

Gegen halb elf kam Julius Wolfsperger. Kaltenbach hatte ihm im Stillen für sich den Namen ›Freitagsrentner‹ gegeben. Er kam regelmäßig und zählte zu seinen treuesten Stammkunden.

»Schisswetter, mischdigs!« Wolfsperger schüttelte sich wie ein Pudel, der ins Wasser gefallen war. »D' Frau hett der Schirm! Hesch ebbis für mi?« In seinen kleinen grauen Augen blitzte die Vorfreude.

Kaltenbach musste schmunzeln. Das Ritual war jeden Freitag dasselbe. Während seine Frau auf dem Wochenmarkt die Einkäufe tätigte und dabei ausführlich ihre sozialen Kontakte pflegte, kam Wolfsperger regelmäßig zu Kaltenbach. Jede Woche kaufte er einen Karton Kaiserstühler Grauburgunder aus dem Weingut von Onkel Josef und ließ ihn sich von Kaltenbach zum Auto tragen. Das wiederholte Angebot, ihn zu beliefern, hatte er entrüstet von sich gewiesen. »So alt bin ich noch nit!«

Kaltenbach vermutete allerdings vielmehr, dass Wolfsperger wenig Bedürfnis verspürte, seiner Frau an den Marktständen den Schirm zu halten und ihr von einem Schwätzchen zum nächsten zu folgen. Er widmete sich

190

stattdessen anhand diverser Probiergläschen lieber der Erforschung der Nachbarländer.

Nachdem Wolfsperger eine halbe Stunde später gut gelaunt wieder abgezogen war, nahm er sich Wagners Ordner erneut vor. Nachdenklich betrachtete er die markante Schrift auf der Liste, die sie gestern gemeinsam erstellt hatten. Bis auf eine Ausnahme verlief die Reihenfolge der aufgelisteten Orte grob von Nord nach Süd. Es begann mit Sessenheim im Elsass, setzte sich fort über Bötzingen am Kaiserstuhl bis ins Höllental. Einzige Ausnahme war Staufen, das Wagner direkt vor die Emmendinger Hochburg geschrieben hatte.

Sessenheim lag ziemlich weit entfernt, auf der gegenüberliegenden Rheinseite auf der Höhe von Baden-Baden. In Emmendingen gab es die meisten Einträge. Kaltenbach beschloss, das weitere Vorgehen vom Wetter abhängig zu machen.

Bis zur Mittagspause hatte der Regen ein wenig nachgelassen. Pünktlich um 12 Uhr hängte Kaltenbach das ›Geschlossen‹-Schild vor die Tür. Es tröpfelte nur noch spärlich, die grauen Wolken zeigten einige hoffnungsvolle blaue Löcher. Er lief in Richtung Stadttor, überquerte eine kleine Brücke und stand kurz darauf vor dem Schlosserhaus.

Das ehrwürdige Gebäude aus dem 18. Jahrhundert wurde seit Jahren als Stadtbibliothek genutzt. Eine breit ausladende Sandsteintreppe und der mit Blumen geschmückte Balkon über dem Eingang deuteten darauf hin, welch repräsentative Bedeutung das liebevoll restaurierte Gebäude zu Goethes Zeiten dargestellt haben musste.

Kaltenbach war Stammgast in der Bücherei. Vom ›Weinkeller‹ aus konnte er das Haus fast sehen. Heute setzte er mit neuen Gedanken den Fuß auf die Treppe. Schließlich war das Wohnhaus von Schlosser und seiner Gemahlin Cornelia einer der Emmendinger Orte, die auf Wagners Liste standen.

Zum ersten Mal las er bewusst die Inschrift auf der schweren Steinplatte neben der Eingangstür. Unter dem Hinweis auf die Schwester Goethes stand eine imposante Gästeliste der damaligen Zeit, neben Goethe selbst unter anderem Herzog Karl August von Weimar.

Vielleicht war dies für die unglückliche Dame von Welt die einzige Möglichkeit gewesen, ihr wenig abwechslungsreiches Leben im Alltag des damals südbadischen Grenzstädtchens ein wenig aufzuhellen.

Der Großteil des Untergeschosses bestand aus einem einzigen riesigen Raum. Zwischen den Regalen mit Kinder- und Jugendbüchern herrschte reger Betrieb. An der Ausleihe standen die Besucher Schlange. Kaltenbach stieg die Stufen der im Halbkreis geschwungenen Innentreppe nach oben. Er hatte Glück. Die Bibliotheksleiterin saß auf ihrem angestammten Platz. Sie hatte ihn bereits von Weitem erspäht.

»Herr Kaltenbach, schön, dass Sie mal wieder vorbeischauen!«

Die Dame mit dem flotten Kurzhaarschnitt thronte in ihrer ›Kontrollzentrale‹, wie Kaltenbach den großen Arbeitsplatz nannte, inmitten von Monitoren, Ordnern, Ablagen, Zetteln, Papieren und jeder Menge Bücherstapel. Auch im oberen Stockwerk war der Wochenendbetrieb in vollem Gange. Die wenigen Lesesessel in der Zeitschriftenecke waren allesamt belegt.

»Sie wollen etwas von mir, das sehe ich!«

»Fünf Minuten brauche ich Sie«, entgegnete er.

»Gerne, wenn ich hier sitzen bleiben kann. Sie sehen ja, was heute los ist.«

Kaltenbach versuchte, die richtigen Worte zu finden. Mit Mordverdacht, Freimaurern und verschollenen Goethe-Manuskripten konnte er ihr nicht kommen. Er beschloss, direkt nach Wagner zu fragen.

»Der Stadtarchivar?« Sie senkte den Kopf. »Tragisch. Ich fand ihn sehr nett, obwohl er selten hier war. Er hatte ja alles, was er brauchte, in seinem Archiv. Und zu Hause besaß er wohl mehr Bücher als ich hier.«

»Hat er Literatur über Goethe ausgeliehen? Etwas zu ›Hermann und Dorothea‹ vielleicht?«

Die Bibliothekarin überlegte kurz. Dann schüttelte sie den Kopf. »Nicht dass ich wüsste. Krimis. Er hat sich immer nur Krimis ausgeliehen.«

Kaltenbach verzog den Mund. Es wäre zu einfach gewesen. Trotzdem versuchte er es erneut.

»Gibt es hier im Haus noch etwas, das an die Schlosserzeit erinnert? Irgendwelche Inschriften oder Fundstücke?«

Wieder war die Antwort enttäuschend. »Das Schlosserhaus gibt es nicht mehr. Alles, was übrig geblieben ist, ist die Außenhülle. Das gesamte Gebäude wurde bei der Renovierung entkernt und modernisiert. Heutzutage wollen es die Menschen hell und großzügig. Der Großteil wurde entsorgt. Ein paar Sachen hat sich Wagner für das Stadtmuseum geholt. Aber das ist ewig her.«

Mit einem deutlichen Hinweis auf zwei wartende Schülerinnen bekam Kaltenbach zu verstehen, dass seine Zeit vorüber war.

Kaltenbach sah ein, dass er hier nicht weiter kommen würde. Er stand auf und bedankte sich.

»Keine Ursache, immer gerne. Zurzeit ist ja die halbe Stadt goetheverruckt. Sie sind nicht der Erste, der nach dem Haus gefragt hat.«

»Ach ja?« Kaltenbach horchte auf.

»Klar. Vor allem die Lehrer kommen seit Wochen, um ihre Heimatkundekenntnisse aufzufrischen. Die Presse natürlich, die wollten vor allem Fotos. Sogar Peschke vom Stadtarchiv war da. Klar, der kennt sich noch nicht so aus.« Sie schenkte ihm ein Lächeln zum Abschied. »Nur einen Weinhändler hatten wir noch nicht!« Dann drehte sie sich abrupt den beiden kichernden Mädchen zu. »Und was wollt ihr?«

Eine der beiden begann einen Satz zu formulieren, doch Kaltenbach hörte schon nicht mehr hin. Er eilte die Treppe hinunter nach draußen. Auf die Möglichkeit, das Haus näher zu untersuchen, verzichtete er. Er war oft genug hier gewesen und kannte das meiste bis auf ein paar Kellerräume. Die Auskunft der Bibliotheksleiterin war eindeutig.

Ein wenig Zeit hatte er noch, ehe er wieder zurück in den ›Weinkeller‹ musste. Er entschloss sich, die wenigen Schritte um das Gebäude herum zu der kleinen Grünanlage zu gehen, die die Stadt optimistisch ›Goethepark‹ genannt hatte.

Die schattige Grasfläche hinter dem modernen neuen Rathaus rechtfertigte die Bezeichnung in eher bescheidener Weise. Den Zugang vom Mühlbach her bildeten zwei einsame steinerne Torpfosten. Ein Weg mit ein paar Bänken führte am Wasser entlang, gesäumt von einigen Büschen. Das gesamte Areal lag im Schatten riesiger alter Bäume, in deren Kronen unzählige Krähen hausten, die sich den ganzen Tag über lautstark bemerkbar machten.

Auch hier kannte sich Kaltenbach gut genug aus, um zu wissen, dass es nur eines gab, was für ihn von Interesse sein konnte. Die ›Goethesäule‹ war etwa drei Meter hoch. Sie stand in der Mitte des Parks auf drei Seiten von Kirschlorbeer eingerahmt. Davor gab es eine halbkreisförmige

Sitzbank. Sockel und Kapitell waren einfach gestaltet und vom Zahn der Zeit reichlich mitgenommen. Die eigentliche Säule war kreisrund mit glatter, rostroter Oberfläche. Etwas über Kopfhöhe war eine Inschrift eingraviert. »Hier weilten Goethe und Lenz«, las Kaltenbach laut. Dazu gab es ein Datum.

Das war alles. Kein Hinweisschild.

Kaltenbach ging einmal um die Säule herum, dann machte er kehrt und stapfte mit beiden Händen in den Taschen durch das nasse Gras zurück Richtung Westend.

Er war frustriert. Tennenbach, Freiburg, das Schlosserhaus und jetzt das. Eine Enttäuschung reihte sich an die andere. Keine Spur, keine verwertbaren Hinweise.

Doch er durfte nicht gleich nach den ersten Rückschlägen aufgeben. In Staufen, auf der Hochburg oder im Höllental war mit Sicherheit etwas zu finden. Wozu hätte Wagner sich sonst die Mühe gemacht, diese Orte gesondert aufzuführen.

Als Erstes brauchte er jetzt eine heiße Tasse Kaffee. Und frische Socken.

Bis zum Abend hatte sich Kaltenbach von der Ernüchterung ein wenig erholt. Das rege Freitagnachmittagsgeschäft im ›Weinkeller‹ hatte ihn schnell auf andere Gedanken gebracht. Aber die Zweifel blieben.

Es gab bisher noch keinen Anhaltspunkt, dass die Theorie, die er mit Luise entworfen hatte, stimmte. Was hatte Wagner an dem Tag in der Steinhalle wirklich vorgehabt? War das Ganze nicht mehr als ein launiger Vortrag vor wohlwollendem heimischen Publikum? Interpretierten sie in die Aufzeichnungen Dinge hinein, die es gar nicht gab?

Doch gleichzeitig meldete sich in Kaltenbach auch die

andere Seite. Es gab immer noch einen Mörder in der Stadt, der frei herumlief und vielleicht wieder zuschlagen konnte. Und es gab eine verängstigte Witwe, die Kaltenbach um Hilfe gebeten hatte.

Die Freitagabendprobe war konzentrierter und ernster als sonst. Sie hatten den Ablauf festgelegt und sämtliche Stücke generalprobenmäßig durchgespielt. Jeder schien auf seine Weise zu spüren, was der demnächst bevorstehende Auftritt für ihn bedeutete.

Walter sprach allen Mut zu. »Wir schaffen das! Wir sind gut!«, feuerte er sie ein ums andere Mal an.

Am Ende befanden sich alle in gehobener Stimmung. Sogar auf einen Namen konnte man sich einigen. Andrea hatte ›Shamrock Rovers and a Rose‹ vorgeschlagen. Alle waren begeistert gewesen. Ein Kleeblatt mit einer Rose!

Nur Walter sträubte sich heftig. »English Rose, das geht gar nicht. Niemals kann eine irische Band einen solchen Namen tragen!«

Andrea lachte nur. Sie kannte ihren Vater. »Dann eben ›Thistle‹. Wenn dir das lieber ist!«

Walter war neben Kaltenbach der Einzige, der sich nach der Probe zum anschließenden Stammtisch durchringen konnte.

»Sollen wir überhaupt?«, fragte ihn Kaltenbach, nachdem auch Dieter bereits am Nachmittag telefonisch abgesagt hatte.

»Logisch gehen wir. Was soll unsere Stammwirtin sonst von uns denken?«

Bereits unterm Eingang der ›Waldschänke‹ in Windenreute spürte Kaltenbach, dass etwas anders war. Statt des gewohnten einladenden Stimmengewirrs empfing sie eine merkwürdig bedrückte Stimmung.

Auf Walters übliches joviales »Hallo zusammen!« sahen

die wenigen Gäste kaum von ihren Gläsern auf. Selbst am Honoratiorentisch hielt man die Köpfe gesenkt und eng zusammengesteckt.

Walter steuerte ihren gewohnten Ecktisch an. Kaltenbach ließ den Blick durch den Raum schweifen.

»Komisch. Kaum etwas los heute Abend.«

»Wahrscheinlich gibt es einen Kick im Fernsehen, und die Leute bleiben lieber daheim«, entgegnete Walter. Er winkte zum Tresen hinüber.

Kurz darauf erschien die Wirtin persönlich an ihrem Tisch. Normalerweise wurden sie schon von Weitem mit einem munteren Spruch begrüßt. Heute stellte sie schweigend die Getränke ab.

»Ist irgendetwas?«, fragte Kaltenbach.

»Vielleicht haben wir etwas angestellt!«, witzelte Walter und hob sein Pilsglas.

»Ihr wisst es noch nicht, oder?«, fragte die Wirtin mit gedämpfter Stimme. »Den Fex hat man umgebracht!«

»Fex?« Kaltenbach verstand nicht, was sie meinte.

»Dr. Hertzog. Der Fabrikant. Vorhin hat es angerufen. Ist anscheinend gerade passiert.«

Sichtlich betroffen stellte er sein Glas wieder ab. »Und? Weiß man etwas Genaues?«

»Seine Frau, die Elli, hat ihn gefunden. Am Schreibtisch ist er gelegen. Und alles voller Blut!« Sie schüttelte traurig den Kopf. Ihre Augen waren feucht. »Schrecklich. Einfach schrecklich. Mit der Elli bin ich in die Schule gegangen!«

Kaltenbach saß wie versteinert. Er konnte nicht glauben, was er gerade gehört hatte.

Auch Walter senkte den Kopf, nachdem die Wirtin den Tisch verlassen und zurück zum Tresen gegangen war. Er drehte sein Glas und kratzte unentschlossen mit den Fingern am Bierdeckel.

»Was ist nur los in der Stadt?« Er sprach mehr zu sich selbst. Kaltenbach stierte in sein Gutedelglas und blieb stumm.

»Zuerst diese Frau. Dann Wagner und nun Hertzog. Ich verstehe das alles nicht.« Er hob den Kopf und schien erst jetzt Kaltenbachs entsetztes Gesicht zu bemerken. »He, was ist mir dir los? Hast du Hertzog gekannt?«

Kaltenbach schüttelte den Kopf. Er fand nur mühsam zu seiner Fassung zurück. »Kennen ist zu viel gesagt.«

Er versuchte den Kloß in seinem Hals mit einem Schluck Wein aufzulösen. Stockend begann er zu erzählen.

»Ich sage es nicht gern«, begann Walter zögerlich, nachdem Kaltenbach geendet hatte, »aber es ist das Beste, wenn du zur Polizei gehst.« Dem bekennenden Alt-68er fielen diese Worte sichtlich schwer. Aber er wirkte entschieden. »Die ganze Sache ist zu gefährlich.«

Kaltenbach schluckte. Sein Freund hatte ausgesprochen, was er selbst dachte. Es schien der einzig vernünftige Weg.

»Und Frau Wagner?«

Walter kratzte sich hinterm Ohr. »Sie wird es einsehen. Drei Tote! Und der Mörder immer noch nicht gefasst! Auch sie wird zur Polizei gehen müssen.«

Zurück in Maleck warf sich Kaltenbach der Länge nach auf sein Sofa. Er fühlte sich wie von einer Dampfwalze überrollt.

Mit einem Mal waren die kunstvoll zusammengehaltenen Formen zerbrochen. Ein wildes Durcheinander überflutete ihn. Es war der Nullpunkt. Dabei war er sich sicher gewesen, mit Hertzog auf der richtigen Spur zu sein. Hertzog als Handlanger von Auwarter. Die Loge als Wagners Gegenspieler. Esoterische Finstermänner, die die Wahrheit scheuten.

Nach einer Weile sprang er auf und trat auf den Balkon. Müde stierte er hinaus in die Nacht.

Der Regen ließ ihn wieder einigermaßen zur Besinnung kommen. Er spürte, wie die kühlen Tropfen über seine Stirn und seine Wangen liefen. Das leise Rauschen in den dunklen Feldern unter ihm beruhigte allmählich seine überhitzten Nerven.

Ein paar Minuten später ging er zurück in die Küche und trocknete sich ab. Er nahm einen einfachen Spätburgunder samt Glas mit ins Wohnzimmer. Natürlich war an Schlaf jetzt nicht zu denken. Nach dem dritten Schluck griff er sich die Gitarre vom Ständer und begann mit einem tief in seinen Körper dringenden E-Akkord.

Seine Arme waren schwer wie Blei, der Hals steif, die Kinnlade hölzern. Die tauben Beine verloren sich in zähem Morast. Mit einem Ruck riss er die Augen auf.

Totenstille. In milchweißem Grau huschten Konturen auf und ab wie weggeworfene Skizzen eines Irren. Lichtpunkte tauchten auf, ein kleiner zuerst, dann ein zweiter, dritter, die rasch größer wurden, näher kamen, ihn stumm umkreisten. Bis sie endlich stehen blieben, fahle Inseln im Licht riesiger Bühnenscheinwerfer.

Seine Augen weiteten sich vor Schrecken, als er die Frau und die beiden Männer erkannte. Jeder von ihnen war umgeben von einem silbrigen Gespinst aus dünnen Drähten, deren Enden von Armen, Beinen und Köpfen nach oben ins Dunkel führten. Wie auf Befehl wandten alle drei ihren Kopf und sahen ihn an. Keine Lippe bewegte sich, als ihm die Worte entgegenflogen, verführerisch, lockend.

»Komm!«

»Komm!«

»Komm zu mir!«

Er streckte die Hand nach den drei Gestalten aus, versuchte die Füße zu bewegen. Dann sah er den abgrundtiefen Riss im Boden sah, vor sich, hinter sich, ringsum. Er war gefangen.

Ein dumpfes, böses Lachen erschütterte die kleine Insel, auf der er sich festklammerte. Im Grau über den Gestalten blitzte ein riesiges Messer auf. Mit jedem neuen Lachen fuhr die Klinge durch einen der Drähte. Der Reihe nach sackten die Frau und die beiden Männer auf dem Boden zusammen, konturenlose, achtlos weggeworfene Müllhaufen.

Die Scheinwerfer verlöschten. Verzweifelt versuchte er sich zubewegen, ehe er entsetzt sah, dass die dünnen Drähte auch ihn gefesselt hielten. Wieder ertönte das metallische Gelächter. Eine unsichtbare Kraft zwang ihn, den Kopf zu heben und nach oben zu schauen. Das Messer bewegte sich auf ihn zu und blieb über ihm stehen …

4. WOCHE

… hinter Freiburg in die Hölle …

Goethe: Briefe an Johann Heinrich Merck

KAPITEL 13

Den ganzen Vormittag über ließen Kaltenbach die verstörenden Bilder nicht los. Er musste kein Psychologe sein, um zu wissen, was sie bedeuteten. Mit dem Mord an Hertzog war die Angst zurückgekehrt.

In der Samstagausgabe der Zeitung hatte es das Verbrechen erst zu einer kleinen Sondermeldung gebracht. Trotzdem gab es keinen in der Stadt, der nicht spätestens im Laufe des Vormittags Bescheid wusste.

Auf dem Weg zum ›Weinkeller‹ lief ihm Grafmüller über den Weg.

»Seine Frau hat ihn gefunden, gestern Abend«, sagte er atemlos. Er war schon früh in der Redaktion gewesen und jetzt bereits wieder auf dem Sprung. »Er lag in seinem Arbeitszimmer. Wahrscheinlich erschlagen. Fotos gibt es keine. Noch nicht.«

»Einbrecher?«

Für einen kurzen Moment keimte in Kaltenbach der makabre Wunsch, dass es sich bei der Tat um einen Raubüberfall gehandelt haben konnte.

»Die Polizei ist dran. Sie haben erst ganz wenig herausgelassen. Natürlich suchen sie nach Spuren. Aber noch weiß man nicht, ob überhaupt etwas fehlt.« Grafmüller war schon wieder ein paar Schritte weiter, als er sich noch einmal umdrehte. »Und denk dran, wenn du irgendetwas weißt, geh zur Polizei. Das ist kein Spaß mehr.«

Vom Laden aus rief Kaltenbach Luise in Freiburg an. Die Nachricht machte sie tief betroffen. Natürlich wollte auch sie wissen, wie es passiert war. Doch Kaltenbach konnte nicht mehr sagen, als er von Grafmüller und in der ›Wald-

203

schänke‹ erfahren hatte. Er versprach, so bald wie möglich bei ihr vorbeizukommen.

Der Stadtfunk lief auf Hochtouren. Bis über Mittag konnte Kaltenbach aus dem Gemisch aus Informationen, Halbwahrheiten und Gerüchten ein erstes Bild zusammensetzen.

Merkwürdigerweise hatte die Polizei keine Beschädigungen in der Wohnung entdeckt. Nichts war aufgebrochen. Alles war aufgeräumt wie immer. Die wertvollen Vasen und Gemälde waren allesamt an ihrem Platz, der Safe unberührt. Es gab bislang keinerlei Hinweise darauf, dass etwas fehlte.

Kaltenbachs Kundschaft erschreckte am meisten die Schlussfolgerung, dass Hertzog seinem Mörder selbst die Tür geöffnet haben musste. Hatte er ihn sogar gekannt?

Frau Kölblin, die heute nur kurz vorbeischaute, brachte die Stimmung in der Stadt auf den Punkt. »Jetzt kasch jo kaim me traue. Do schwetzesch mit der Nachbare un denn bisch dot. Ich lo mer e Kettene mache. So wie früehner!«

Kaltenbach war nahe daran, den Laden vorzeitig zu schließen. Er fühlte sich hundeelend. In die Leere des gestrigen Abends hatte sich eine Flut von Bildern, Gedanken und Gefühlen ergossen, immer wieder durchbrochen von der quälenden Erinnerung an den morgendlichen Albtraum.

Es gab nichts, was ihn beruhigte. Schon gar nicht die vier Tassen Kaffee, die er nebenbei hinunterkippte. Wenn er das Rauchen nicht schon vor Jahren aufgegeben hätte, hätte er an diesem Morgen eine ganze Schachtel Zigaretten weggepafft.

Als er endlich Feierabend machen konnte, schloss er zum ersten Mal seit Monaten wieder die Läden vor den Schaufenstern zu. Die Tür verriegelte er zweimal, auch wenn es wenig wahrscheinlich war, dass es jemand auf seinen Laden absehen würde. Doch der angsterfüllten Unruhe konnte er sich nicht entziehen.

Er brauchte jetzt jemanden, der ihm half, wieder Boden unter den Füßen zu bekommen. Jemanden, dem er blindlings vertraute. Es war höchste Zeit, Luise zu treffen.

Am frühen Nachmittag holte Kaltenbach Luise in St. Georgen ab. Während der Fahrt nach Staufen berichtete er, was er in den vergangenen Stunden herausbekommen hatte. Der Himmel hatte sich wieder aufgehellt. Draußen zogen die Felder und Weinberge des Hexentals vorbei.

Auch Luise zeigte sich enttäuscht über Kaltenbachs Misserfolge in der Stadtbibliothek und im Goethepark. Trotzdem machte sie ihm Mut.

»Jetzt erst recht«, sagte sie. »Hertzog war in das Ganze verstrickt, da habe ich keinen Zweifel. Und wir werden es herausfinden. Die Liste ist der Schlüssel!«

Luises Entschlossenheit beruhigte ihn ein wenig. Als er kurz vor Ehrenkirchen auf die Landstraße in Richtung Staufen abbog, war seine Zuversicht bereits wieder gewachsen. Es tat gut, sie an seiner Seite zu haben. Er konnte es nicht mehr leugnen, wie sehr er sich zu dieser Frau hingezogen fühlte.

Und da war der Kuss auf dem Friedhof, dessen Erinnerung noch drei Tage später einen wohligen Schauer in ihm auslöste.

Kurz vor Staufen zwang Kaltenbach seine Träumereien zurück in die Gegenwart. Nach kurzem Suchen fand er einen geeigneten Parkplatz in einer Straße am Ortsrand. Direkt dahinter zogen steile Rebhänge hoch zu der Burgruine, die von ihrem Hügel wie ein alter Wächter herabsah.

Das Städtchen südlich von Freiburg gefiel Kaltenbach,

seit er zum ersten Mal hier gewesen war. In den letzten Jahren war vor allem die Innenstadt zu einem attraktiven Ausflugsziel geworden. Auch heute hatte das angenehme Maiwetter etliche Touristen angelockt. Die vielen Läden in der Fußgängerzone mit ihren Seitengässchen wirkten ebenso einladend wie die hübsch renovierten Fachwerkhäuser und die malerischen Brunnen.

»Sieh mal hier!«, rief Luise und deutete nach oben.

Auf einem der stattlichen Bürgerhäuser prangte ein riesiges Gemälde mit drei Gestalten, von denen eine zweifellos den Teufel darstellte. Direkt unter dessen Bocksklaue deutete eine Inschrift auf den ganzen Stolz der Stadt.

»… ist im Löwen zu Staufen der Doktor Faustus so ein wunderlicher Nigromanta gewesen, elendiglich gestorben …«, las Kaltenbach.

»Ein Nigromanta? Was soll denn das sein?«

»Keine Ahnung, ein Alchemist vielleicht. Der soll ja mit dem Teufel im Bunde gewesen sein.«

Luise kramte ihre Handykamera heraus und schoss ein paar Fotos. »Ob Wagner das gemeint hat, als er auf Staufen hinwies?«

Kaltenbach deutete auf die kleine Jahreszahl direkt unter der Schrift. »Den Spruch vielleicht. Das Bild nicht. Das ist noch keine 20 Jahre alt.«

Ein paar Schritte weiter entdeckte er die Touristeninformation. »Komm, wir fragen einfach, was sie zu Goethe wissen.«

Die junge Dame hinter dem Schalter trug ein Dirndl und ein Piercing im Ohr. Sie schenkte Kaltenbach ein charmantes Lächeln. »Sie haben recht, mein Herr«, bestätigte sie seine Frage nach dem Wandgemälde mit ebenso charmantem alemannischem Zungenschlag. »Das Bild ist ziemlich modern. Aber im ›Löwen‹ soll tatsächlich der historische Doktor Faustus gelebt haben. Die Sage erzählt, dass er sich an den Teufel verkauft hat. Bei einem seiner Goldmacherexperimente hat er sich dann selbst in die Luft gesprengt.« Sie zückte eine schmale Hochglanzbroschüre, dessen Titel ein grimmig dreinschauender bärtiger Kopf zierte. »Alles, was Sie über Faust wissen müssen. Das macht dann fünf Euro! Und ich empfehle Ihnen einen Besuch unserer Fauststube im Stadtmuseum gleich nebenan.«

Die Fauststube bestand zu ihrer Enttäuschung aus zwei kleinen Vitrinen zwischen einem Schaukasten mit römischen Münzen und historischen Handwerksgeräten zu Weinbau und Schnapsbrennerei. In der einen waren ein paar fantasiereiche Darstellungen des Gelehrten sowie zwei faksimilierte, schwer lesbare Briefe ausgestellt, die auf seinen Aufenthalt in Staufen hinwiesen. In der anderen Vitrine lagen verschiedene Ausgaben von Goethes Tragödie.

Kaltenbach schüttelte den Kopf, als sie wieder auf der Straße standen. »Wieso hat Wagner ausdrücklich auf Staufen hingewiesen? Da muss es doch etwas geben. Komm, wir fragen noch einmal.«

Dieses Mal mussten sie einige Zeit warten, bis sie an der Reihe waren. Kaltenbach warf einen Blick auf die Broschüre, die er zuvor erstanden hatte. Anscheinend gab es nur wenig Konkretes und noch weniger Belege. Das meiste, was man über den Goldmacher und Schwarzkünstler wusste, war eine krude Mischung aus Legenden und Halbwahrheiten. Kaltenbach hatte den Eindruck, dass das Geschriebene weniger über den mittelalterlichen Gelehrten aussagte als über die Menschen der damaligen Zeit, die das, was sie nicht verstanden, gerne mit dem Übersinnlichen oder gar mit dem Teufel in Verbindung brachten.

»Leider nicht, ich bedaure.« Das charmante Dirndllächeln blieb für einen Moment unbewegt stehen. »Das Museum und die Broschüre. Mehr kann ich Ihnen nicht anbieten.«

»Gibt es vielleicht Aufzeichnungen, die nicht öffentlich sind? Im Stadtarchiv etwa? Oder auf dem Pfarramt?«

Die Dame kniff ihre Lippen zusammen und schüttelte den Kopf. »Ich bedaure wirklich. Offiziell ist das Thema seit Jahren abgeschlossen. Normalerweise sind unsere Besucher auch nicht so neugierig«, fügte sie schelmisch hinzu. »Sind Sie Lehrer?«

Kaltenbach brummte etwas Unverständliches.

»Komisch, erst passiert monatelang gar nichts, dann dieses. Sie sind heute schon der zweite, der danach fragt.«

Kaltenbach und Luise sahen sich an.

»Ja, die Vanessa, meine Kollegin, hat mir von einem Gast erzählt, der ihr Löcher in den Bauch gefragt hat. Der wollte alles über Goethe und Faust wissen. So wie Sie.« Das Lächeln kehrte auf ihr Gesicht zurück. »Aber sie konnte ihm auch nicht helfen. Dabei hat unsere Stadt noch so viel mehr zu bieten. Sehen Sie hier, die Burg zum Beispiel. Oder die Kulturtage.«

»Können wir mit Ihrer Kollegin sprechen?«, fragte er. »Hat sie gesagt, wie der Mann ausgesehen hat?

Reizendes Kopfschütteln. »Das wird nicht gehen. Vanessa war nur heute Vormittag da und hat erst mal ein paar Tage frei. Sie wird gerade mit dem Auto auf dem Weg in die Provence sein.«

Kaltenbach bedankte sich und fand sich kurz darauf mit Luise in der bunten Menge der Tagesgäste auf dem Marktplatz wieder. »Und jetzt?«

Luise stieß ihn aufmunternd in die Seite. »Jetzt trinken wir erstmal einen schönen Kaffee.«

Sie lotste Kaltenbach durch die Gassen zu einem Café, vor dem zwei winzige Bistrotische standen. Aus der offenen Tür des Ladens strömte verführerischer Duft. Eine junge Frau stand grade auf.

»Setz du dich schon mal. Ich hole uns etwas.«

Kaltenbach zwängte sich auf einen der Ministühle und sah Luise nach, wie sie in der Kaffeerösterei verschwand. Das Gespräch im Touristoffice hatte völlig neue Fragen aufgeworfen.

Es war bestimmt kein Zufall, dass sich ausgerechnet heute noch jemand zu Goethe erkundigt hatte. Also befand sich noch jemand auf der gleichen Spur wie sie. Einen guten Kaffee und einen klaren Kopf konnte er jetzt auf jeden Fall gebrauchen.

Vielleicht war ihr Ausflug nicht völlig umsonst gewesen.

Kaltenbach saß bei Karstadt auf der Dachterrasse und streckte die Beine in die Samstagnachmittagssonne. Nach ihrem Besuch in Staufen war er mit Luise zurück nach Freiburg gefahren. Aus dem ursprünglich geplanten gemeinsamen Abendessen wurde aber nichts. Luise hatte Dienst in der Galerie. Stattdessen schlug sie vor, am späteren Abend etwas zu unternehmen.

Kaltenbachs Angebot, sie in die Ausstellung zu begleiten, lehnte sie ab.

»Da kann ich dich überhaupt nicht gebrauchen. Du verschreckst mir die Kundschaft«, meinte sie mit einem Augenzwinkern. »Also dann heute Abend?«

»Um halb neun am Bertoldsbrunnen. Ich freue mich!«

Ein Abend mit Luise! Kaltenbach war aufgeregt wie ein Teenager vor seiner ersten Verabredung.

Sie könnten zusammen ins Kino gehen oder ins Jazzhaus. Vielleicht einfach nur in eine der unzähligen Studentenkneipen. Und dann gespannt sein, wie sich der Abend entwickelte.

Kaltenbach sah auf die Uhr. Noch über zwei Stunden. Er ging nach Innen an den Getränkeausschank am Buffet und kam mit einer Apfelsaftschorle zurück. Die Schorle war eiskalt und viel zu süß. Neben seinem Korbsessel tschilpten zwei Spatzen und äugten neugierig zu ihm herauf. Kaltenbach zuckte mit den Schultern und drehte die Handflächen nach oben. Sekunden später hüpfen die beiden davon.

Er war immer noch im Zweifel über ihre Ausfahrt nach Staufen. Er rief Tell an, der ihm bestätigte, was sie im Touristoffice erfahren hatten.

»Der historische Faust hat lange vor Goethe gelebt. Wenn überhaupt. Goethe hat lediglich das Thema aufgegriffen und literarisch verarbeitet. Es ist nicht bekannt, ob er jemals selbst in Staufen war.«

Trotzdem hatte Wagner den Ort auf seine Liste geschrieben, dachte Kaltenbach, während er einen Schluck aus seinem Glas nahm. Warum? Die Angelegenheit wurde immer verworrener.

Eine Viertelstunde später fuhr Kaltenbach die Rolltreppen hinunter und tauchte in das abendliche Getümmel der Kaiser-Joseph-Straße ein. Um sich herum hörte er alle möglichen Sprachen. Kameras wurden gezückt. In den Straßencafés saßen die Menschen, auf den Bächle ließen Kinder kleine Schiffchen fahren. Straßenmusiker, Performancekünstler und Punks mit Hundewelpen warteten auf Münzen, die noch nicht in einem der zahlreichen Geschäfte ausgegeben worden waren.

Er konnte die Zeit nutzen, um in einem der Antiquariate nachzufragen, ob ein Original-Klassiker tatsächlich so viel wert war, wie er vermutete. Also schlenderte Kaltenbach weiter in Richtung Schwabentor. Einer der Läden am Augustinerplatz hatte noch geöffnet.

Ein älterer Herr mit weißem Haarkranz und silberner Lesebrille kam auf ihn zu. »Was kann ich für Sie tun?« Kaltenbach druckste ein wenig herum. Er wusste nicht, wie er sein Anliegen formulieren sollte. »Sie haben doch, ich meine, Sie kaufen doch auch richtig alte Sachen? Wertvolle?«

Der Mann musterte ihn mit kurzem, geschäftsmäßigem Blick. Dann lächelte er konziliant. Offenbar hatte Kaltenbach den Seriositätstest bestanden.

»Aber sicher. Wenn das Objekt qualitativ und preislich interessant ist. Worum handelt es sich, wenn ich fragen darf?«

»Eigentlich wollte ich nur einmal fragen«, sagte er schließlich. »Eine Auskunft sozusagen.«

»Haben Sie eine Erbschaft gemacht?«

»Sozusagen«, antwortete Kaltenbach, erleichtert über die Hilfestellung.

»Dann schlage ich vor, Sie bringen das betreffende Objekt einfach mal vorbei. Völlig unverbindlich natürlich. Dann kann ich Ihnen mehr sagen. Und gegebenenfalls ein Kaufangebot unterbreiten. Bei einem wirklich seltenen Stück wäre dann natürlich allerdings eine Expertise vonnöten. Nur zu unser beider Sicherheit, versteht sich.«

Kaltenbach spürte, wie die Neugier in ihm wuchs. Natürlich konnte er den Antiquar nicht einweihen. Doch jetzt wollte er es genau wissen. Eine derartige Gelegenheit würde so schnell nicht wiederkommen.

»Wollen Sie mir nicht etwas mehr preisgeben?«, fragte der Alte. »Handelt es sich um ein seltenes Exemplar? Eine Erstausgabe vielleicht? Das ist immer interessant.«

Kaltenbach schüttelte den Kopf. »Nein, kein Buch. Eine Handschrift. Vermutlich ein Original.«

Der Gesichtsausdruck des Alten blieb unverändert. Lediglich ein winziges Zucken seines linken Augenlids verriet sein Interesse.

»Was wäre denn so etwas wert?«

Der Antiquar schien für einen Moment zu überlegen. Dann deutete er auf einen der beiden Ledersessel. »Warten Sie«, sagte er schließlich. »Nehmen Sie doch Platz.«

Mit einer knappen Verbeugung verschwand er in einem Raum hinter der Kasse und kehrte nach kurzer Zeit wieder zurück. Er stellte eine schuhkartongroße Metallkiste auf dem blank polierten Verkaufstisch ab. Daneben legte er eine in dunkles Leder gebundene Mappe. Mit einem Wink lud er Kaltenbach ein, näher zu kommen.

»Die wertvollsten Stücke kann ich Ihnen nicht zeigen. Die sind in der Bank in einem Schließfach aufbewahrt.«

Vor Kaltenbachs Augen schlug er langsam und vorsichtig Seite für Seite der Mappe um.

»Aber hier habe ich ein paar Beispiele. 17. und 18. Jahrhundert. Alles Originale«, erklärte der Antiquar. »Meist kirchliche Texte. Aber auch Urkunden. Einzelne Buchblätter.«

Anschließend schloss er die Metallkiste auf. Kaltenbach sah drei handbeschriebene Blätter, ebenfalls zusätzlich mit einer Hülle geschützt.

»Die wertvollsten Stücke, die ich im Laden aufbewahre«, erklärte der Alte stolz. »Georg Büchner, frühes 19. Jahrhundert. Ein Blatt aus einem Skizzenbuch und zwei Briefe an seine Eltern. Eigentlich unbezahlbar. Und eigentlich«, fügte er verschwörerisch hinzu, »auch normalerweise nicht im Handel.«

Kaltenbach war beeindruckt. Für einen Moment wehte ein Hauch von Historie durch den Raum. »Was ist so etwas wert? Was würde das kosten?«

Der Antiquar legte die drei Blätter mit gespreizten Fingern der Reihe nach wieder in das Kästchen zurück und schloss sorgfältig ab.

»Wie gesagt, der ideelle und historische Wert dieser Stücke ist eigentlich nicht zu bezahlen. Aber es gibt Sammler, die das wollen und können. Und die durchaus bereit sind, enorme Summen dafür zu bezahlen.«

»Wie ist es mit Schiller oder Goethe?« Kaltenbach beschloss aufs Ganze zu gehen.

Die Augen des Mannes blitzten kurz auf und zogen sich dann unter der Brille zusammen. Wieder bedachte er Kaltenbach mit einem prüfenden Blick.

»Sie sprechen vom Traum eines jeden Antiquars.« Sein Kopf bewegte sich kaum sichtbar hin und her. »Bei den Hochklassikern komme ich an meine Grenzen. Nicht nur finanziell. Abgesehen davon gehört eine echte Goethe-Handschrift in ein Museum. Solche Stücke kommen nicht auf den Markt. Zumindest nicht legal. Und wenn, wären sie nicht zu bezahlen.«

»Auch nicht von begüterten Sammlern?«

»Da müsste jemand viel Geld investieren. Sehr viel!«

Eine halbe Stunde vor dem verabredeten Termin mit Luise hastete Kaltenbach die Grünwälderstraße entlang zur Markthalle. Ihm war eine Idee gekommen. Er würde Luise mit ein paar Getränken und Leckereien überraschen, für ein gemütliches Picknick am Dreisamufer oder am Waldsee.

Mit Erleichterung sah er schon von Weitem, dass das große Gebäude im Herzen der Freiburger Altstadt noch geöffnet war. Wie jedes Mal, wenn er herkam, überwältigte ihn die Vielfalt der Farben und Gerüche. Hier konnte man von afghanischem Auberginenauflauf über türkisches Halwa bis hin zu badischen Schupfnudeln alles bekommen.

Es gab frische Calamares auf Eis, indische Curries und französische Suppen. Das Angebot an exotischem Obst und Gemüse war kaum zu überschauen.

Kaltenbach entschied sich für griechische Weinblätter, einen Bulgursalat mit Okraschoten und frische Meeresfrüchte. Dazu Baguette von einer Elsässer Boulangerie. Zufrieden betrachtete Kaltenbach seine getroffene Auswahl.

Eine kleine Raffinesse fehlte noch. Er steuerte die Theke mit italienischem Gebäck an und deutete durch die Glasscheibe auf die Auslagen.

»Für mich etwas mit Mandelsplittern«, hörte er eine Stimme neben sich. Luise schenkte ihm ihr strahlendstes Lächeln. Sein Blick fiel auf die gut gefüllte Stofftasche in ihrer Hand.

»Du auch?«

Luise nickte. »Ich sterbe für diese kleinen italienischen Sünden. Welche magst du am liebsten?«

Minuten später standen beide lachend auf der Straße.

»Zwei Seelen, ein Gedanke!«, freute sich Kaltenbach.

»Zwei Seelen, viele Gedanken!«, antwortete Luise. »Ich bin gespannt, was du ausgesucht hast.«

»Aber eine Entscheidung müssen wir gemeinsam treffen«, meinte Kaltenbach. »Stadtpark oder Schlossberg? Oder Dreisamufer?«

Luise gab ihm mit dem Zeigefinger einen Stups auf die Nase. »Ich habe schon entschieden. Lass dich überraschen!«

Nach einer Viertelstunde Straßenbahn- und Busfahrt stiegen sie auf dem Parkplatz der Schauinsland-Bergbahn aus. Jetzt wurde Kaltenbach klar, was Luise vorhatte. Sein Herz rutschte in die Hose.

»Da hinauf? In der Nacht? Geht das überhaupt?«

»Klar. Gehört zum neuen Angebot der Verkehrsbetriebe. Jeden zweiten Samstag Nachtfahrt mit der Gondel.«

Mit jedem ihrer Worte wurde das Gespenst größer. Höhenangst. Kaltenbach hatte sie immer noch nicht überwunden. Sie überfiel ihn regelmäßig zum falschen Zeitpunkt.

»Aber wir hätten doch auch mit dem Bus …«, startete er einen erneuten Versuch.

»Banause!«, unterbrach ihn Luise und zog einen Schmollmund. »Du wirst nicht erwarten, dass ich mit einem solchen Nichtromantiker meinen Abend verbringe! Komm, es geht gleich los.«

Widerstrebend ließ sich Kaltenbach an der Kasse vorbei in den Einstiegsbereich führen. Sie waren nicht die Einzigen. Als sie mit einem Ruck losfuhren, war die Gondel voll besetzt.

Das machte es für Kaltenbach nicht einfacher. In der Zwischenzeit war es draußen fast dunkel geworden. Die nahe Kulisse der Fichten und Tannen bewahrte Kaltenbach davor, nach unten sehen zu müssen. Doch allein der Gedanke an die Tiefe unter seinen Füßen ließ ihn schaudern.

Luise hakte sich bei ihm ein und schmiegte sich an seine Seite. »Du wirst sehen. Es ist schön.«

Es half alles nichts. Mit zusammengekniffenen Lippen und zitterndem Leib zählte Kaltenbach innerlich die Sekunden. Jeder Ruck an einem der Trägermasten brachte ihn schier zur Verzweiflung. Am liebsten hätte er sich auf den Boden gekauert und mit dem Kopf in den Armen das Ende der Welt erwartet.

Mit schlotternden Knien stolperte er an der Bergstation nach draußen. Seine Beine fühlten sich an wie zerkochte Spaghetti.

»Nie wieder. Und wenn ich nach unten laufen muss«, sagte er dünn, als er wieder einigermaßen bei Sinnen war.

»Das sehen wir später!«, lachte Luise. »Jetzt laufen wir zuerst einmal ein Stückchen. Das wird uns beiden guttun.«

Sie schlug den Weg um die Bergstation herum zur Ostseite ein. Kaltenbach war froh, auf dem gut ausgebauten Waldweg wieder festen Boden unter den Füßen zu haben. An die Schächte des alten Silberbergwerks tief unter ihnen mochte er nicht denken.

Die wenigen Bäume gaben den Blick auf die dunkle Silhouette des östlichen Schwarzwaldes frei. Vom kleinen Dorf Hofsgrund herauf funkelten aus den Häusern vereinzelte Lichter.

»Wie geht es eigentlich deiner irischen Band?«, fragte Luise unvermittelt. Es war offensichtlich, dass sie ihn wieder etwas aufmuntern wollte.

»Alles klar.«

»Freust du dich auf euren Auftritt?«, versuchte sie es noch einmal.

»Ja klar, aber es gibt da ein kleines Problem«, begann er schließlich und erzählte von den beiden parallel geplanten Auftritten. »Jetzt stehe ich da und weiß immer noch nicht, was ich tun soll.«

Luise freute sich. »Aber das ist doch wunderbar! Da würde dich mancher um diese Aussichten beneiden. Du hast ein Luxusproblem, mein Lieber!«

»Du nimmst mich nicht ernst. Wie immer ich mich entscheide, ist es falsch. Irgendjemand wird enttäuscht sein.«

»Glas halb voll, Glas halb leer. Sieh es doch positiv: Wie immer du dich auch entscheidest, ist es richtig! Und du wirst Spaß haben!«

In Kaltenbachs Kopf krochen die vertrauten Argumente allesamt wieder hervor und begannen, sich zu beharken. Für und Wider jagten sich abwechselnd in wildem Schaukeln nach beiden Seiten.

»Es gibt bestimmt eine Lösung«, hörte er Luise sagen. »Es gibt immer einen Weg.«

Beide blieben stehen. Luise legte ihre Hand auf seine Brust und sah ihm in die Augen.

»Vergiss den Kopf«, sagte sie ruhig. »Dein Herz weiß die Antwort jetzt schon. Du musst nur darauf hören.«

Zehn Minuten später tauchte der Aussichtsturm aus dem Dunkel auf. Die oberste Plattform war gut besetzt, ebenso die Bänke am Fuße des dreibeinigen Holzbauwerks. Viele hatten Decken ausgebreitet, vereinzelt war Musik zu hören. Das Nachtgondelangebot der Freiburger Verkehrsbetriebe war der Renner.

»Komm!«, meinte Luise, als sie Kaltenbachs fragenden Blick sah. »Ich weiß einen besseren Platz.«

Sie zog ihn weiter auf einen der Trampelpfade, der von dem Platz unter dem Turm abseits in die Büsche führte. Je weiter sie sich entfernten, desto stiller und finsterer wurde es. Schon nach ein paar Schritten wurde der Pfad schmaler und war nur noch zu erahnen.

Immer mehr gerieten sie in ein Dickicht aus Ästen und tief herabhängenden Zweigen. Feuchte Blätter streiften Kaltenbachs Gesicht. Unter seinen Füßen wucherten bizarre Wurzeln.

Endlich blieb Luise stehen und schob einen Kiefernwedel zur Seite.

»Hier ist es«, sagte sie.

Kaltenbach wäre vor Überraschung fast gestolpert. Urplötzlich trat die dunkle Kulisse aus Felsen, Bäumen und Sträuchern hinter ihnen zurück und öffnete sich. Vor ihnen lag eine kleine freie Fläche mit ein paar niedrigen Felsen, zwischen denen große Grasbüschel wuchsen. Wenige Meter davor fiel das Gelände steil ab.

Der Anblick war atemberaubend. Tief unten im Tal die

Stadt mit tausenden Lichtpünktchen, die wie leuchtende Diamanten auf schwarzem Samt flimmerten. Im Himmel spiegelten sich Sterne auf dunklem Blau.

Kaltenbach hatte das Gefühl, in einer anderen Welt zu sein. Die Schönheit des Augenblicks legte sich wie ein heilender Umhang über sein Inneres.

»Gefällt es dir?«

Kaltenbach nickte. »Mir fehlen die Worte«, sagte er langsam, den Blick unverwandt in die Ferne gerichtet.

»Du hast recht. Man muss nicht immer etwas sagen.« Sie setzte sich auf eines der Graspolster.

Kaltenbach blieb stehen. Für den Moment vergaß er sogar das drohende Gefühl der Tiefe vor ihm. Alles um ihn herum war weit entfernt und schien doch zum Greifen nah.

Wie so vieles. Die schrecklichen Geschehnisse der letzten Tage hatten ihn vergessen lassen, dass es auch im Alltag Schönes gab. Es wartete nur darauf, gesehen zu werden.

»Hast du Hunger?«

Luise antwortete nicht. Sie schien völlig in den Anblick der Nacht versunken.

»Es ist wunderschön«, sagte sie nach einer Weile. Ihre Stimme bekam einen merkwürdigen Klang. »Ich kann es fast nicht aushalten. Es macht mir Angst.«

Kaltenbach sah sie erstaunt an.

»Angst? Was kann dir hier Angst machen?«

»Es ist nicht dieser Anblick. Es ist auch nicht, dass du bei mir bist.« Sie stand auf und kam zu ihm. »Es ist der Moment, an dem es vorüber sein wird. Der Gedanke an den Schmerz. Ich kann es nicht aushalten.«

»Wie kannst du jetzt an das Ende denken?« Kaltenbachs Herz schlug heftig. »Es hat doch noch gar nicht angefangen. Es ist …« Er geriet ins Stottern. »Ich meine, es könnte doch vielleicht …«

»Das ist es ja eben. Es ist lange her, dass ich mich derart gefühlt habe. Ich spüre etwas, worauf ich lange gewartet habe.« Sie trat zu ihm und legte ihm ihre Hand an seine Wange. »Wir kennen uns fast gar nicht. Und dennoch habe ich das Gefühl, als begegneten wir uns nach langer Zeit wieder.«

Kaltenbach spürte einen Kloß im Hals. Er legte den Arm um ihre Hüfte wie ein linkischer Schuljunge.

»Lothar, das ist die Angst, die ich habe. Ich könnte es nicht ertragen, von dir enttäuscht zu werden.« Sie machte sich los und trat einen Schritt zur Seite. Mit verschränkten Armen sah sie hinunter auf die Lichter der Stadt.

Kaltenbachs Gedanken kämpften mit seinen Gefühlen. Er spürte, dass er jetzt nichts falsch machen durfte. Gleichzeitig öffnete sich in ihm ein Spalt zu einer Erinnerung, die er längst vergessen geglaubt hatte. Der Sturz damals war tief gewesen.

»Es gab einmal eine Zeit, da hatte ich mich zu sicher gefühlt«, begann er zögernd. »Alles war gut. Alles war selbstverständlich. Ich war blind in meiner Zufriedenheit.«

Er sah die Frau vor sich, mit der er viele Jahre zusammen gelebt hatte. Bis sie eines Tages gegangen war. Er hatte sie seither nicht wiedergesehen. Der Schmerz und die Enttäuschung hatten lange angedauert. »Auch ich möchte das nicht mehr erleben.«

Er stützte sich auf und trat neben sie. Beide starrten hinaus in die Nacht.

»Aber was können wir tun?«

Durch das Geäst der Blätter schimmerten die ersten silbernen Strahlen des aufgehenden Mondes. Von der Bergbahn zog ein Krähenpaar herüber.

Kaltenbach hob den Kopf. »Woher wissen die beiden, wohin sie fliegen?«

»Vielleicht wissen sie es nicht«, antwortete Luise stockend.

Kaltenbach sah sie an.

»Aber sie fliegen«, sagte er leise.

KAPITEL 14

Als Kaltenbach die Augen öffnete, war es heller Tag. Er atmete die frische Morgenluft tief ein und streckte sich. Lange hatte er nicht mehr so gut geschlafen wie in dieser Nacht.

Der Wecker zeigte halb neun. Von draußen schien die Maisonne herein. Noch einmal streckte er sich ausgiebig und stand dann auf. Vor dem Fenster sah er die ersten Spaziergänger den Brandelweg entlangwandern. Frau Gutjahr werkelte in ihrem Garten.

Natürlich klang der gestrige Abend in ihm weiter. Es überraschte ihn selbst, dass er an diesem Morgen so gut gelaunt war. Ob es der leise Stolz darüber war, den Weg vom Schauinsland ins Tal hinunter ein zweites Mal in der Gondel geschafft zu haben?

Dabei waren die Konflikte, die ihn beschäftigten, immer noch nicht gelöst. Im Gegenteil. Die Entscheidung zwischen den beiden Auftritten am Samstag konnte er nicht länger hinausschieben. Alles andere wäre unfair. Er hatte sich daher entschlossen, heute Morgen vor der Fahrt ins Höllental bei Robbi vorbeizufahren. Vielleicht sah er dann klarer.

Der Abschied von Luise war von einer seltsamen Mischung aus Hoffnung und Ungewissheit begleitet. Er spürte, dass beide nicht wussten, wie es nun genau weitergehen sollte.

Während er frühstückte, blätterte Kaltenbach durch die Sonntagszeitung. Inzwischen wurde die Mordserie in aller Ausführlichkeit abgehandelt. Kaltenbach überflog die Artikel, doch er konnte nichts Neues entdecken. Allerdings hatte die Polizei mittlerweile bestätigt, dass aus dem Hause Hertzogs anscheinend nichts gestohlen wurde. Je weiter er las, desto mehr spürte Kaltenbach, wie die Schatten zurückkamen und sich in den sonnigen Maitag mischten. Es half nichts. Er konnte nichts anderes tun, als den Weg zu Ende zu gehen.

Er warf die Zeitung in den Papierkorb, räumte das Geschirr ab und brühte sich eine zweite Tasse Kaffee auf. Ehe er losfuhr, nahm er sich Wagners Ordner vor.

Auf der Liste standen noch drei Orte: die Hölle, die Hochburg und ein weiteres Mal Tennenbach. Kaltenbach musste schmunzeln, als er Wagners Zitatangabe und Tells Erklärung dazu las.

›In Emmendingen alles recht gut und brav; hinter Freiburg in die Hölle, einen guten Tag mit Schlossers und den Mädels.‹

Mit Goethes Tagebucheintrag war natürlich das heutige Höllental hinter Freiburg gemeint. Ob der Dichterfürst in einer Vision die täglichen Staus im Osten Freiburgs vorhergesehen hatte?

Ähnlich wie bei den vorherigen Ortsangaben fehlten auch hier konkrete Hinweise, außer dass Tell ›Hofgut Sternen‹ und ›Übernachtung G.‹ an den Rand geschrieben hatte.

Es musste fürs Erste genügen.

Robert Metzdorf wohnte mit seiner Frau im Freiburger Osten in einem hübschen Haus im Grünen. Kaltenbach war gespannt. Er hatte Robbi seit Jahren nicht privat getroffen. Er wusste nur, dass er inzwischen eine überaus erfolgreiche Anwaltskarriere eingeschlagen hatte.

Als Kaltenbach läutete, empfing ihn Robbi in Jeans und T-Shirt. Trotz seiner verstrubbelten blonden Haare sah er aus, als sei er schon eine Weile wach.

Er schien nicht überrascht, Kaltenbach zu sehen.

»Hey, komm rein! Kaffee?«

Kaltenbach staunte nicht schlecht, als er das Haus von innen sah. Alles war modern und für seinen Geschmack etwas zu vornehm eingerichtet. Die Möbel waren neu und sparten nicht mit gewagten Farben. Neben einem knallroten Sofa stach vor allem eine jener extravaganten Designerlampen ins Auge, bei der man zuerst einmal den Schalter suchen musste. Das einzige verspielte Element bildete ein mannshoher, aus Kugeln und Würfeln zusammengesetzter Zimmerspringbrunnen, der neben dem Fenster vor sich hin gluckerte.

»Meine Frau«, sagte Robbi und wies mit ausladender Geste um sich. »Anders als früher. Weißt du noch?«

Kaltenbach musste grinsen, als er an die frühere Wohngemeinschaft in Herdern dachte. Ein Gegensatz, der nicht krasser hätte sein können. Damals hatte die Einrichtung ausschließlich aus Sperrmüllfundstücken bestanden und mit jedem Wechsel eines der Mitbewohner ihr Aussehen geändert.

»Dafür musste sie mir versprechen, sich bei mir nicht einzumischen.« Er drückte Kaltenbach eine der beiden Tassen in die Hand. »Komm, ich zeige dir mein Reich.«

In den sauber aufgeräumten Keller fiel vom Garten her das Tageslicht herein. Robbi öffnete eine der Türen und trat ein.

»Voilà! Willkommen in meiner Höhle.«

Das erste, was Kaltenbach auffiel, waren die Regale. Hier konnte selbst seine Platten-Sammlung in Maleck nicht mithalten. Von den vier Wänden des fensterlosen Raumes waren drei nahtlos gespickt mit Schallplatten, CDs und DVDs. Sorgfältig beschriftete Chromdioxidkassetten füllten einen halben Schrank. Im vierten Regal standen Bücher, Bildbände, prall gefüllte Stehordner und Schachteln mit Aufklebern. Die Zimmerdecke war mit Postern, Fotografien und Plattenhüllen dekoriert.

Kaltenbachs Augen wurden noch größer, als er die Gitarren sah. Stratocaster, Telecaster, ein Precision-Bass, drei Gibson, darunter eine Les Paul – allesamt Instrumente von Robbis und Kaltenbachs Gitarrenidolen aus den Sechzigerjahren.

Eine ebenso stattliche Sammlung hochwertiger Westerngitarren schloss sich daran an.

Robbi bereitete es sichtlich Freude, Kaltenbach seine Schätze zu zeigen. »Das ist noch nicht alles«, sagte er und wies auf eine schmale Tür, die Kaltenbach bisher nicht beachtet hatte.

Der Raum dahinter war nicht größer als eine Heimsauna. Wände und Decke waren komplett mit Schaumstoff ausgekleidet, ein dicker weicher Teppich bedeckte den ganzen Boden. Außer einem Stuhl und einem Mikrofon gab es nichts.

Dennoch wusste Kaltenbach sofort, was es war.

»Ein Tonstudio!«, rief er überrascht. »Robbi, du bist der Größte!«

»Mein persönliches Patentrezept gegen die Midlife-Crisis«, grinste er. »Bewahrt mich vor zu viel Nordic Walking und jungen Freundinnen.« Dann wies er auf die Instrumente.

»Greif zu! Alle Ehre dem Gast!« Er selbst nahm eine der akustischen Gitarren, setzte sich auf einen Hocker und begann zu spielen. »When I get up in the morning blues is in my bed …«

Kaltenbach ließ sich nicht zweimal bitten. Er griff sich eine Martin und nahm sofort den Rhythmus auf.

»… and when I get down for breakfast blues is even in my bread.«

Ein selbst gestrickter kleiner Song, den Robbi vor Ewigkeiten nach einer durchzechten Nacht improvisiert hatte und den sie früher oft zusammen gespielt hatten.

Es war wie damals. Wenn Kaltenbach in die Musik einstieg, konnte er alles um sich herum vergessen. Sein Herz wurde leicht, sein Kopf frei. Alles war gut und alles war möglich.

Nach einer Viertelstunde stellte Kaltenbach die Martin auf den Ständer zurück.

»Hör mal, Robbi«, begann er, »wegen dem Auftritt am Samstag. Wir müssen reden.«

Gegen halb eins kam Robbis Frau vom Freundinnenfrühstück nach Hause. Sigi nickte Kaltenbach zu und begrüßte ihren Gatten mit einem auffordernden: »Der Berg ruft!«

»Der Berg und die Ehefrau!«, meinte er achselzuckend.

»Und der Winterspeck!« Sigi tätschelte ihrem Gatten liebevoll den Bauch.

»Tut mir leid, Lothar. Aber wir haben heute noch etwas vor.« »Also wegen Samstag …«

»Alles klar«, meinte Robbi nur.

»So machen wir's.«

Während er den Weg aus der Siedlung heraus zurück zur Hauptstraße suchte, spürte Kaltenbach, wie er seinen Freund um dessen unglaublichen musikalischen Möglichkeiten beneidete.

Doch umso mehr beeindruckte ihn der ungezwungene, respektvolle Umgang miteinander, der die Beziehung zwischen Robbi und Sigi seit vielen Jahren lebendig hielt.

Er musste sich eingestehen, dass Luise wohl recht hatte. Der romantische Träumer von damals hatte sich schon viel zu lange viel zu tief vergraben. Viel zu oft stand ihm sein Kopf im Weg. Das ständige Abwägen, das Tüfteln, der fehlende Mut, Entscheidungen zu treffen. Er musste wieder lernen, sich fallen zu lassen. Einfach so. Wie er es früher so gut konnte.

An der Ampel zur B 31 setzte er kurz entschlossen den Blinker nach links, zurück in die Stadt. Er musste die Initiative ergreifen. Er musste Luise zeigen, dass er es ernst meinte. Und bei genauer Betrachtung bot der gestrige Abend auf dem Schauinsland trotz aller aufgebrochenen Unsicherheiten die beste Voraussetzung dafür. Warum sollte er nicht Luise überraschen und sie einladen, mit ihm zur Ravennaschlucht zu fahren?

In ihrem Haus in St. Georgen blieb auch nach zweimaligem Läuten alles still, bestimmt hatte sie wieder ›Dienst‹ in ihrer Galerie, wie sie es nannte. Als fuhr Kaltenbach weiter in die Stadt. Mit der Vespa war es ein Leichtes, im Gewimmel der Gässchen und Einbahnstraßen den Weg zu finden.

Er parkte am Rande des Klosterplatzes und lief mit dem Helm unterm Arm die wenigen Schritte zur Galerie. Durch die beiden großen Fenster sah er, dass sich in dem flachen Gebäude etwas regte. Statt auf dem Weg lief er über das Gras am Rande des Grundstücks zu dem Haus. Obwohl es Mittagszeit war, brannte in dem großen Raum das Licht. Zusätzlich waren die Fotografien und Skulpturen mit kleinen Strahlern angeleuchtet. Besucher waren keine zu sehen.

Luise saß auf einem Stuhl am Tisch, den Kopf in die Hände gestützt, als sich im hinteren Teil der Galerie die Tür öffnete. Als sie Jamie erblickte, sprang sie auf und lief zu ihm. Im nächsten Moment fiel Luise ihm in die Arme. Jamie fuhr ihr mit der Hand über den Kopf.

Kaltenbach zuckte zurück, das Blut schoss ihm in den Kopf. Rasch trat er einen Schritt zur Seite und presste den Rücken an die Wand.

Das war es also! Sein Gefühl hatte ihn doch nicht getrogen. Von Beginn an war ihm der Kanadier verdächtig vorgekommen. Luise und Jamie. Wie konnte er nur so naiv sein?

Er atmete tief durch und schlich dann vorsichtig zurück zur Straße. Von Weitem sah er die beiden immer noch stehen. Jetzt war klar, warum sie so zurückhaltend war. Sie sah in ihm den guten Freund, den sie nicht enttäuschen wollte. Nicht weniger.

Aber auch nicht mehr.

›Vom Himmelreich ins Höllental!‹

Der Sarkasmus dieses viel zitierten Satzes aus den Schwarzwälder Tourismusprospekten hämmerte in Kaltenbachs Schädel, der sich anfühlte wie eine umgestoßene Blumenvase. Der Verkehr auf der viel befahrenen Bundesstraße rauschte an ihm vorbei. Er hatte keine Augen für den ›Hirschsprung‹, jene spektakuläre Engstelle, an der der Sage nach einst ein Hirsch mit einem gewaltigen Satz seinen Häschern entkommen war.

Am liebsten hätte er alles hingeschmissen. Die letzten Tage und Wochen kamen ihm mit einem Mal völlig sinnlos vor. Wenn er ehrlich zu sich selber war, hatte er nichts erreicht. Gar nichts.

Die Spurensuche nach Wagners Angaben hatte nichts Konkretes ergeben. Seine Recherchen zu den drei Todesfällen steckten in der Sackgasse. Und jetzt Luise.

Statt nach Hause war er nach dem Besuch in der Galerie völlig in Gedanken von Freiburg aus seinem ursprünglichen Plan gefolgt und ins Höllental gefahren. Jetzt lag Falkensteig bereits hinter ihm, und bis Hinterzarten gab es keine Möglichkeit, auf der dreispurig ausgebauten Straße zu wenden.

Außer beim Zugang zur Ravennaschlucht, dort, wo er eigentlich sowieso hinwollte. Fast hätte er die Ausfahrt unmittelbar vor dem Serpentinenaufstieg hoch in den Schwarzwald verpasst.

Kaltenbach fuhr seine Vespa auf den großen Parkplatz unterhalb des Eisenbahnviadukts und schaltete den Motor ab. Er konnte so nicht weiterfahren. Stattdessen musste er dringend wieder zur Besinnung kommen.

Seit Jahrhunderten war dieser Ort für die Bewohner der Gegend etwas Besonderes. Das Tal verengte sich an dieser Stelle zu einem der wenigen passierbaren Durchgänge über die Berge. Die frühesten Gebäude waren eine Kapelle und eine Zollstation. Und natürlich ein Rasthaus. Die Strecke, die heute mit dem Auto in weniger als einer Stunde zurückgelegt wurde, dauerte damals mit Kutsche und Pferd mehrere Tage.

Heute parkten hier lange Reihen Reisebusse mit spanischen, holländischen und norddeutschen Kennzeichen. Einige der Fahrer standen beieinander und rauchten.

Auch das heutige Hotel ›Zum Sternen‹ hatte mit dem einfachen Gasthof zu Goethes Zeiten nichts mehr gemein. In den letzten Jahren war ein überdimensionaler Bau entstanden. Es gab mehrere Stockwerke mit ausladenden, blumengeschmückten Balkonen. Überall gab es dunkles Holz mit Schnitzereien, dazwischen Bilder mit dem, was für die Gäste als schwarzwaldtypisch gelten sollte – Täler und Höhen, Fichten und Tannen, Auerhähne und Bollenhüte. Um den großen Hof davor mit Tischen, Bänken und einem Brunnen gruppierten sich zwei Souvenirläden, ein Sternerestaurant, ein Schnellimbiss und eine Glasbläserei. Über allem erhoben sich die riesigen Bögen des steinernen Eisenbahnviadukts, einem Meisterwerk der Ingenieurskunst der früheren Jahre.

Kaltenbach holte sich eine Rote mit Senf und suchte sich ein Plätzchen auf den Treppenstufen eines angrenzenden Wirtschaftsgebäudes.

Es mussten Hunderte von Ausflüglern sein, die sich hier drängten. Die meisten waren frühsommerlich gekleidet, fast alle trugen eine Kamera mit sich.

In dem bunten Treiben kam er sich ziemlich verloren vor. Es gab unterschiedliche Reisegruppen, Eltern mit Kindern, Rentnerehepaare, Studentencliquen, sogar zwei Schulklassen auf Klassenfahrt. Außer Kaltenbach schien auf der Welt heute niemand allein zu sein.

Kaltenbach kaute ohne große Begeisterung auf seiner Bratwurst herum. Das Beste würde sein, den Sonntag und das schöne Wetter zu nutzen, um noch ein Stück in den Schwarzwald hoch zu fahren. Vielleicht fiel ihm ja unterwegs ein, wie es weitergehen könnte.

Ein paar Schritte abseits hatte es sich eine junge Familie gemütlich gemacht. Die beiden Erwachsenen zeigten sich gegenseitig Fotos auf ihren Mobiltelefonen, das größere der beiden Kinder, ein Mädchen, steckte sich rot-weiß verschmierte Pommes in den ebenso verschmierten Mund. Der Kleine wackelte auf der Suche nach Käfern und Steinchen auf krummen Beinen umher.

Kaltenbach beobachtete belustigt, wie der Junge alle paar Schritte stolperte, hinfiel und es dann erneut versuchte. Es war offensichtlich Schwerstarbeit, sich hochzustemmen und immer wieder das Gleichgewicht zu finden. Doch das Kind ließ sich nicht entmutigen. Zwischendurch klatschte es vor Freude in die Hände, nur um anschließend wieder auf dem gut gepolsterten Hintern zu landen.

»Per aspera ad astra!«

Ein Herr um die 70 ließ sich ächzend neben ihm auf die Treppenstufen nieder. Trotz des warmen Wetters trug er eine dicke Hose, feste Schuhe, Hemd, Pullover und einen jagdgrünen Janker. Sein rosiges Gesicht zierte ein schlohweißer Backenbart, auf dem Kopf trug er einen Panamahut. Zwischen seine Beine stellte er eine Kameratasche und eine Ledermappe ab. Daneben legte er einen mit kleinen Abzeichen geschmückten Spazierstock.

»Der Weg zu den Sternen ist steinig!«, dozierte er und wies zu der Familie im Gras hinüber.

»Die Menschen sollten sich ein Beispiel an den Kindern nehmen. Die geben nie auf. Versuchen es so lange, bis sie es können. Immer wieder.«

Der Mann atmete schwer. Zwischen den kurzen Sätzen musste er stets tief Luft holen.

»Auch wenn es dauert. Auch wenn es wehtut.«

Er zog ein weiß-blau gewürfeltes Taschentuch heraus und begann, sich den Schweiß von Stirn und Hals abzutupfen.

»Entschuldigung«, sagte er, »jetzt habe ich mich einfach zu Ihnen gesetzt, ohne zu fragen.« Er deutete im Sitzen eine Verbeugung an und lüftete ein klein wenig den Hut. »Professor Ludwig Mayerhofer, Universität Regensburg. Professor im Unruhestand«, fügte er mit einem Lächeln hinzu.

Kaltenbach kam nicht umhin, sich ebenfalls vorzustellen. Irgendwie stand ihm gerade der Sinn auf das Gespräch. Der Alte amüsierte ihn in seiner Steifheit.

»Soso, Weinhändler? Damit könnten sie bei uns in Bayern nicht reich werden.«

Der Professor gehörte offensichtlich zu der Generation seiner Landsleute, in der Getränke ausschließlich aus Hopfen und Malz hergestellt wurden.

»Was bringt Sie den weiten Weg hier her in den Schwarzwald?«, griff Kaltenbach höflich die Konversation wieder auf. »Sind Sie als Tourist unterwegs?«

Mayerhofer zog die Stirn in Falten. »Tourist?«, sagte er in einem Ton, als habe er sich an dem Wort die Zunge verbrannt. »Ein Professor der Universität Regensburg ist auch auf Reisen immer im Dienste des Wissens. Ich bin sozusagen auf Bildungsreise. Freiburg, Basel, Colmar, Straßburg – der deutsche Südwesten ist eine wahre kulturelle Schatzkammer.«

Kaltenbach verkniff sich einen Hinweis auf die politische Großzügigkeit seines Gegenübers. »Und hier machen Sie Pause?

»Pause?« Mayerhofers Blick legte noch eine Spur Strenge zu. Für einen Moment fühlte sich Kaltenbach in seine Schulzeit zurückversetzt.

»Mir scheint, dass Sie, junger Mann, Ihre eigene Heimat nicht kennen. Wir befinden uns hier auf historischem Boden. Schon der Brautzug der Habsburger Prinzessin Maria Antonia, die spätere französische Königin Marie Antoinette, machte 1770 hier Station.«

Kaltenbach nickte. Auf einem der großen Wandbilder des Hotel Sternen war die berühmte Szene festgehalten. In Emmendingen erzählten sie sich dieselbe Geschichte.

»Und Goethe natürlich.« Die Augen des Professors wechselten von Strenge zu Verklärung. »Goethe! Der ewig Forschende, der immer Suchende! Der Fürst unter den Großen Europas!«

Kaltenbach wurde aufmerksam. Der Professor erinnerte ihn daran, weshalb er eigentlich herkommen wollte.

»Ein kunsthistorisch interessierter Mensch darf es nicht versäumen, die Stätte zu besuchen, an der Meister des Wortes persönlich genächtigt hat.«

»Und – haben Sie sie besucht? Die Stätte meine ich.« Kaltenbachs Amüsiertheit über die gestelzte Sprache des Professors war mit einem Mal verschwunden.

Der Professor seufzte und tupfte sich erneut die Stirn.

»Es ist betrüblich«, stieß er hervor. »Höchst betrüblich. Es gibt keinen Anstand mehr heutzutage. Keinen Respekt vor wahrer Größe. Nicht einmal vor dem Erbe unserer Kultur.« Er deutete mit seinem Spazierstock auf ein etwas abseits stehendes Haus, das Kaltenbach bisher zu den Verwaltungsgebäuden gerechnet hatte. »Das Goethehaus. Vielfach umgebaut und erweitert. Dennoch ein sprechender Zeuge einer großen Zeit.«

»Und?« Kaltenbach wurde ungeduldig.

»Man hat mir den Zutritt verwehrt! Mir, Professor Ludwig Mayerhofer von der Universität Regensburg. O tempora, o mores!«

Das weiß-blaue Taschentuch kontrastierte inzwischen sichtbar zu der immer mehr ins Rot wechselnden Gesichtsfarbe.

»Was ist passiert?«

»Es sei eingebrochen worden, heißt es. Gestern schon. Und ehe die polizeilichen Ermittlungen nicht abgeschlossen sind, könne der Raum nicht freigegeben werden.« Der Professor schüttelte den Kopf. »Wer könnte wohl mehr zur Aufklärung beitragen als ich?«

Mit einem Schlag kehrten Kaltenbachs Gedanken wieder zu seinen Ermittlungen zurück. Das konnte kein Zufall mehr sein! Zuerst der unbekannte Interessent in Staufen, jetzt der Einbruch. Und beides kurz nach dem Mord an Hertzog.

»Was war das für ein Raum? Wurde etwas gestohlen?«

»Die Polizei sagt nichts. Die Besitzer sagen nichts. ›Zutritt für Unbefugte verboten!‹, heißt es. Ha! Unbefugt!«

»Wissen Sie, was sich normalerweise dort befindet?«, hakte Kaltenbach nach. »Etwas Historisches? Etwas Wertvolles?«

Der Professor sah ihn resigniert an. »Historisch? Wertvoll? Sehen Sie, das ist genau der Kummer mit den jungen Leuten heute. Nützlichkeitsdenken überall. Was nichts kostet, ist nichts wert.« Er setzte sich aufrecht. »Alles, was Goethe betrifft, ist historisch und wertvoll. Es gab einige originale Möbelstücke von damals, etliche Stahlstiche von wichtigen Persönlichkeiten. Sogar eine handschriftliche Notiz auf einer alten Rechnung. Ist allerdings bisher nicht verifiziert worden, soviel ich weiß.«

Für den Professor schien das Gespräch beendet zu sein. Er stemmte sich mit dem Spazierstock hoch, hängte sich seine Kameratasche um und griff nach seiner Mappe. »Und jetzt entschuldigen Sie mich, junger Mann. Mein nächstes Ziel ruft. Das Hosannaläuten im Freiburger Münster. Wird Ihnen hoffentlich ein Begriff sein.«

Kaltenbach stand ebenfalls auf. Er sah dem Professor nach und ging dann zum Eingang des Goethehauses. Die Tür war tatsächlich verschlossen. Ein handgeschriebenes Schild in Augenhöhe bestätigte die Worte Mayerhofers.

In der Wand neben dem Eingang war eine kleine schmiedeeiserne Tafel eingelassen: ›Goethe war hier zu Gast am 29.9.1779‹.

Nachdenklich machte sich Kaltenbach wieder auf den Weg. Was hatte der Einbrecher gesucht? Wieder hatte Wagner ein Rätsel hinterlassen.

KAPITEL 15

Das schöne Wetter am Nachmittag lud zu einer kleinen Extratour ein. Von Stegen aus fuhr Kaltenbach hoch nach St. Peter und danach in großem Bogen über den Kandel zurück. Hinter Sexau hielt er an einer der Verkaufsbuden am Rande der Felder und kaufte zwei Pfund Spargel und ein paar Erdbeeren. Als er in seiner Küche im Brandelweg das Abendessen vorbereitete, war sein Optimismus wieder zurückgekehrt.

Nur der Gedanke an Luise versetzte ihm einen Stich. Ihr gemeinsamer Ausflug nach Freiamt, der Spaziergang im Stadtpark, der Kuss auf dem Friedhof – war das alles nur ›nett‹ gewesen? Bildete er sich etwas ein, was es nie gegeben hatte? Vielleicht hatte er seit dem Debakel mit Monika doch noch nicht genug dazugelernt. Vielleicht sah er die Welt weiterhin zu sehr, wie er sie wollte. Und nicht wie sie tatsächlich war.

Der Weg zu den Sternen ist steinig. Der Professor hatte recht. Es war schon etwas dran an den überlieferten Sprüchen der Griechen und Römer. Letztlich kam es darauf an, nicht aufzugeben. Kaltenbach spürte tief in seinem Innersten, dass Luise der Stern war, für den es sich lohnte, sich die Füße wund zu laufen. Jamie hin oder her.

Kaltenbach ließ die gekochten Spargel abtropfen und stellte die Hälfte zum Abkühlen auf Seite. Daraus würde er später einen Salat für morgen anrichten. Zu dem übrigen Gemüse zauberte er mit wenigen Handgriffen eine einfache Buttersoße. Als Getränk wählte er einen Klingelberger Riesling aus der Ortenau. Onkel Josef würde es ihm verzeihen, dass er heute Abend die Konkurrenz bevorzugte.

Nach dem Essen räumte er ab und spülte das Geschirr. Seine Laune hatte sich durch die schmackhaften Spargel noch einmal gebessert. Der Blick in die Fernsehzeitschrift kündigte einen neuen Tatort aus Konstanz an.

Kaltenbach freute sich darauf. Vor allem Kommissar Perlmann hatte es ihm angetan. Wahrscheinlich weil er sich mit Frauen ebenso ungeschickt anstellte wie er.

Gerade hatte er sich mit einem Glas Wein hingesetzt, als es an der Tür läutete. Zu Kaltenbachs größtem Erstaunen stand seine Nachbarin in der Tür.

»Frau Gutjahr! Mit Ihnen habe ich nicht gerechnet!«

Die rüstige Dame aus dem Haus gegenüber lächelte etwas verlegen und hielt ihm einen Bund Radieschen entgegen. »Ich dachte, die könnten Sie vielleicht brauchen.«

Kaltenbach bedankte sich höflich. Er wusste sofort, dass dies nicht der einzige Grund für den Besuch sein konnte. Normalerweise spielten sich ihre Begegnungen im Garten oder auf der Straße vor dem Haus ab.

Er hatte richtig vermutet.

»Es ist da noch etwas.«

Wie jedes Mal, wenn es etwas besonders Wichtiges gab, wechselte sie ins Hochdeutsche.

»Ich weiß gar nicht, ob ich es sagen soll.« Sie druckste ein wenig herum. »Aber mein Mann hat gesagt, geh rüber. Irgendwie ist es mir peinlich. Man will ja nicht als Tratschtante dastehen.«

Kaltenbach wurde neugierig. Er bat sie hereinzukommen, doch sie lehnte erschrocken ab.

»Nein, nein. Ich will Ihnen keine Umstände machen. Auf gar keinen Fall.«

»Dann sagen Sie doch einfach, was los ist.«

Wahrscheinlich hatte der Hund ihrer Enkelin wieder einmal in seinem Garten gebuddelt.

Frau Gutjahr holte tief Luft. »Also, da war einer. Heute Mittag. Ich war im Garten, und dann kam er. Mit einem weißen Auto, so einem dicken Schlitten, wie es sie heutzutage gibt. Ich habe schon am Auto gesehen, dass der nicht von hier ist. Und wie komisch der geguckt hat, als er ausgestiegen ist. Wie wenn ihm einer hinterher wäre. Ich hab's genau gesehen. Ich war ja im Garten!«

»Und dann?«

»Dann ist er zur Tür, also zu Ihrer Tür. Und dann hat er geklingelt. Ich habe gedacht, der Herr Kaltenbach bekommt Besuch am Sonntagnachmittag, das ist aber nett. Aber gekannt habe ich ihn nicht.«

»Wie hat er denn ausgesehen?«

Frau Gutjahrs Stirn bekam eine große senkrechte Falte, als sie versuchte, sich zu erinnern. »Wie er ausgesehen hat? Normal halt. So wie Sie. Ein Jackett hat er angehabt. Richtig chic.«

»Brille? Bart? Etwas Auffälliges?«

»Nein, nichts Auffälliges. Aber das Auffällige kommt jetzt.« Sie holte noch einmal tief Luft und sprudelte los. »Als er geklingelt hat, haben Sie nicht aufgemacht, denn Sie waren ja nicht da. Ich habe Sie ja mit dem Roller wegfahren sehen. Und ich dachte, wieso kommt der zu Besuch, wenn gar niemand da ist. Das müsste der doch gewusst haben. Und dann hat er wieder so geguckt, als ob einer hinter ihm her wäre. Und dann ist er um das Haus herumgegangen.«

»Wie bitte?«

»Ja! Durch den Garten, an der Garage vorbei und hintenrum. Und immer hat er geguckt. Aber er hat mich nicht gesehen, ich war gerade in den Himbeeren.«

»Und dann?«

»Dann ist er wieder in sein dickes Auto eingestiegen und ist fortgefahren.«

»Können Sie sich an die Nummer erinnern?«

»Vu Friburg isch er gsi!«, fiel Frau Gutjahr wieder zurück in ihren gewohnten Zungenschlag. Es klang, als ob aus so einer großen Stadt nichts Gutes kommen könne.

Kaltenbach hatte mit wachsender Spannung zugehört. Er bedankte sich für die Radieschen und verabschiedete sich. Nachdenklich stieg er die Holztreppe zu seiner Wohnung hoch.

Wer konnte das gewesen sein? Im Briefkasten hatte er keine Nachricht gefunden. Was hatte das zu bedeuten?

Während sich Perlmann und Klara Blum wieder einmal in ein grenzüberschreitendes Kompetenzgerangel mit ihren eidgenössischen Kollegen verhedderten, war Kaltenbach nur halb bei der Sache. Die Angst kam zurück. Was wollte der Unbekannte?

Bevor er zu Bett ging, stieg er noch einmal die Treppe hinunter, schloss zweimal die Tür ab und legte die Kette davor. Seit Monikas Auszug hatte er das nicht mehr getan. Und obwohl er im zweiten Stock wohnte, verriegelte er die Balkontür und schloss alle Fenster.

Sicher war sicher.

KAPITEL 16

In der Nacht schlief Kaltenbach unruhig. Ein paar Mal
schreckte er auf, weil er glaubte, ein Geräusch in der Wohnung gehört zu haben. Gegen halb vier fuhr ein Auto durch
den Brandelweg. Er beruhigte sich erst wieder, als ihm einfiel, dass das Motorengebrumme zu dem Toyota der Stu-
dentin gehörte, die am Ende der Straße wohnte.

Als er morgens um neun zur gewohnten Zeit den ›Weinkeller‹ aufschloss, fühlte er sich so gerädert, als sei die
Woche bereits wieder zu Ende.

Die Zeitung hatte er mit in den Laden genommen. Natürlich beherrschten die drei Morde weiterhin die Schlagzeilen.

Grafmüller hatte aus den spärlichen Informationen, die
die Polizei freigegeben hatte, das Beste gemacht. Doch in
allen Artikeln fand Kaltenbach außer einigen zusätzlichen
Spekulationen nichts Neues. Drei Tage nach Hertzogs Tod
gab es immer noch keine konkreten Anhaltspunkte.

Vor allem das Motiv blieb weiterhin völlig im Unklaren.
Es gab keine Gemeinsamkeiten zwischen den drei Taten.
Einige Stimmen gingen sogar so weit, die Aufeinanderfolge
der schrecklichen Ereignisse als Zufall hinzustellen. Entsprechend wurde die Polizei aufgefordert, von zwei, wenn
nicht gar von drei verschiedenen Tätern auszugehen und
ihre Anstrengungen entsprechend zu verstärken.

Für Kaltenbach passte besonders der Tod der Schlosser-
Darstellerin nicht ins Bild. Ob sie in Freiburg in irgend-
einer Weise Kontakt zu der Loge hatte? War Auwarter
der Unbekannte in Maleck? Frau Gutjahrs Beschreibung

sprach zumindest nicht dagegen. Er würde bei der nächsten Gelegenheit herausbekommen müssen, ob Auwarter ein weißes Auto fuhr.

Er überlegte, ob Luise ihm helfen könnte. Sein Herz schlug schneller, wenn er an sie dachte. Ihm war zum Heulen zumute. Doch er durfte sich nicht noch mehr zum Narren machen. Er musste die Aufklärung allein zu Ende führen. So wie er es begonnen hatte.

Es wurde immer wahrscheinlicher, dass Kaltenbach nicht der Einzige war, der Wagners Liste kannte. Ein Konkurrent, der vor einem dreifachen Mord nicht zurückschreckte. Kaltenbach schauderte bei dem Gedanken an die letzte Nacht. Er musste vorsichtig sein.

In der Mittagspause nahm er sich beim türkischen Imbiss eine Portion Falafel mit auf den Weg, ehe er zur Hochburg fuhr.

Als Kind war er oft dort oben gewesen. Die stattliche Burg auf dem Bergrücken zwischen Windenreute und Sexau mit ihren bröckligen Mauern, den Fensterhöhlen und den blinden Gängen war ideal zum Spielen.

Seit er in der kleinen Wohnung in Maleck wohnte, musste er nur aus dem Küchenfenster sehen, um den Anblick des imposanten Bauwerks zu genießen. Seit einiger Zeit sogar nachts, seit die Stadtverwaltung das Geld für eine stilvolle Beleuchtung bewilligt hatte.

Es wäre eine merkwürdige Laune des Schicksals, wenn die Lösung ausgerechnet vor Kaltenbachs Haustür liegen würde.

Vom Parkplatz an der Straße lief Kaltenbach den Fußweg nach oben. Gleich hinter dem Eingangstor, das wie immer offen stand, setzte er sich auf einen der Mauerreste, die überall herumlagen.

Nachdenklich betrachtete er die Zeichnung aus Wagners Ordner.

›Einzige erhaltene Skizze Goethes aus dem Breisgau!‹, hatte Tell in einem Kommentar hinzugefügt.

Auf seinen Reisen hatte der Dichterfürst immer wieder Bleistiftbilder und kleine Aquarelle angefertigt. Während seines Aufenthalts in Emmendingen musste er von dem stattlichen Bauwerk beeindruckt gewesen sein.

Goethe hatte den großen Giebel des Haupthauses festgehalten, dazu Mauern, Fenster, Erker und das Eingangstor. Ein paar stilisierte Bäume und Sträucher umrahmten das Ganze.

Die Hochburg war schon zur damaligen Zeit eine Ruine gewesen. Es fiel Kaltenbach nicht leicht, in dem Bild die Hochburg zu erkennen, wie sie sich vor ihm präsentierte. Je länger er die Skizze betrachtete, umso mehr kam es ihm vor, als stimme etwas nicht.

Einziger Anhaltspunkt war der Torbogen. Doch davon gab es mehrere.

Kaltenbach lief einmal um die Burg herum und verglich immer wieder das, was er sah, mit der Skizze auf dem Blatt. Nach einer Viertelstunde war er wieder zurück an der Eingangspforte angelangt. Es war enttäuschend. Nirgendwo hatte er eine Ähnlichkeit entdeckt.

Dieses Mal setzte er sich auf die Bänke direkt unterhalb der Innenmauer. Über ihm türmten sich roh behauene Steine, die vor Jahrhunderten den Burgbewohnern Schutz geboten hatten. Überall um ihn herum lagen verstreute Brocken in allen Größen, meist von Gras und Efeu überwuchert.

Von hier aus hatte man einen herrlichen Blick hinunter ins Tal. In der Ferne ragte die dunkle Silhouette des Kaiserstuhls aus der Rheinebene empor. Vor ihm lag Windenreute, dahinter Emmendingen. Auf einem der Vorberge nach Norden hin klebten die Häuser von Maleck wie Vogelnester. Die weiß leuchtende Friedhofskapelle am Ende des Brandelwegs war gut zu erkennen.

Kaltenbach hatte kaum einen Blick für das Panorama übrig. Es sah so aus, als sei auch dieser Hinweis Wagners ein Fehlschlag. Vielleicht war Goethe gar nicht hier oben gewesen und hatte das Ganze als nette Illustration seines Reisetagebuchs frei erfunden.

Kaltenbachs spürte, wie sein Magen knurrte. Die Falafel-Bällchen hatten ihn nicht recht satt gemacht. Er sah hinüber nach Maleck, wo er irgendwo sein Haus glaubte zu erahnen. Die Zeit reichte, um kurz nach Hause zu fahren und sich ein wenig aufs Ohr zu hauen. Bei der Gelegenheit könnte er sich ein, zwei Brote mitnehmen.

Kaltenbach stand auf, steckte das Blatt in die Hosentasche und lief in Richtung Burgtor. Außer ihm war um diese Zeit kein Mensch unterwegs. Ein paar Amseln hüpften durch die Büsche, vom Stamm eines dicken Ahornbaumes lugte ein Eichhörnchen neugierig zu ihm herüber. In den Strahlen der Mittagssonne tanzten die Mücken.

Ein Bild des Friedens. Der Nachhall der Belagerungen und Zerstörungen war seit Hunderten von Jahren verklungen. Nichts erinnerte mehr an die kämpferische Zeit.

Kaltenbach blieb abrupt stehen und schlug sich so fest gegen die Stirn, dass das Eichhörnchen einen überraschten Pfiff ausstieß und wie der Blitz davonhuschte. Wie konnte er nur so naiv gewesen sein?

Der Ahorn vor ihm war keine hundert Jahre alt und sah so aus, als stünde er schon immer da. Die ganzen Bäume, Büsche und Sträucher, das Efeu über den Mauern, das Gras – nichts von alldem hatte Goethe gesehen. Selbst die Wege und Pfade innerhalb der Anlage, alles war völlig anders. Wie konnte er glauben, einfach hereinzuspazieren und eine 200 Jahre alte Vorlage als Orientierung zu benutzen?

Mit einem Mal war Kaltenbach wieder hellwach. Ein bisschen Zeit hatte er noch, um zumindest die Hauptwege noch einmal abzugehen. Er zog das Blatt heraus und strich es glatt.

Dieses Mal konzentrierte er sich ausschließlich auf die Fenster und Torbögen. Das üppige Grün blendete er so gut es ging aus.

In der Nähe des Burgmuseums fiel ihm ein halb verschütteter Eingang unter einem der wenigen erhaltenen Türme auf. Ein Teil des Bogens war eingebrochen. Der Zugang war mit Schutt und Steinen blockiert. Überall wucherten Gras und Brennnesseln. Dazwischen leuchteten vereinzelt goldene Löwenzahnblüten.

Kaltenbach hielt das Blatt mit ausgestrecktem Arm vor sich. Das meiste, was Goethe gezeichnet hatte, war nicht mehr zu sehen. Einige der Fenster waren zugemauert, andere eingestürzt. Die Stützmauer war an der Außenseite in der Mitte wahrscheinlich durch einen Blitzschlag geborsten. Ein üppiger Haselstrauch hatte es sich in dem Spalt breit gemacht.

Kaltenbachs Herz klopfte. Sein Blick fuhr wieder und wieder die Umrisslinien entlang. Das war es! Er hatte die Stelle gefunden.

Vorsichtig kletterte er die kleine Böschung hinunter. Aus der Nähe sah er, dass der Zugang nicht völlig versperrt war. Ein schmaler Pfad führte am Rande des Schutthügels entlang nach innen.

Kaltenbach bog die mannshohen Nesseln zur Seite und schlüpfte hinein. Genauso hatten sie es als Kinder gemacht, immer auf der Suche nach dem besten Versteck. Ihn packte das Jagdfieber. Er hatte es gewusst! Seine Vermutung war richtig gewesen! Jetzt musste er nur noch die gekennzeichnete Stelle finden.

Im Halbdunkel tastete er sich die Wand entlang. Seine Hand fuhr über den feuchten Stein. Kleine Mooskissen wucherten überall.

Dann sah er es.

Das spärliche Licht fiel auf eine Stelle im Mauerwerk, die sich deutlich vom Rest der Wand abhob. Beim näheren Hinsehen entdeckte Kaltenbach einen halben Meter über der Erde eine halb zugemauerte Öffnung. Ein paar Steine auf dem Boden sahen aus, als seien sie erst kürzlich herausgebrochen worden. An den Rändern waren Spuren zu sehen, die von einem Werkzeug herrühren konnten.

Kaltenbach ärgerte sich, dass er keine Taschenlampe dabei hatte. Er trat nahe an die Wand heran und tastete mit seiner rechten Hand in die Öffnung. Plötzlich hörte er ein Geräusch hinter sich.

»Da wirst du nichts finden, Freundchen!«

Er fuhr herum. Hinter dem Schutthaufen trat ein Mann hervor, der ihn zornig ansah. In der Hand hielt er ein Stück Holz, das verdächtig nach einem Knüppel aussah.

»Ich habe gewusst, dass du wieder kommst! Eine bodenlose Frechheit ist das!«

Kaltenbach war völlig überrascht. Er brauchte einen Moment, ehe er eine Antwort fand. »Ich bin hier heruntergestiegen, weil …«

»Weil du glaubst, es sieht dich keiner? Da hast du dich getäuscht. Ein Günter Bär sieht alles!«

Kaltenbach trat einen Schritt vorwärts, doch der Mann hob drohend den Knüppel.

»Bleib, wo du bist! Und sei froh, wenn ich dich nicht verprügle. Kaputtmachen und klauen, das ist alles, was ihr könnt. Diebespack, elendiges!«

Kaltenbach sah, dass mit dem Mann nicht zu spaßen war, zumal sein stämmiger Oberkörper seinem Namen alle Ehre machte.

»Hören Sie, das ist ein Missverständnis. Ich kann alles erklären.«

Der Bär ging nicht auf ihn ein. Stattdessen zog er ein Handy aus der Hosentasche und rief die Polizei. »So, Freundchen, jetzt gibt es richtig Ärger. Das sage ich dir!«

Zerschunden und frierend kam Kaltenbach mit einiger Verspätung zurück in den Laden. Über eine Stunde hatte er ausharren müssen, bis die Polizei endlich eingetroffen war.

Der Uniformierte hatte nicht weniger finster geschaut, als er den vermeintlichen Kulturgutschänder vor sich sah. Der Gang zur Polizeiwache war Kaltenbach nur deshalb erspart geblieben, weil er seinen Ausweis dabei hatte. Außerdem kannte ihn der zweite Beamte, der im Dienstwagen gewartet hatte, aus dem ›Weinkeller‹.

Bär beruhigte dies keineswegs. »Und wenn du der Kaiser von China bist, eine Anzeige gibt es trotzdem. Und lass dich hier nie wieder blicken, sonst vergesse ich mich!«

Von den beiden Beamten erfuhr Kaltenbach, warum Bär so aufgebracht war. Er gehörte zu einer Gruppe aus der Stadt, deren Mitglieder einen Großteil ihrer Freizeit opferten, das Gebäude und die Anlage instand zu halten und teilweise zu restaurieren. Erst am Morgen, bevor Kaltenbach gekommen war, hatte Bär die herausgebrochenen Steine unter dem Torbogen entdeckt. Er hatte ihn gestellt, weil er in Kaltenbach einen der vielen gedankenlosen Souvenirjäger vermutete.

Kaltenbach stand in seinem Hinterzimmer am Waschbecken und wusch sich Gesicht und Hände. Anschließend zog er ein frisches Hemd an und brühte sich einen extra starken Kaffee auf. Die Milch im Kühlschrank war sauer, doch das konnte ihn nun auch nicht mehr erschüttern.

Viel mehr beschäftigte ihn das, was er auf der Hochburg erlebt hatte. Jetzt gab es keinen Zweifel mehr. Außer ihm war noch jemand auf der Suche. Staufen, Ravenna und jetzt die Hochburg, selbst die Reihenfolge der Orte war identisch.

Dies konnte nur eines bedeuten: Der Unbekannte musste Wagners Liste kennen.

Hatte ihm Wagners Frau doch nicht die ganze Wahrheit gesagt, als sie ihm den Ordner ausgehändigt hatte? Wer wusste noch davon?

Die Orte waren kein Geheimnis. Wagner hatte lediglich bekannte Fakten zusammengefügt. Das konnten auch andere tun, für Tell wäre es sogar ein Leichtes gewesen. Selbst Peschke, Wagners Gehilfe, musste als einigermaßen fachlich versierter Literaturkenner davon gehört haben.

Trotzdem war das Ganze äußerst merkwürdig. Ein Einbruch im Goethehaus, die aufgebrochene Wand auf der Hochburg – was steckte dahinter? Hatte der Unbekannte in Staufen nur deshalb darauf verzichtet, weil es dort ganz offensichtlich nichts zu holen gab?

Und was wollte der Unbekannte von ihm? War es etwa derselbe gewesen, der um sein Haus in Maleck herumgeschnüffelt hatte?

Das Läuten des Telefons holte Kaltenbach aus seinen Gedanken.

»Hast du es gesehen?« Walter kam wie üblich ohne Umschweife zur Sache.

»Was denn?«

»Die Plakate sind draußen. Morgen gibt's den ersten Vorbericht in der ›Badischen‹. Und am Mittwoch im ›Tor‹. Jetzt wird's ernst!« Walters Begeisterung sprang ihm aus dem Hörer förmlich entgegen. »Wir müssen uns natürlich noch einmal treffen. Morgen Abend bei mir. Und am Samstag zwei Stunden vor dem Auftritt. Mindestens.«

Kaltenbach wusste nicht, ob er sich freuen oder ärgern sollte. Wieder einmal hatte sein Freund Tatsachen geschaffen, sodass den andren nichts anderes übrig blieb, als zuzustimmen.

»Da ist noch etwas. Die ›Badische‹ will ein Interview machen. ›Hoffnungsvolle Emmendinger Amateurformation vor dem Debüt‹ oder so ähnlich. Über die Überschrift werden wir natürlich noch reden müssen.«

»Grafmüller?« In dem Moment, als er den Namen aussprach, fiel Kaltenbach ein, dass er den Journalisten seit Tagen nicht gesehen hatte.

»Nein. Der ist auf Mördersuche. Es steht noch nicht fest, wer es macht. Auf jeden Fall soll es am Mittwoch sein. Ginge das bei dir im Laden? Du bist doch dabei, oder? Am besten gleich morgens um neun!«

Kaltenbach hatte kaum Zeit, sich von Walters Überfall zu erholen, als das Telefon erneut klingelte. Gleichzeitig bimmelten die Glöckchen über der Ladentür. Ein älteres Ehepaar und ein jüngerer Mann kamen herein.

Tell war am Apparat.

»Sag mal, ich denke, du arbeitest? Schon zweimal habe ich versucht, dich zu erreichen. Es gibt Neuigkeiten!«

Kaltenbach signalisierte den drei Kunden, dass er sofort kommen würde. Er legte die Hand vor den Hörer, um seine Stimme etwas abzudämpfen. »Neuigkeiten? Was meinst du damit?«

»Ich habe doch gesagt, dass ich für ein paar Sachen ein bisschen länger brauche. War gar nicht einfach, das kannst du mir glauben. Aber ich habe es geknackt.«

»Um was geht es?«, fragte Kaltenbach gespannt.

»Das ist schwierig am Telefon zu erklären. Kannst du noch einmal vorbeikommen? Dauert nicht lange.«

Kaltenbach überlegte. Im Moment konnte er jeden weiteren Anhaltspunkt brauchen. Das musste jetzt schnell gehen.

»Nachher?«

246

»Du meinst, heute noch? Warte.«

Kaltenbach hörte, wie Tell im Hintergrund seine Termine durchging. Die Frau und die beiden Männer sahen derweil betont fragend zu ihm herüber. Kaltenbach zuckte mit den Achseln und wies auf den Hörer.

»Ich habe nachher noch eine Politik-AG«, hörte er Tell vor sich hinmurmeln. »Heute Abend Konzert mit Beate, vorher Essen, Umziehen – okay, so um sieben?«, fragte er. »Wie gesagt, eine halbe Stunde müsste reichen. Oder dann eben in den nächsten Tagen.«

»Nein, nein«, sagte Kaltenbach schnell. »Ich schaffe das schon.«

»19 Uhr Bahnhof Müllheim. Von dort kannst du gleich wieder zurückfahren. Bis dann.«

Kaltenbach legte auf. Er holte tief Luft und ging nach vorn zur Ladentheke.

»Hören Sie mal, junger Mann, so geht das aber nicht! Schon einmal etwas von Dienstleistung gehört?«, schallte es ihm vorwurfsvoll entgegen. Die Frau erinnerte Kaltenbach sofort an seine ehemalige Deutschlehrerin.

»Ein Kunde von außerhalb. Dringende Geschäfte. Sie verstehen?«

»Nein, ich verstehe nicht!« Sie richtete sich auf und hob ihren dünnen Zeigefinger. »Sie müssen noch einiges lernen, junger Mann. Die oberste Regel lautet: Der Kunde ist König. Immer!«

Eine Entschädigung in Form eines kleinen Probeausschanks schlug die erboste Frau aus. Sie drehte sich um und verließ erhobenen Hauptes den Laden, die beiden Männer an ihrer Seite.

Kaltenbach seufzte. Es gab Tage, an denen es nicht einfach war, Geschäftsmann zu sein.

247

KAPITEL 17

Kaltenbach sah aus dem Fenster des roten Doppelstockwagens. Draußen huschten die Felder und Wiesen des Markgräflerlandes vorbei. Überall trugen die Bäume und Sträucher ihr frisches Grün. Salat und Gemüse wuchs kräftig. Der junge Mais stand bereits kniehoch.

In den Spargelfeldern liefen überall Gruppen von Arbeitern durch die Reihen. In der Hochsaison wurde das schmackhafte Stangengemüse zweimal am Tag gestochen und über Nacht zu den Großmärkten gebracht, auch nach Norddeutschland.

Kaltenbach war mit seinen Gedanken schon bei dem bevorstehenden Treffen. Er fragte sich, was an Tells Ergebnissen so kompliziert war, dass er sie ihm nicht am Telefon sagen konnte. Vielleicht gab es ähnlich der Freimaurerschrift wieder eine Art Geheimcode?

Es war höchste Zeit, einen Schritt weiter zu kommen. Immer deutlicher wurde, dass er nicht beliebig viel Zeit hatte. Zumal er nicht wusste, ob der Unbekannte Konkurrent oder Gegner war.

Der Müllheimer Bahnhof war nicht größer als der in Emmendingen. Im Gegensatz dazu lag er jedoch ein gutes Stück außerhalb der Stadt am Rande eines Industriegebietes. Als der Zug hielt, stiegen die Fahrgäste in wartende Autos um oder nahmen den Bus. Der Rest eilte zu den Fahrradstellplätzen.

Kaltenbach warf einen kurzen Blick auf den gelben Fahrplanaushang. Der Gegenzug von Basel kam in einer halben Stunde.

Tell erwartete ihn am Bahnsteig. Als er Kaltenbach sah, warf er eine halb ausgerauchte Zigarette weg. »20 Minuten. Sonst wird Beate sauer.«

Im Bahnhofsbistro waren sie die einzigen Gäste. Hinter dem Tresen werkelte ein sichtlich gelangweilter Ober am Spültisch. Tell orderte zwei Weinschorlen und steuerte einen der drei Tische an. Er öffnete seine Lederaktentasche und legte zwei Blätter auf den Tisch.

»Alles habe ich nicht herausbekommen. Vor allem die vielen Verweise auf ›Herrmann und Dorothea‹ sind ziemlich speziell. Das müsste ich vor Ort machen. Es hat sich zu vieles verändert seit damals.«

Kaltenbach nickte. Er dachte an sein Erlebnis auf der Hochburg und an das Eichhörnchen.

»Wagner verweist hauptsächlich auf Beschreibungen und Dialoge, die er mit Orten in und um Emmendingen in Verbindung bringt«, fuhr Tell fort. »Ist aber teilweise sehr spekulativ. Marktplatz, Gasthaus, Apotheke – so etwas gab es in vielen Städten damals. Mit scheint, dass dein Archivar etwas arg lokalpatriotisch geforscht hat. Hieb- und stichfeste Beweise sind das jedenfalls nicht.« Er hielt einen Moment inne. Der Ober stellte mürrisch zwei Gläser auf den Tisch und schlurfte wortlos wieder davon. »Wie gesagt, ich müsste das alles noch vor Ort klären. Wenn du willst.«

Kaltenbach deutete auf die beiden Blätter. »Und was ist damit?«

Tell räusperte sich. »Das könnte spannend für dich sein. Hat mich eine halbe Nacht und einen Tag gekostet. Es geht um eine Madonna. Die Madonna von Tennenbach.«

Kaltenbach runzelte die Stirn. Sofort fielen ihm sein Besuch in der Kapelle und die japanische Reisegruppe ein. Hatte er etwas übersehen? War die Statue über dem schmucklosen Altar doch älter, als er vermutet hatte?

»Es war nicht einfach. Und ich muss sagen, ich bin sogar ein wenig stolz darauf, den Code geknackt zu haben.«

»Code?«

Tell deutete auf die Liste, nach der Kaltenbach vorgegangen war. Der Name Tennenbach stand jeweils am Anfang und am Ende. Tell wies auf die beiden Zeichenfolgen.

»Diese Buchstaben hier.«

»O C O P«, las Kaltenbach. »Und hier: A A V T. Was heißt das?«

»Eine echte Nuss. Hat mich schier zur Verzweiflung getrieben.«

Kaltenbach musste einsehen, dass er keine schnelle Antwort erwarten konnte. Ihm begann zu dämmern, warum Tell ihn herbestellt hatte.

»Mein erster Gedanke war natürlich der an einen verschlüsselten Hinweis. Eine literarische Botschaft sozusagen. Vielleicht waren auch hier die Freimaurer im Spiel. Die mochten ja schon immer solche Spielereien.«

»Abaris?«

»Bei Goethe eher eine verschlüsselte Liebesbotschaft. Ein beliebtes Thema bei den Romantikern. Es hätten auch Abkürzungen für Sinnsprüche und Lebensmaximen sein können. Da waren die Römer ganz groß. ›Errare humanum est.‹ Irren ist menschlich. Könnte man als E H E abkürzen.« Tell lachte so laut, dass der verschlafene Ober am Tresen mürrisch zu ihnen her sah. »Kleiner Scherz muss sein. Jedenfalls gibt es eine Menge Publikationen zu dem Thema.«

Kaltenbach war sich sicher, dass die wichtigsten davon bei Tell zu Hause im Bücherregal standen. Langsam wurde er ungeduldig. »Und?«

»Nichts. Rein gar nichts. Noch nicht einmal Ähnlichkeiten.« Tell wurde sofort wieder ernst. »Aber ich habe natürlich nicht aufgegeben. Als Nächstes habe ich an geografische Abkürzungen gedacht. Immerhin ist das Ganze ja eine Liste real existierender Orte.«

»Das sieht aber nicht nach Himmelsrichtungen aus.«

»Natürlich nicht. Es gibt aber ganz anderes. Namen von Orten, Straßen, Ländern, Bezirken, Verwaltungseinheiten. Wobei wir natürlich auch nicht die Historie vergessen dürfen.«

Tells Schüler mussten die Ohren klingeln, wenn er erst einmal in Fahrt geriet. Kaltenbach kam sich vor wie im Unterricht.

»Außerdem galt es, die Sprache zu berücksichtigen. Heutzutage sind vor allem die Engländer und Amis Weltmeister im Abkürzen. Neulich zum Beispiel …«

»Tell!« Kaltenbach fuhr dazwischen. »Komm zur Sache! Ich denke, Beate wartet?«

Der Hinweis auf seine Frau wirkte. Er deutete auf das zweite Blatt. Wie bei einem Gedicht waren zeilenweise Worte untereinandergeschrieben. »Du hast recht. Ich kürze ab. Sieh hier. Unser Religionslehrer an der Schule hat mir den entscheidenden Tipp geliefert.«

»Wie bitte?«

»Er hat es zufällig im Lehrerzimmer mitbekommen, als ich dort in den Büchern rumgestöbert habe. Dann hat er das Blatt gesehen und mich gefragt, was ich als bekennender Ungläubiger mit einem Marienlied wolle.«

»Ein Marienlied?« Kaltenbach schaute verständnislos.

»Anscheinend war es eine Zeit lang üblich, bei Mariendarstellungen Lobpreisungen mit abzubilden. Als Anfangszeilen oder eben als Abkürzungen. Aber das Beste kommt noch«, fuhr Tell fort. »Wir sind dann natürlich ins Gespräch gekommen. Der Pfarrer hat sich als passionierter Heimatforscher entpuppt. Vor allem, was Kirchen und Klöster bei uns im Südwesten betrifft. Als er den Namen ›Tennenbach‹ hörte, wusste er sofort Bescheid.«

Kaltenbach riss die Augen auf. »Im Ernst?«

»Die Madonna vom Tennenbacher Kloster. Der Marienaltar war anscheinend ein Wallfahrtsziel. Und darunter standen diese Zeilen.« Tell sah auf die Uhr und schnellte hoch. »Mist! Jetzt habe ich mich tatsächlich verplaudert. Alte Lehrerkrankheit. Ich muss sofort los!« Er schob Kaltenbach die beiden Papiere hin und packte seine Aktentasche. »Ich hoffe, es nützt dir etwas. Wir können ja telefonieren, wenn nötig.«

»Moment!« Kaltenbach versuchte so schnell es ging, die vielen Informationen zu sortieren. Es stimmte etwas nicht. Die Madonna in der Kapelle hatte völlig anders ausgesehen. »Wo ist denn jetzt dieser Altar?«

»Keine Ahnung. Aber das weiß man bestimmt bei euch in der Stadt. Frage doch einmal bei eurem Pfarrer. Oder im Stadtarchiv. Dir wird schon etwas einfallen.« Er tippte mit dem Finger an seine Schläfe. »Servus. Wir sehen uns!«

Tell war bereits auf dem Weg nach draußen, als Kaltenbach noch eine Idee kam. Er stand rasch auf und eilte seinem Freund hinterher.

»Sag mal, wer ist eigentlich dieser Auwarter? Kennst du den?«

»Auwarter?«

»So hieß das Logenmitglied, das den Begrüßungsnachmittag in Freiburg am Lorettoberg geleitet hat.«

»Nach meiner Zeit. Er kam erst dazu, nachdem ich nicht mehr hingegangen bin. Ist anscheinend zugezogen. Ich habe ihn nur einmal kurz getroffen. Scheint aber ein hohes Tier zu sein. Warum fragst du?«

»Das kann ich jetzt nicht auf die Schnelle erklären. Auf jeden Fall ein interessanter Mensch.«

»Hab ich doch gesagt, dass es sich lohnt, dort hinzugehen. Jetzt muss ich aber los. Dringendstens. Wir hören voneinander!«

Sekunden später sprintete er zum Parkplatz.

Während der Rückfahrt dachte Kaltenbach über das Gespräch nach. Tells Entzifferung der Buchstaben hatte immerhin etwas Konkretes gebracht.

Ein Marienlied! Dabei war es nicht einmal von Goethe verfasst, sondern gehörte nach Auskunft von Tells Kollegen zur christlichen Tradition früherer Zeiten.

Die Frage blieb, welche Maria der Archivar damit gemeint hatte. Die Figur, die Kaltenbach in der Tennenbacher Kapelle gesehen hatte, entsprach überhaupt nicht dem Bild. Und von einer Inschrift hatte er nichts gesehen.

In Freiburg entschloss sich Kaltenbach spontan auszusteigen. Wenn er schon hier war, konnte er genauso gut heute die Frage nach Auwarters Wagen klären.

Im Geldbeutel fand er die Visitenkarte, die Auwarter ihm zum Abschied zugesteckt hatte. Auf dem großen Stadtplan in der Bahnhofshalle suchte er die Straße heraus. Auwarter wohnte in der Wiehre, nicht weit entfernt von dem Haus, in dem die Loge residierte.

Kaltenbach stieg die Stühlingerbrücke hoch und nahm die nächste Straßenbahn in Richtung Stadtmitte. Am Bertoldsbrunnen stieg er um in die Zweier. Eine gute Adresse, dachte er, als er an der Lorettostraße ausstieg.

Die Häuser des Freiburger Stadtteils strahlten die Eleganz einer längst vergangenen Zeit aus. Die ausladenden Bauten aus dem 19. Jahrhundert zeugten auch heute noch vom Wohlstand ihrer Besitzer.

Die Fantasie der Architekten konnte sich in früheren Jahren anders ausleben als heutzutage. Überall gab es Bal-

kone, verspielte Erker und von Säulen gestützte Rundbo-
genfenster. Vergoldete Ziegel unterbrachen die dunklen
Schindeln auf den Dächern, an vielen Fassaden gab es gut
erhaltene Jugendstilelemente. Gärten mit alten Bäumen
und undurchsichtigen Hecken grenzten die Privatsphäre
der Bewohner von ihren Nachbarn ab.

Die vielen Autos von heute hatten die Erbauer jedoch
nicht erahnen können. Es gab daher kaum Garagen, allen-
falls ein nachträglich aufgebauter Carport. Die Autos standen in den Einfahrten oder auf der Straße.

Auch auf dem Grundstück von Auwarters Adresse war
kein Wagen zu sehen. An der Hauswand neben der Eingangstür lehnten lediglich zwei Fahrräder.

Kaltenbach ging einige Schritte die Straße auf beiden
Seiten auf und ab. Überall parkten die Autos dicht anein-
ander an den Gehsteigen. Die Marken entsprachen in etwa
dem Niveau der Häuser und Kaltenbachs doppeltem Jah-
resverdienst.

Es waren auch einige der bulligen Limousinen darunter,
die Frau Gutjahr beschrieben hatte, allerdings sämtliche in
gedeckten Farben, die meisten waren schwarz.

Ernüchterung machte sich in Kaltenbach breit. Wieder einmal hatte er es sich zu einfach vorgestellt. Doch
es musste noch nichts bedeuten, dass er den Wagen hier
nicht fand. Vielleicht war er gerade nicht zu Hause. Oder
er hatte woanders geparkt.

Zurück an der Eingangstür spähte er durch die schmie-
deeisernen Gitter. Von außen sah Auwarters Haus ebenso
gepflegt aus wie alle anderen. Nichts Auffälliges war zu
sehen. In den Fenstern standen Blumen, den Blick nach
Innen verhinderten helle Vorhänge. Eine Klingel an der
Straße gab es nicht.

Kaltenbach stieß die Luft aus und knurrte mürrisch vor

254

sich hin. Dies war einer der Momente, an denen er jeden Kriminalkommissar um dessen Möglichkeiten beneidete. Fragen stellen, Durchsuchungsbeschluss, eine Vernehmung auf dem Revier – all dies blieb ihm versagt.

Er war sich sicher, dass Auwarter etwas mit dem Rätsel um die Verbrechen in Emmendingen zu tun hatte. Vielleicht war er der unbekannte Gegenspieler, der ihm schon zweimal zuvorgekommen war. Aber wie war er an Wagners Liste gekommen?

In dem kleinen Park hinter dem Alten Wiehrebahnhof setzte sich Kaltenbach auf eine der Bänke in der Abendsonne. Die Außentische vor dem Café waren trotz der späten Uhrzeit noch gut besetzt. Auf dem Platz davor wetteiferte eine bunte Gruppe Boule-Spieler um Zentimeterabstände.

Kaltenbach beobachtete die ruhigen Bewegungen der Werfer. Immer wenn die Kugeln mit einem leisen Klicken aneinanderstießen, änderte sich die Konstellation um das Ziel. Am Ende würde eine von ihnen dem Schweinchen am nächsten liegen.

Tells Recherche hatte dem Spiel eine neue unverhoffte Wendung gegeben. Das Bild begann, sich neu zusammenzusetzen. Noch wusste Kaltenbach nicht, was daraus würde. Doch mit dem Treffen in Müllheim war die Hoffnung zurückgekehrt. Es war Zeit für den entscheidenden Wurf.

Die monotonen Geräusche ließen Kaltenbach schläfrig werden. Kurz vor dem Einnicken spürte er, wie die aufziehende Kühle des Abends ihre Schattenfinger nach ihm ausstreckte. Er stand auf und schlenderte zu dem Aushangkasten am Straßenrand.

Im Programmkino des Kulturzentrums im ehemaligen Bahnhofsgebäude gab es die alljährliche Stummfilmwoche. Heute lief ›Dr. Mabuse, der Spieler‹.

Kaltenbach löste eine Karte. Vielleicht war das genau das Richtige zum Abschluss des Tages.

Genug geredet für heute.

KAPITEL 18

Am nächsten Tag erledigte Kaltenbach in der Mittagspause seine Einkäufe auf dem Wochenmarkt schneller als gewöhnlich. Er stellte die beiden Tüten mit Frühlingsgemüse, Kartoffeln und Salat im Laden ab und ging von dort aus sofort hinüber in die Stadtbibliothek.

Sein Ziel war die Regionalabteilung, in der alles stand, was es zu Emmendingen und Umgebung gab. Zu seiner Enttäuschung fand er zum Kloster Tennenbach nichts außer einem dünnen Manuskriptdruck.

Die Bibliothekarin am Informationsschalter prüfte mit raschem Blick auf den Monitor die Bestände.

»Es gibt nicht viel zu dem Thema«, meinte sie bedauernd. »Wir haben noch einen Bildband über Zisterzienserklöster in Süddeutschland. Ist aber ausgeliehen. Ansonsten müssten Sie sich einzelne Artikel in verschiedenen Büchern zusammensuchen.«

Kaltenbach stöhnte. Bücher über Emmendingen und Kunst gab es regalweise. Das konnte ewig dauern.

»Wissen Sie vielleicht etwas über die Madonna von Tennenbach?«, fragte er hoffnungsvoll.

»Das dürfen Sie mich nun gar nicht fragen«, schüttelte die Bibliothekarin den Kopf. »Sakrale Kunst gehört nicht gerade zu meinen Spezialgebieten.« Sie tippte ein paar Worte ein und warf dann einen erneuten Blick auf den Bildschirm. »Nein. Tut mir leid. Auch unter ›Madonna‹ finde ich nichts hier aus der Gegend. Warum fragen Sie nicht einfach einen Spezialisten? Den Stadtpfarrer vielleicht? Oder Sie gehen ins Stadtarchiv zu Herrn Wagner …«

Sie brach mitten im Satz ab und hielt sich die Hand vor den Mund. »Das … geht natürlich nicht mehr«, stieß sie hervor. »Der arme Mann. Aber den Herrn Peschke könnten Sie fragen.«

»Wagners Assistenten?«, fragte Kaltenbach.

»Warum nicht? Er ist zwar noch nicht lange da, aber immerhin ist er vom Fach. Der findet bestimmt etwas. Ein bisschen komisch ist er allerdings«, fügte sie hinzu.

Kaltenbach erinnerte sich, als er Peschke kurz nach Wagners Sturz im Foyer der Steinhalle gesehen hatte. Damals hatte er völlig apathisch neben der Treppe gehockt. ›Biederer Beamtentyp‹ war sein spontaner Eindruck gewesen. Aber das konnte täuschen.

Er stand auf, bedankte sich und versprach ihr als Dankeschön eine Extraberatung beim nächsten Besuch im ›Weinkeller‹. »Ich werde es einmal bei dem Stadtpfarrer versuchen. Das Büchlein nehme ich trotzdem mit.«

»Keine Ursache. Für Sie immer wieder gerne, Herr Kaltenbach!« Die Bibliothekarin hatte ihre Contenance wiedergefunden.

Von der Stadtbibliothek im Schlosserhaus zum Pfarramt waren es nur wenige Schritte. Einer der großen Vorteile, die Kaltenbach an seiner Heimatstadt schätzte, waren die kurzen Wege.

Nach dem Läuten öffnete nach kurzem Warten der Pfarrer persönlich. »Herr Kaltenbach? Welche Überraschung!«

Die beiden kannten sich von verschiedenen öffentlichen Anlässen, bei denen Kaltenbach für die Getränke gesorgt hatte. Der Geistliche trug Schuhe und Mantel und hatte einen Hut in der Hand. »Ich bin leider gerade auf dem Sprung. Gemeindearbeit. Um was geht es denn?«

Kaltenbach setzte zu einer Erklärung an, doch der Pfarrer unterbrach ihn bereits nach dem zweiten Satz.

»Es ehrt mich, dass Sie damit zu mir kommen. Einen gewissen Kunstverstand würde ich mir auch durchaus zusprechen.« Er trat zu Kaltenbach hinaus auf die Treppe und schloss hinter sich die Tür. »Aber für Madonnen ist dann doch eher die Konkurrenz zuständig. Trotz der Ökumene.« Der Pfarrer lachte und wies quer über den Schlossplatz zur Bonifatiuskirche. »Mein Kollege weiß da sicher mehr als ich.« Er verabschiedete sich mit einem kräftigen Händedruck und eilte mit wehendem Mantel zu seinem Wagen im Hof.

Zwei Minuten später stand Kaltenbach vor dem katholischen Pfarramt. Dieses Mal dauerte es eine Weile, bis die Tür geöffnet wurde. Eine Wolke aus Zigarettenrauch und zu starkem Parfüm kam ihm entgegen. Die Frau, die vor ihm stand, war kaum älter als 20. Sie hatte ihre Haare hinter dem Kopf zusammengebunden und trug eine Schürze über einem geblümten Kleid.

»Der Herr Pfarrer ist nicht zu Hause«, erklärte sie mit unüberhörbarem slawischen Akzent.

»Wann kommt er zurück?«

»Weiß nicht. Ich mache sauber. Kann ich was ausrichten?«

Die Frau rollte die Rs mindestens so gut wie die Leander, allerdings zwei Oktaven höher.

Kaltenbach schüttelte den Kopf und verabschiedete sich. Es wäre zu schön gewesen. Aber er konnte nicht erwarten, dass die Menschen unter der Woche ohne Weiteres Zeit für ihn hatten.

Unschlüssig schlenderte er den Bach entlang in Richtung Stadttor. In der Eisdiele war Hochbetrieb. Er holte sich eine Doppelportion Pistazieneis und setzte sich vor dem neuen Rathaus auf eine Bank in die Sonne. Genießerisch fuhr seine Zunge über die süßen Kugeln.

Der Gedanke an den Unbekannten ließ ihn nicht los. Was wollte er von ihm? Wer sagte, dass es nicht noch einmal zum Äußersten kommen würde? Doch jetzt durfte er nicht länger zögern. Die Tennenbacher Madonna war eine heiße Spur. Wenn sein unbekannter Gegenspieler ihm zuvorkam, war alles verloren.

Kaltenbach aß das Eis zu Ende und sah auf die Uhr. Die Mittagspause war fast vorüber. Vielleicht gelang es ihm, noch rasch einen Termin mit Peschke zu verabreden.

Vom Infoschalter in dem modernen Gebäude aus fragte er sich zu Wagners ehemaligem Büro durch.

»Einen kleinen Moment, bitte, ich muss erst fragen«, bat ihn Peschkes Sekretärin. »Er ist sehr beschäftigt. Der Goethesommer, Sie wissen schon.« Mit einem Lächeln verschwand sie in einem der angrenzenden Zimmer.

Kaltenbach sah sich in dem kleinen, aber hellen Büro um. Am Fenster entdeckte er inmitten der üblichen pflegeleichten Sansevierien und Grünlilien ein Foto Wagners. Um die Ecke des silbernen Rahmens war ein schmaler schwarzer Trauerflor gebunden.

Vielleicht hätte er Wagners Frau noch einmal besuchen sollen. Doch was konnte er ihr sagen? Das Wenige, was er erreicht hatte, würde sie kaum trösten.

»Sie haben Glück«, hörte er hinter sich die Sekretärin. »Herr Peschke nimmt sich ein paar Minuten Zeit für Sie.«

Peschke kam ihm entgegen und schüttelte ihm die Hand. »Nehmen Sie doch Platz.« Er wies auf den Stuhl und setzte sich in Wagners Ledersessel hinter dem Schreibtisch. »Wie ich höre, interessieren Sie sich für stadtgeschichtliche Details. Werden wir in diesem Herbst den ersten Goethewein erleben? Wir wollen doch alle einen Beitrag für das Ansehen unserer Stadt leisten, nicht wahr?« Sein keckerndes Lachen zeigte, dass er dies für einen gelungenen Scherz hielt.

260

»Es geht eigentlich mehr um das Kloster in Tennenbach«,
begann Kaltenbach zögernd. Er war nicht sicher, was er von
seinen Recherchen überhaupt preisgeben sollte. Außerdem
gefiel ihm die Begrüßung des Mannes nicht. Wer von aus-
wärts kam und nach einem knappen Jahr bereits von ›wir‹
und ›unserer Stadt‹ sprach, war mit Vorsicht zu genießen.
Städtischer Angestellter hin oder her. Kaltenbach entschied
sich dafür, stückweise vorzugehen. Er griff Peschkes Kommentar zum Goethesommer auf.

»Genauer gesagt geht es um die Madonna«, setzte er
erneut an. »Ich dachte, man könnte zusätzlich zu Goethe
den historischen Hintergrund etwas breiter anlegen. Zum
Beispiel mit einer Cornelia-Schlosser-Edition. Ich dachte
da an einen Rosé, leicht perlend mit wenig Säure. Oder
eine Doppelausgabe zu Ehren von ›Hermann und Dorothea‹, am besten in Rot und Weiß.« Kaltenbach kam sich
vor wie ein jungdynamischer Werbeprofi. Er hoffte, dass
Peschke trotz des Unsinns, den er da verzapfte, keinen
Verdacht schöpfte.

»Als Name schwebt mir die ›Jungfrau von Tennenbach‹
vor. Ein klar strukturierter Roter mit tiefgründigem Aroma
und nachhaltig im Abgang. Leicht ausgebaut natürlich.«

»Natürlich. Eine hervorragende Idee.« Peschke schien
nichts zu merken. »Und was genau wollen Sie von mir
wissen?«

»Ich habe gehört, die Figur in der Kapelle sei erst wenige
Jahre alt. Aber die Kunden schätzen das Ehrliche. Das
Authentische. Es soll noch eine weitere Madonna geben.
Ich wüsste gerne, ob sie noch existiert und wo sie sich
heute befindet. Die Klosterkirche soll ja im Krieg zerstört
worden sein.«

»Sie sind ja bereits bestens informiert, mein Lieber!«
Peschke hatte aufmerksam zugehört. »Es ist eine Freude

261

zu erleben, dass sich die Menschen für die Vergangenheit unserer Stadt interessieren. ›Jungfrau von Tennenbach‹, eine ganz ausgezeichnete Idee. Damit werden Sie noch der berühmten Liebfrauenmilch Konkurrenz machen!« Wieder ließ er als Bekräftigung sein keckerndes Lachen hören.

Kaltenbach rollte innerlich mit den Augen. Zumindest von Wein schien der Hilfsarchivar keine Ahnung zu haben. Nur ein völliger Banause konnte einen derartigen Vergleich ziehen. Außerdem hasste er es, ›mein Lieber‹ genannt zu werden.

Auf seine Fragen bekam er keine überzeugende Antwort. Außer einigen wohlverpackten Allgemeinplätzen hatte Peschke nichts anzubieten. Es sah ganz so aus, dass er von der Madonna noch nie etwas gehört hatte. Kaltenbach begann sich zu fragen, was Wagner mit diesem Spezialisten hatte anfangen können.

»Wissen Sie was«, sagte Peschke schließlich, »ich werde mich darum kümmern. Sobald es meine Zeit erlaubt. Sie können sich sicher denken, was in der derzeitigen Situation alles an mir hängen bleibt. Meine Sekretärin wird Sie anrufen. Und bitte halten Sie mich auf dem Laufenden. Natürlich können Sie jederzeit vorbeischauen, wenn Sie etwas auf dem Herzen haben.« Er streckte Kaltenbach die Hand entgegen. »Jetzt muss ich Sie leider bitten.«

Kaltenbach konnte nicht verhindern, dass Peschke ihm vertrauensselig den Arm um die Schulter legte.

»Ja dann«, krächzte er. »Und vielen Dank auch.«

Er war froh, als er wieder draußen auf dem Gang war. Ein merkwürdiger Typ, dachte er, als er die Rathaustreppen hinunterstolperte.

Der Besuch war ein völliger Reinfall gewesen. Jetzt blieb als letzte Hoffnung nur noch der katholische Priester.

Es war spät geworden. Kaltenbach eilte im Laufschritt

hinüber ins Westend. Der ›Weinkeller‹ hätte bereits vor einer Viertelstunde geöffnet werden müssen. Er konnte nur hoffen, dass noch niemand da gewesen war. Es gab Kunden, die manchmal schon vor der Tür warteten.

Er zog den Schlüssel heraus, sprang die Treppenstufen hinauf und schloss auf. Im selben Moment hielt er inne. In das vertraute Gebimmel der Glöckchen tönte hinter ihm eine schnarrende Stimme, die er jetzt am wenigsten brauchen konnte.

Langsam drehte er sich um und sah direkt in die lauernden Augen von Kriminalhauptkommissar Schneider.

»Es sieht so aus, als ob unser Herr Weinhändler mit den Öffnungszeiten ebenso leger umginge wie mit der Wahrheit. Nicht wahr, Basler?«

Wie bereits ein paar Tage zuvor hatte der Kommissar seinen Assistenten im Schlepptau. Basler nickte pflichtschuldigst.

»Wollen wir doch einmal sehen, was er heute an Erklärungen parat hat. Wir dürfen doch hereinkommen?«

Schneider wartete Kaltenbachs Zustimmung gar nicht ab und drückte sich an ihm vorbei in den Laden. Sein geduckter Gang erinnerte Kaltenbach an Colombo.

»Und die Tür schließen Sie gleich wieder ab. Von innen!«

Kaltenbach war zu überrascht, um zu protestieren. Er drehte den Schlüssel um und hängte das ›Geschlossen‹-Schild in die Tür.

Schneider schlich die Regale und Auslagen entlang und drehte den Kopf nach allen Seiten. Dazwischen blieb er stehen, nahm eine der Flaschen heraus und tat so, als prüfe er das Etikett.

Kaltenbach hatte den ersten Schreck inzwischen überwunden. Wie im Fernsehen, dachte er. Plötzliches Auftauchen und völlige Überrumpelung. Er war gespannt, was als Nächstes kommen würde.

Plötzlich drehte sich Schneider um und schoss quer durch den Laden auf Kaltenbach zu. »Was hatten Sie auf der Hochburg zu suchen? Warum sind Sie dort eingebrochen? Was haben Sie gefunden und mitgehen lassen?«

Schneider blieb direkt vor ihm stehen. Kaltenbach roch ein teures Aftershave. Mit Moschus. Er hielt dem Blick stand und ließ Schneiders Fragen an sich abperlen wie Tropfen an einer Glasscheibe.

»Ich weiß nicht, was Sie meinen«, erwiderte er betont ruhig.

Schneider verschränkte die Arme über der Brust und wechselte den Ton ins Sachliche. Er musste einsehen, dass er den ersten Angriff verloren hatte.

»Es liegt eine Anzeige gegen Sie vor. Basler!«

Der Polizist griff in seine Jackentasche, zog seinen Notizblock hervor und räusperte sich. »Anzeige gegen Herrn Lothar Kaltenbach, wohnhaft in Emmendingen-Maleck, wegen Hausfriedensbruch und Sachbeschädigung. Verdacht auf Diebstahl kulturhistorischer Artefakte.«

Schneiders Kinn wanderte nach oben. »Nun?«

Kaltenbach blieb ruhig, obwohl er im Stillen gehofft hatte, dass Bär auf die Anzeige verzichten würde.

»Ich habe nichts zerstört und nichts gestohlen«, sagte er. »Außerdem ist die Hochburg für jedermann frei zugänglich.«

»Sie haben eine Gitterabsperrung überwunden! Außerdem wurden Sie in flagranti erwischt!«

Schneider war hartnäckig. Natürlich brauchte sich Kaltenbach wegen einer solchen Lappalie keine Sorgen zu machen. Von der Skizze würde der Kommissar sowieso nichts erfahren.

»Ich habe nichts weiter zu sagen.«

»Na schön.«

Schneider sprach über die Schulter zu Basler. »Schreiben Sie auf: Der Beschuldigte streitet alles ab. Und jetzt, Herr Kaltenbach, erklären Sie mir, wieso Sie versucht haben, Antiquitäten zu verkaufen! Ziemlich plump übrigens, wenn Sie mich fragen.«

»Ich weiß nicht, wovon Sie sprechen!«, entgegnete Kaltenbach nun doch einigermaßen verwirrt.

»Das hätten Sie nicht gedacht, was?« Schneider Stimme klang triumphierend. »Zum Glück gibt es aufmerksame Staatsbürger, die merken, wenn etwas nicht stimmt.«

Der Antiquar in Freiburg! Er war misstrauisch geworden und hatte die Polizei verständigt. Wahrscheinlich hatte er sich bei seinen Erkundigungen allzu unbeholfen verhalten.

»Woher wissen Sie davon?« Kaltenbach versuchte Zeit zu gewinnen, um zu überlegen. Er musste rasch eine plausible Erklärung finden.

»Polizeiarbeit! Wer einmal im Computer ist, kommt so leicht nicht mehr davon.«

In Kaltenbachs Kopf schossen mehrere Gedanken blitzartig hin und her. Doch zu seiner großen Überraschung hakte Schneider nicht weiter nach.

»Da braut sich etwas zusammen über Ihnen! Zuerst Ihre äußerst dubiose Rolle in der Emmendinger Mordserie. Und nun dieses.« Schneider gab jetzt ganz den obercoolen Ermittler. »Ich habe Ihnen ja versprochen, dass wir uns wiedersehen. Dieses Mal kommen Sie nicht so leicht davon. Ich werde mich für einen Haftbefehl starkmachen!« Mit einer Geste, die geringschätzig wirken sollte, wies er um sich. »Dann werden Sie diesen … diesen *Laden* als Vorwand für Ihre Geschäfte nicht mehr brauchen. Basler, wir gehen! Und Sie halten sich zur Verfügung. Ich lege Ihnen nahe, die Stadt nicht zu verlassen. Und jetzt schließen Sie auf!«

Dieses Mal gab es von Basler keinen aufmunternden Blick, als die beiden Männer grußlos den Laden verließen. Kaltenbach sah ihnen nach, wie sie mit dem blau-weißen Streifenwagen durch die Lammstraße davonfuhren. Natürlich hatte Schneider mitten in der Fußgängerzone geparkt.

Kaltenbach wusste nicht, wie er den neuerlichen Besuch der beiden Polizisten einschätzen sollte. Grafmüllers Fotos, der Zwischenfall auf der Hochburg, die Fragen im Antiquariat – all das waren natürlich nicht mehr als zufällige Verdachtsmomente. Es würde ihm sicher etwas als Erklärung einfallen, ohne sofort die Geschichte von Wagner preisgeben zu müssen.

Andererseits konnte in der Zwischenzeit viel passieren. Schneider war ehrgeizig und eitel genug, ihm jede Menge Scherereien zu bereiten.

»So, hesch Bsuech gha?«

Die altbekannte Stimme ließ Kaltenbachs seine Sorgen mit einem Schlag klein werden. Hier drohte neues Ungemach. Er wusste sofort, dass er sich etwas sehr Überzeugendes einfallen lassen musste, um Frau Kölblin den Besuch von zwei Polizeibeamten am hellen Nachmittag zu erklären!

Ob es ihm mit einem Hinweis auf eine Zeugenaussage anlässlich eines Verkehrsunfalls gelungen war, wusste Kaltenbach nicht. Als sie nach der üblichen Viertelstunde und einem Kaffee im Polstersessel in Richtung Marktplatz davonzog, schwante ihm, dass Frau Kölblin die wenigen Angaben genügten, um ihre eigene Version der Geschichte weiterzuerzählen.

Doch dies war ihm für den Moment egal. Als er endlich wieder allein war, suchte er die Nummer des katholischen Pfarrhauses heraus. Pastor Lutz war zwar immer noch nicht zurück, aber er hatte immerhin eine Rufumleitung auf sein Mobiltelefon geschaltet.

Zu Kaltenbachs Freude ging er sofort auf seine Bitte ein.

»Die Madonna vom Kloster Tennenbach? Aber natürlich kann ich Ihnen helfen. Sehr gern sogar.«

Lutz hatte eine tiefe, angenehme Stimme. Im Hintergrund hörte Kaltenbach Motorgeräusche.

»Kommen Sie doch nachher bei mir vorbei. So gegen sechs bin ich wieder da.«

Pfarrer Lutz war ein fülliger Mittfünfziger mit rundem Gesicht und vergnügt blitzenden Äuglein. Er begrüßte Kaltenbach freundlich und schlug gleich einen Spaziergang im nahe gelegenen Stadtpark vor. »Das wird uns beiden guttun«, meinte er und tatschte mit beiden Händen auf sein stattliches Bäuchlein.

Die Parkanlage hinter der Kirche lag in herrlicher Abendsonne. Die Blumen in den Rabatten zu beiden Seiten der Wege leuchteten in allen Farben. Auf dem Rasen warfen sich ein paar junge Leute eine Frisbeescheibe zu. Die Sitzbänke am Springbrunnen waren alle belegt.

»Gestatten Sie, dass ich etwas weiter aushole«, begann Lutz, nachdem Kaltenbach seine Frage zu der Madonna gestellt hatte. Als Grund für seine Neugier hatte er dieselbe Erklärung angegeben, die ihm spontan bei Peschke im Rathaus eingefallen war.

»Sicher haben Sie vom Schicksal des Klosters unserer Zisterzienserbrüder in Tennenbach gehört. Eine traurige Geschichte, zumindest, was die Kirche betrifft. Aber wenigstens wurde damals alles einer sinnvollen Verwendung zugeführt. Die ›Schwarze Madonna‹, wie sie von unseren Gemeindemitgliedern liebevoll genannt wird, steht noch gar nicht so lange in der Kapelle in Tennenbach. Die Arme hat einige Irrwege hinter sich. Lange Jahre war sie in Vergessenheit geraten. Einmal ist sie sogar fast verbrannt.« Lutz hob zu einem ausschweifenden Vortrag an, in dem das ehemalige Kloster und die heutige Bonifatiuskirche in der Stadt eine Rolle spielten.

Anfangs hörte Kaltenbach gespannt zu, doch rasch wurde er das Gefühl nicht los, dass es nicht das war, was er erhofft hatte. Es passte mit Tells Recherche nicht zusammen.

»Und Antonius, der damalige Abt, hat die Maria in Auftrag gegeben?«

»Respekt! Sie kennen sich aus«, sagte Lutz überrascht. »Abt Antonius war ein überaus rühriges Mitglied des Ordens und anscheinend sehr beliebt. A A v T – diese Buchstaben findet man noch heute auf der Außenseite der Kapelle. Ihm verdanken wir die Restauration des Gebäudes, wie es heute noch zu sehen ist. Das war 1721. Und seither weiß man auch von der anderen Madonna.«

Kaltenbach zuckte zusammen. »Die andere Madonna?«

Lutz blieb stehen und hob für einen Moment den Blick nach oben.

»Der dreifache Marienaltar. Ein prächtiges Kunstwerk zu Ehren der Gottesmutter. Es muss ein wundervoller Anblick gewesen sein!« Er faltete die Hände. »O clemens, o pia, o dulcis virgo Maria!«

Das Mariengebet! Kaltenbach war wie elektrisiert. Tell hatte recht gehabt. Die Spur führte doch nach Tennenbach! Jetzt war klar, warum Wagner den Ort auf der Liste dick angestrichen hatte.

»Abt Antonius war ein frommer Mann. Er weihte die gesamte Kapelle der göttlichen Jungfrau. Das Marienlob ließ er zu Füßen der Madonna anbringen als dauerhafte Lobpreisung.«

Kaltenbach lauschte gebannt. Das war es! Alles passte. Mit jedem Satz fügte sich das Bild weiter zusammen. Doch eine letzte Frage blieb. Die wichtigste. Die Frage, von der alles abhing.

»Und wo ist die Maria jetzt?«

Lutz antwortete nicht sofort. Er hielt die Augen gesenkt, als ob ihn etwas beschäftigte.

»Vieles hat sich geändert seit Abt Antonius' Zeiten«, begann er langsam. »Und nicht unbedingt zum Besten.« Er wandte sich zu Kaltenbach. »Sie musste ihren Platz verlassen. Auch sie ging verschlungene Wege. Aber durch Gottes Willen hat sich alles zum Guten gewendet. Die Madonna im Strahlenkranz ist wieder auferstanden!«

»Wo? Wo ist sie?«

Die beiden Männer hatten die Runde durch den Stadtpark fast beendet. Vor ihnen tauchte die Kirche wieder auf.

»Kommen Sie mit in meine Wohnung. Ich zeige es Ihnen.«

Die Madonna von Tennenbach stand im Augustinermuseum! Kaltenbach jubelte. Am liebsten wäre er auf der Stelle nach Freiburg gefahren. Doch er würde sich gedulden müssen. Heute war das Museum bereits geschlossen.

Er schmierte sich ein paar Brote und verzog sich auf sein Sofa im Wohnzimmer. Während er aß, studierte er die Bilder, die Lutz ihm mitgegeben hatte. Die Madonna hatte tatsächlich eine bewegte Geschichte hinter sich. Am Ende wäre sie fast in den Tiefen des Depots verschwunden. Zum Glück hatte während des Umbaus vor ein paar Jahren ein aufmerksamer Kenner der Lokalgeschichte ihre Bedeutung erkannt.

Kaltenbach betrachtete den Altar. Dem Geschmack der damaligen Zeit entsprechend hatte Abt Antonius nicht mit Verzierungen gespart. Es gab eine Menge Ornamente, kleine Säulen und Schnitzereien. Ein stilisierter Bienenkorb, das Wappen des Abtes, tauchte überall auf.

Die Figur der Maria in der Mitte war von einem riesigen goldenen Strahlenkranz umgeben. Auf dem Sockel sah Kaltenbach die Inschrift, an deren Entzifferung sie herumgerätselt hatten, darunter die Jahreszahl. Über dem Haupt und der Krone der Madonna prangte der Bienenkorb mit den Buchstaben A A z T. Die Initialen des Abtes, so wie er sie an der Eingangspforte der Kapelle gesehen hatte.

Nach dem letzten Bissen waren Kaltenbachs gute Laune und Optimismus zurückgekehrt. Sein Blick fiel auf das Schallplattenregal. Stilecht müsste er jetzt eigentlich eine Scheibe mit Barockmusik auflegen. Doch er hatte weder Aufnahmen von Vivaldi noch von Händel in seiner Sammlung. Nach langem Überlegen wählte er schließlich Deep Purple's ›Concerto for Group and Orchestra‹. Das ging zumindest in die Richtung. Zur Feier des Tages entkorkte er dazu eine Burgunderauslese, ein persönliches Geschenk von Onkel Josef. Himmlische Freuden in seinem Glas!

Entspannt lehnte sich Kaltenbach auf dem Sofa zurück und erfreute sich am Zusammenspiel von Elektrischer Gitarre und klassischem Orchester. Gleich morgen würde er sich die Madonna vor Ort ansehen. Am besten ganz in der Frühe, wenn erst wenige Besucher da waren.

Beim zweiten Glas regten sich erste Zweifel. Er hatte Wagners Liste abgearbeitet. Er hatte das Rätsel von Tennenbach gelöst. Dennoch war er dem eigentlichen Geheimnis immer noch nicht entscheidend näher gekommen. Falls Wagner tatsächlich, wie damals vor der Veranstaltung in der Steinhalle angekündigt, eine bahnbrechende Entdeckung gemacht hatte, so musste der Schlüssel dazu in diesem Kunstwerk liegen. Doch was war das für ein Schlüssel? Ein weiterer versteckter Hinweis? Eine Karte?

Und was hatte das alles mit Goethe zu tun?

Kaltenbach stellte sein Glas ab, stand auf und zog ein Lexikon aus dem Bücherregal. Mit raschem Blick überflog er Goethes Lebensdaten.

Schweizer Reise 1775. Die Zeit stimmte. In Wagners Ordner waren für die Besuche in Emmendingen die Jahre 1775 und 1779 aufgeführt. Damals stand der Altar bereits. Es konnte gut sein, dass Goethe bei einem seiner Ausflüge in Tennenbach war.

Kaltenbach überlegte. Bankschließfächer wie heutzutage gab es damals noch nicht, und jedes Versteck barg die Gefahr, im Laufe der Zeit entdeckt oder gar zerstört zu werden. Nur die Kirche war eine Konstante, von der Goethe annehmen konnte, dass sie die Jahrhunderte überdauern würde. Und was wäre besser geeignet als eine Marienstatue.

Kaltenbach wurde in diesen Sekunden aber auch etwas anderes klar. Wenn er mit solchen Vermutungen an die Öffentlichkeit ginge, würde er mit Sicherheit nur mitleidiges Kopfschütteln hervorrufen. Niemand würde aufgrund dieser Schlussfolgerungen eine Untersuchung des Kunstwerkes zulassen, am wenigsten die Fachleute des Museums. Wenn er die Suche zu einem Ende bringen wollte, musste er sich selbst darum kümmern. Und dazu musste er ungesehen in das Museum gelangen.

Hatte nicht Luise bei einem ihrer ersten Treffen von einem Mitarbeiter erzählt, den sie kannte? Er würde sie fragen, jetzt sofort. Sie würde begeistert sein und …

Kaltenbach stieß die Luft aus und schloss die Augen. Das Schicksal schien keine Rücksicht auf seine Gefühle zu nehmen. Die Wege führten ihn immer wieder zu dieser Frau zurück. Vor dem Telefon blieb er stehen. Wenn er jetzt aufgab, würde kein Mensch jemals davon erfahren.

Er konnte sich umdrehen und sich vor den Fernseher setzen.

Er konnte morgen früh in den Laden gehen und Wein verkaufen, als ob nichts gewesen wäre.

Er konnte sich für Frau Wagner irgendetwas einfallen lassen.

Kein Aufspüren verstaubter Antiquitäten. Keine sinnlose Mörderjagd.

Keine Nacht auf dem Schauinsland.

Die Musik im Wohnzimmer war verstummt. Kaltenbach spürte, wie die Stille über ihn hereinstürzte.

Im nächsten Moment griff er zum Hörer.

KAPITEL 19

In seiner Nase kitzelte der Duft ihrer Haare. Luise hatte den Kopf an seine Schulter gelegt. Er spürte ihre Wärme, als er den Arm um sie legte. Mit großer Zärtlichkeit strich er ihr eine Locke aus der Stirn …

Heute Morgen lag ein leichter Dunstschleier über dem Breisgau. Es würde ein sonniger Tag werden. Auf dem Weg in die Stadt begann das Bild allmählich zu verblassen. Das Gefühl blieb.

Ein Traum ist ein uneingelöstes Versprechen. Warum musste er ausgerechnet jetzt an diesen Satz denken, den er vor Jahren einmal auf einem Kalenderblatt gelesen hatte? Ob die Erinnerung an Luise ein Versprechen war, wusste er nicht. Eher ein Zeichen unerfüllter Hoffnung.

Gestern Abend am Telefon hatte Luise geklungen wie immer. Als sie seine Bitte hörte, war sie sofort begeistert.

»Ich werde Thomas Lindenmann fragen. Er ist seit Jahren im städtischen Hausmeistertrupp. Der kommt überall hinein. Und ich komme natürlich mit!«

Damit war es entschieden. Und Kaltenbach wehrte sich nicht dagegen. Im Grunde war er froh, nicht allein dort hineingehen zu müssen.

Gegen halb zehn kam sein Freund Walter mit einer Mitarbeiterin der ›Badischen Zeitung‹ in den Laden. Die junge Dame stellte sich als Volontärin vor. Ihre Kameraausrüstung deutete darauf hin, dass sie Fotos machen wollte.

Kaltenbach spendierte Kaffee, und die drei ließen sich am Tisch in der Probierecke nieder. Er hatte das Interview völlig vergessen, sonst hätte er heute vielleicht ausnahmsweise Hemd und Jackett angezogen.

273

Zur Überraschung der beiden Männer führte die Volontärin das Gespräch wie ein Profi, jedenfalls kam es den beiden so vor. Nebenher machte sie sich handschriftliche Notizen auf einem kleinen Block. Sogar Walter, dessen Tochter sie hätte sein können, war beeindruckt und fügte sich bereitwillig an den von ihr vorgegebenen Gesprächsablauf.

Schon nach zehn Minuten war das Interview vorbei. Nach ein paar Fotos vor der malerischen Kulisse der Fachwerkhäuser im Westend verabschiedete sich die angehende Journalistin.

»Nicht vor Freitag!«, antwortete sie auf die Frage, wann der Artikel erscheinen würde.

»Die wird ihren Weg gehen!«, meinte Walter anerkennend, ehe er sich auf seinen machte. »Und du denk bitte daran: am Samstag gilt's! Bis heute Abend zur Generalprobe!«

Gegen halb elf rief Grafmüller an. »Es gibt Neuigkeiten!«, stieß er rasch hervor. »Sie haben einen Verdächtigen verhaftet! Heute früh.«

»Wie – einen Verdächtigen?«, fragte Kaltenbach überrascht.

»Der Mann ist Verkäufer in einem Handyladen in der Kajo. Er war bis letztes Jahr mit der Schauspielerin zusammen. Wahrscheinlich Eifersucht.«

»Du redest von der Toten auf dem Schlossergrab? Der Mord an der Schauspielerin?«

»Genau. Er gehörte eine Zeit lang ebenfalls zu deren Truppe. Dann wurde er gefeuert. Daher wahrscheinlich die theatralische Inszenierung.«

»Und die anderen beiden?«

»Wagner und Hertzog? Das wird derzeit geprüft. Aber

es sieht ganz so aus, als seien es tatsächlich verschiedene Täter. Es ist kein Zusammenhang mit dem Verhafteten erkennbar. Was machen eigentlich deine Recherchen? Ich habe lange nichts von dir gehört?«

»Da ist nichts daraus geworden«, antwortete Kaltenbach schnell, »ich denke, es ist doch besser, wenn sich die Polizei darum kümmert.«

»Sehr vernünftig«, meinte Grafmüller, ehe er auflegte.

Kaltenbach starrte den Hörer an. Grafmüllers Anruf ließ die Angelegenheit in neuem Licht erscheinen. Ein Eifersuchtsdrama! Der Mörder der Stadtführerin verhaftet!

Trotzdem gab es keine Entwarnung. Im Gegenteil. Auwarter rückte dadurch noch mehr in den Mittelpunkt. Der Zusammenhang zwischen den beiden Verbrechen an Wagner und Hertzog war nach wie vor offensichtlich.

Im Laufe des Vormittags hatte Kaltenbach kaum Muße, sich weiter den Kopf zu zerbrechen. Die Kunden gaben sich die Klinke in die Hand. Wenigstens blieb die Genugtuung, dass Onkel Josef vom Kaiserstuhl mit dem Monatsumsatz mehr als zufrieden sein würde.

Kurz vor der Mittagspause meldete sich Luise. »Es hat geklappt!«, sagte sie aufgeregt. »Heute Abend können wir kommen!«

»Im Ernst? So schnell?«

»Punkt zehn Uhr am Hintereingang vom Augustinermuseum. Thomas wird da sein und uns hereinlassen.«

»Wie hast du denn das hinbekommen?«

»Wird nicht verraten. Du weißt ja, Frauen haben ihre Geheimnisse!« Sie lachte. »Am besten, wir treffen uns schon vorher. Dann können wir alles besprechen.«

Nachdem Kaltenbach den Hörer aufgelegt hatte, fühlte er, dass die Zeit der Entscheidung gekommen war. Heute

Abend würde er das letzte fehlende Stück aufdecken. Heute Abend würde er erfahren, was Wagner entdeckt hatte.

Und warum er sterben musste.

Am liebsten wäre Kaltenbach schon am Nachmittag losgefahren. Doch das Kommen und Gehen im ›Weinkeller‹ setzte sich fort. Ein Gespräch, eine Beratung, eine Verkostung folgte auf die andere. Viele von den Stammkunden schienen sich ausgerechnet heute für die lauen Abende auf Balkon und Terrasse vorbereiten zu wollen.

Zwischendurch fand er kaum Zeit, bei Walter anzurufen und wegen der Probe Bescheid zu geben. Es war ihm nicht ganz wohl in seiner Haut, ausgerechnet die letzte Probe vor dem Auftritt nicht mitmachen zu können. Er war daher erleichtert, als sich seine Frau meldete. Als Erklärung schob er einen unvorhergesehenen Lieferantentermin aus Italien vor.

»Walter wird nicht begeistert sein«, meinte Regina. »Du weißt ja, wie er ist. Es muss alles stimmen. Er freut sich übrigens riesig auf euren Auftritt!«

Nachdem er den Hörer aufgelegt hatte, drückte Kaltenbach das schlechte Gewissen. Aber es half nichts, die anderen mussten ohne ihn zurechtkommen. Dass Luise das Treffen heute Abend arrangieren konnte, war ein unerwarteter Glücksfall, mit dem er nicht gerechnet hatte.

Um sechs konnte er endlich Kasse machen und den Laden schließen. Er fuhr kurz nach Hause, um etwas zu essen und sich umzuziehen. Gegen halb acht parkte Kaltenbach seine Vespa auf dem Gehweg in der Adelhauser Straße.

Der Publikumszuspruch in der Galerie war genau das Gegenteil zu seinen heutigen Erlebnissen im ›Weinkeller‹. Luise und Jamie waren allein in dem großen, hell erleuchteten Raum.

Kaltenbach versetzte es einen Stich, als er die beiden miteinander sah. Trotzdem ließ er sich nichts anmerken. Er begrüßte Luise und nickte Jamie zu, der im Hintergrund an einem Schreibtisch am Rechner saß.

»Schön, dass du da bist!« Luise drückte ihm einen Kuss auf die Wange.

»Können wir –«, Kaltenbach deutete auf den Kanadier, »ich meine, es wäre gut, wenn wir vorher noch einiges besprechen können.«

Die Anwesenheit des Fotografen passte ihm überhaupt nicht. Nicht nur wegen Luise.

»Jamie weiß Bescheid.«

»Du meinst – wegen heute Abend?«

Luise schüttelte den Kopf. »Nein, das nicht. Ich weiß, wie wichtig es dir ist, dass die ganze Sache unter uns bleibt.«

»Aber?«

»Ich habe ihm lediglich von dem Altar und den Figuren erzählt. Er interessiert sich sehr für alte Kunst. Das schult das Auge des Fotografen, meinte er. Du hast doch die Bilder dabei?«

»Na schön«, entgegnete Kaltenbach, »versuchen wir es.« Er zog die Bilder heraus, die er von Pfarrer Lutz bekommen hatte.

»Komm hier herüber«, sagte Luise zu Jamie. »Wir haben schon etwas vorbereitet.«

»Das ist sie! Woher habt ihr das?«, fragte Kaltenbach verblüfft, als er auf dem Monitor das Bild der Madonna sah.

»Durch deine Informationen gestern Abend war die Suche leicht einzugrenzen. Wie du siehst, hat das Augustinermuseum eine hervorragende Webseite.«

Kaltenbach ärgerte sich, dass er nicht von selbst darauf gekommen war. Als er das Bild sah, war er jedoch sofort begeistert. Vor ihm stand die Madonna von Tennenbach in all ihrer Schönheit. »Die ist ja riesig«, entfuhr es ihm.

»Der ganze Aufbau ist über fünf Meter hoch«, bestätigte Luise.

Die drei lebensgroßen Figuren schienen über dem Altartisch zu schweben. Die Madonna in der Mitte zwischen den beiden Heiligen umgab ein goldener Flammenkranz.

Nachdem Kaltenbach zuvor nur die Schwarz-Weiß-Bilder des Pfarrers gesehen hatte, war er von der Schönheit und Harmonie des Altars fasziniert. In der kleinen Kapelle in Tennenbach musste der Eindruck für die Gläubigen überwältigend gewesen sein.

»Now that you have found it, what exactly are you looking for?« Jamie hatte bisher schweigend daneben gesessen. Mit seiner Frage sprach er genau das aus, was Kaltenbach am meisten beschäftigte. Tatsächlich wusste er immer noch nicht, wonach er eigentlich suchte.

»Jamie hat recht«, sagte Luise. »Wenn hier etwas versteckt wäre, wo würdest du am ehesten danach suchen?«

»Im Altarunterbau vielleicht«, meinte Kaltenbach spontan. »Der ist groß genug. Oder in der Rückwand.«

»Irgendein Hohlraum also. Der könnte auch in dem Säulenaufbau sein. Oder in einer der Figuren.«

»Behind the shield?«

Obwohl Jamie ihr Gespräch einigermaßen verfolgen konnte, bevorzugte er beim Sprechen sein mit starkem französischem Akzent versetztes Englisch.

Kaltenbach betrachtete den unteren Teil der Figur genauer. Der rechte Fuß der Madonna stand auf einer liegenden Mondsichel, um den anderen tummelten sich verspielte kleine Putten. Das Ganze war auf einen stabil aussehenden Sockel montiert. Das reich verzierte Schild bedeckte die ganze Vorderseite.

»O clemens, o pia! O dulcis virgo Maria«, las Kaltenbach. Das Rätsel der Buchstaben stand groß vor seinen
Augen.

»O gütige, o milde, o süße Jungfrau Maria«, sagte Luise
im selben Tonfall.

»Ich wusste gar nicht, dass du Latein kannst!«

Luise lächelte nur.

»Here are some more letters!« Jamie scrollte das Bild
nach oben und vergrößerte es, so gut er konnte.

»A A z T«, las Luise. »Antonius Abt zu Tennenbach. Er
hat damals den Altar errichten lassen.« Sie deutete auf den
Jahreszusatz unter dem Mariengebet. »1721, hier unten
steht es.« Sie übersetzte für Jamie, der bei dem Wort ›Abt‹
fragend schaute.

Kaltenbach stieß einen Seufzer aus. »Es sieht so aus, als
fange das Rätsel überhaupt erst an. Wenn es ein Versteck
gibt, kann es überall sein. Im Grunde genommen müsste
man den ganzen Altar zerlegen.«

»Und wenn es gar kein Versteck gibt?«, meinte Luise.
»Emmendingen, Staufen, das Goethehaus im Höllental,
die Hochburg – Wagner hat die Orte genau aufgeführt
und kein einziges Mal haben wir etwas gefunden. Warum
sollte es ausgerechnet hier sein?«

In den letzten Tagen war Kaltenbach genau derselbe
Gedanke gekommen. Doch er hatte die Möglichkeit erfolg-
reich verdrängt. Etwas in ihm sträubte sich, das Ganze als
Fehlschlag zu betrachten.

»Vielleicht ist es ein Rätsel.«

»Rätsel? Is that supposed to be a ›riddle‹?«

Kaltenbach nickte. »Vielleicht hat Wagner das Ganze so
verpackt, dass es nicht jeder gleich herausbekommt.« Wieder dachte er an die Worte von Frau Wagner. Ihr Mann war
vorsichtig gewesen. »Wir werden es herausfinden.«

Luise deutete auf ihre Uhr. »Wir müssen los. Thomas meinte, wir sollen unbedingt pünktlich sein! Außerdem haben wir nur eine halbe Stunde!«

»Das schaffen wir nie!«, seufzte Kaltenbach.

»Warte es ab!« Luise warf sich eine Jacke über. »Spätestens in einer Stunde wissen wir mehr.«

»Also denkt daran: eine halbe Stunde! Keine Minute länger!«

Thomas Lindenmann öffnete die schwere Holztür am Ende des schmalen Ganges.

»Der Kreuzgang. Wir sind gleich da.«

Kaltenbach kannte den Kreuzgang des Augustinermuseums von früheren Besuchen. Im Hochsommer fanden die Touristen in den schattigen Gewölben Zuflucht vor der Hitze.

Doch heute war es anders. Kaltenbach fühlte sich um 500 Jahre zurückversetzt.

Er versuchte, sich im Halbdunkel zu orientieren. Das wenige Licht zeichnete die rhythmischen Schatten der Fensteröffnungen auf den matt schimmernden Steinboden. Durch die gotischen Spitzbögen erkannte er das helle Rechteck des Innenhofes.

Lindenmann legte den Finger auf die Lippen und horchte. Alles war totenstill.

»Wir haben Glück, ich habe richtig vermutet«, raunte er. »Die Putzfrauen sind fertig. Wir können es riskieren.«

Lindenmann ging voraus, Luise folgte ihm. Kaltenbachs Herz klopfte bis zum Hals. Schon tagsüber hatte ihm die Atmosphäre der alten Klostermauern gehörigen Respekt eingeflößt. Jetzt am späten Abend spürte er, wie die Schatten der Vergangenheit nach ihm griffen. Er war froh, nicht allein hier sein zu müssen.

Auch wenn Lindenmann sicher war, dass sich außer ihnen niemand in dem Gebäude befand, bewegten sie sich so geräuschlos wie möglich. Schon am Eingang hatte er ihnen eingeschärft, leise zu sein und unter keinen Umständen Licht anzumachen.

»Wenn irgendjemand mitbekommt, was ich hier mache, ist der Teufel los. Und meinen Job kann ich vergessen«, hatte er sie eindringlich ermahnt.

Hinter der Garderobe am Ende des Kreuzgangs kamen sie in den eigentlichen Eingangsbereich. Die lange Theke mit den elektronischen Kassen glänzte im fahlen Licht der Nachtbeleuchtung. Vor den Wänden sah man die Silhouetten der Karten- und Prospektständer. Durch die gläserne Eingangstür flackerten die Leuchtbuchstaben des gegenüberliegenden Restaurants. Vom Augustinerplatz hörte man Musik und Gelächter.

»Ab hier müsst ihr alleine weiter. Ich warte am Hinterausgang, falls doch jemand kommt. In 30 Minuten hole ich euch wieder ab. Keine Sekunde länger, verstanden?« Er griff in die Tasche und reichte Luise einen kleinen metallisch glänzenden Gegenstand. »Hier. Für den absoluten Notfall. Und nur ganz kurz aufleuchten lassen.« Er stieß die Luft aus und stöhnte. »Ich muss ein kompletter Idiot sein, mich auf so etwas einzulassen!«

»Eine Taschenlampe!« Luise warf ihm eine Kusshand zu. »Vielen Dank! Du kannst dich auf uns verlassen!«

Im nächsten Augenblick tauchte Lindenmann im Dunkel unter. Wenig später standen Kaltenbach und Luise unter dem Eingangsbogen zur zentralen Halle.

Der Anblick war überwältigend.

Der Raum war so groß, dass er die Decke nur erahnen konnte. Von weit oben schauten einige der originalen Wasserspeier herunter. Durch wenige schmale Öffnungen schien das Mondlicht und spiegelte sich in riesigen weißen Rundbögen an der Seite. Die kühne architektonische Meisterleistung wurde gekrönt von Figuren aus dem Münster, die den Mittelgang auf beiden Seiten flankierten. Jede von ihnen war mehrere Meter groß.

»Komm, wir müssen weiter.« Luise huschte unter die Pfeiler im rechten Seitengang. Hier standen überall Figuren und Plastiken, allesamt Darstellungen von Engeln und Heiligen, dazu ein lebensgroßer Christus auf einem Esel. Im schummrigen Licht wirkten die Figuren erstaunlich lebendig.

Am Ende der Halle führten zu beiden Seiten zwei schmale Durchgänge in den rückwärtigen Teil der Ausstellung.

»Wir sind da!« Luise deutete nach vorn. »Hier drinnen ist der Altar aus Tennenbach!«

Obwohl es noch ähnliche andere Aufbauten gab, erkannte Kaltenbach die Madonna sofort. Nicht nur die Größe war beeindruckend. Jetzt, da er direkt davor stand, war Kaltenbach von der Schönheit der Darstellung fasziniert. Obschon hier im hinteren Teil noch weniger Licht war, hatte er den Eindruck, als ob der Strahlenkranz von innen heraus leuchtete.

Luise begann bereits, den Altarsockel abzutasten. »Komm, hilf mir. Wir müssen anfangen.«

Kaltenbach spürte den kalten Stein unter seiner Hand. In rascher Folge klopfte er mit dem Fingerknöchel dagegen.

»Klingt alles massiv«, meinte Luise.

»Hier genauso. Wir müssen bei den Figuren suchen. Ich werde hochklettern.«

Der schulterhohe Altarsockel war von einer dunklen Marmorplatte abgedeckt. Kaltenbach schwang sich auf den schmalen Sims.

»Du kannst ja mal auf der Rückseite nachsehen.«

Es war nicht einfach hochzukommen. Kaltenbach versuchte, auf der kaum 30 Zentimeter breiten Fläche die Balance zu finden. Als er einigermaßen sicheren Griff hatte, tastete er sich zu der Marienstatue vorwärts. Nach einer Drehung hatte er den Sockel mit der Aufschrift direkt vor sich.

Aus der Nähe war zu erkennen, dass das Holz einige Schrammen abbekommen hatte. Kaltenbach hielt sich mit der linken Hand an dem Ornamentschmuck fest. Mit der Rechten strich er Zentimeter für Zentimeter über den Schild. Wieder klopfte er vorsichtig, horchte, kratzte. Nichts deutete darauf hin, dass es hinter dem Schild einen Hohlraum gab.

Luise tauchte wieder auf. »Hinten und an der Seite habe ich nichts gefunden«, flüsterte sie. »Das ist ein modernes Stützgemäuer. Absolut fest. Wie sieht es bei dir aus?«

Kaltenbach schüttelte den Kopf. Er hatte Schwierigkeiten, die Balance zu halten und musste sich mit beiden Händen abstützen.

»Ich versuche jetzt, an die Figuren heranzukommen.« Kaltenbach spürte, wie ihm der Schweiß auf die Stirn trat. Krampfhaft vermied er es, nach unten zu schauen, wo Luise stand. Selbst diese geringe Höhe verlangte ihm alles ab. Für einen Moment hielt er inne und atmete tief durch. Dann begann er, sich Zentimeter für Zentimeter aufzurichten. Mit beiden Händen klammerte er sich an dem Faltenwurf der Madonna fest.

Er hoffte inständig, dass das Ganze hielt. Wenn er abrutschte und hinunterfiel, würde es einen Riesenlärm verursachen.

»Warte, ich helfe dir!« Luise stellte sich direkt unter ihn und umfasste mit ihren Händen seine Fußknöchel. Er wusste, dass sie ihn nicht würde halten können. Doch die Berührung beruhigte ihn ein wenig.

So weit seine Arme reichten, tastete er sich weiter. Wieder begann er, das Holz abzuklopfen. An manchen Stellen waren die Schnitzereien so dünn, dass er befürchtete, er könnte etwas abbrechen.

»Und?«

»Keine Öffnung, kein Spalt. Nichts. Ich komme wieder runter!«

Es kostete ihn noch mehr Anstrengung, bis er endlich wieder auf festem Boden stand. Seine Hände zitterten. Er musste sich auf die Altarplatte abstützen und verschnaufen.

»Wenn wir eine Leiter hätten …«, begann Luise.

»Vergiss es. Das dauert zu lange. Am besten ist es, wenn wir verschwinden.«

»Wir haben noch zehn Minuten. Es wird Zeit, dass wir unseren Grips anstrengen. Lass sehen, ob uns noch etwas auffällt.« Luise betrachtete angestrengt den Altar. »Dies hier zum Beispiel.«

An der Seite des Sockels war eines der üblichen Hinweisschilder angebracht.

»Oberrhein 1600«, las sie. »Die aufgemalte Datierung 1721 bezeichnet vermutlich das Jahr des architektonischen Aufbaus.«

Kaltenbach winkte ab. »Abt Antonius. Das wissen wir schon. Das bringt nichts.«

Luises Blick wanderte zu der aufgemalten Jahreszahl auf dem Schild. »Sieht etwas merkwürdig aus, findest du nicht?«

Kaltenbach trat neben sie. Tatsächlich waren nur die beiden ersten Ziffern deutlich.

»Die Zwei könnte genauso gut ein Z sein«, meinte er.

»Und das letzte Zeichen hat für mich überhaupt keine

Ähnlichkeit mit einer Eins. Eher mit einem Buchstaben. Einem I oder einem J.«

»Wahrscheinlich die üblichen damaligen Schnörkeleien.« Kaltenbach wandte sich zum Gehen. »Wir müssen los. Thomas kommt gleich.«

Luise hielt ihn zurück. »Warte doch mal. J könnte doch für Jesus stehen. Oder Johannes.«

»Oder Johann!«, sagte Kaltenbach plötzlich. »Johann Wolfgang von Goethe! Luise, das könnte es sein!«

»Und das Z?«

»Zahl, Ziffer, Zeile, Zeiger, Zisterzienser …« Kaltenbachs Kleinmut war wie weggeblasen.

»17-Z-J. Irgendeine 17. Zahl. Was gibt es hier, was man abzählen kann?«

Beide schauten jetzt konzentriert nach oben. Vor Kaltenbachs Augen begannen die Figuren sich zu bewegen und hin und her zu schwanken.

»Die Strahlen!«, entfuhr es Luise. »Sieh dir die Strahlen an.« Sie holte Lindenmanns Taschenlampe heraus und ließ sie aufleuchten. »Da, siehst du es? Manche der Strahlen sehen etwas matter aus als die anderen.«

»Das muss nichts bedeuten«, meinte Kaltenbach. »Nach so vielen Jahren kann nicht mehr alles perfekt sein. Außerdem – hinter den Strahlen war nichts, soweit ich es ertasten konnte.« Er deutete auf die Säulen zu beiden Seiten des Aufbaus. »Eher hier. Sieh mal die Blumenornamente. Und dazwischen immer wieder ein stilisierter Bienenkorb. Das Wappen von Abt Antonius. ›Meine Worte seien süß wie Honig‹. Ich denke, wir sollten noch einmal herkommen. Dann mit einer Leiter.«

Er wandte sich um.

»Luise? Was ist mit dir?«

Luise starrte immer noch auf den riesigen Strahlenkranz,

285

der die Madonna völlig einschloss. Dann fasste sie Kaltenbachs Arm und deutete nach oben. »Siehst du die eine Stelle, links vom Jesuskind? Einer der Strahlen ist deutlich matter als die anderen. Ich habe sie gerade abgezählt. Es ist der 17.«

Kaltenbach zählte nach. Tatsächlich. Von dem Fuß auf der Mondensichel aus leuchtete es golden bis zum 17. Strahl.

Aus Richtung der Halle kam plötzlich ein Geräusch.

»Das wird Lindenmann sein. Ausgerechnet jetzt!«

Kaltenbach trat rasch an den Altar. »Komm, hilf mir. Ich muss da noch einmal rauf.« Er vergaß seine Angst und kletterte erneut auf den Sims. Aus der Nähe erkannte er sofort, dass einer der Strahlen aussah, als sei er nachträglich eingefügt worden. Kaltenbach richtete sich vorsichtig auf und versuchte, ihn mit der Hand zu greifen. Vorsichtig bewegte er den Strahl hin und her, bis er sich tatsächlich löste.

»Ich habe ihn!« triumphierte er. »Wir haben es gefunden! Wagners Geheimnis ist gelöst!«

Fast im selben Moment klang eine Stimme aus dem Dunkel.

»Herzlichen Glückwunsch, mein Lieber!«

Kaltenbach fuhr so schnell herum, dass er fast abgestürzt wäre. Seine Augen weiteten sich vor Schrecken, als er den Mann erkannte, mit dem er am wenigsten gerechnet hatte.

Peschke trat einen Schritt nach vorn. Die Mündung seiner Pistole hatte er genau auf Luises Kopf gerichtet.

»Hat dieser alte Trottel doch recht gehabt!« Der Mund des Mannes verzog sich zu einem höhnischen Grinsen. »Auch wenn er die Spur ganz schön verschlungen gelegt hat. Die Spuren Goethes im Breisgau. Er dachte wohl, das sei clever. Dabei war es nichts als Spinnerei. Als ich die Liste sah, wusste ich sofort Bescheid.«

Luise fasste sich als Erste. »Sie haben Wagner den Ordner gestohlen?«

»Er wollte mich nicht einweihen, hat alles für sich behalten. Dieser Idiot!« Seine Stimme wurde abschätzig. »Ruhm und Ehre für die Heimatstadt! Dass ich nicht lache! Den Alten hat überhaupt nicht interessiert, wie wertvoll ein Klassiker-Original ist.«

Peschke rückte Stück für Stück näher. Der Lauf seiner Pistole schimmerte unheildrohend.

»Ich habe versucht, ihn zu überreden, aber er wollte nicht. Drohte sogar damit, mich anzuzeigen. Als er das Ganze dann öffentlich machen wollte, musste ich handeln.«

Kaltenbach versuchte verzweifelt, gegen den Schwindel anzukämpfen. Mit dem linken Arm hielt er den Mantel der Madonna fest umklammert. In der anderen Hand balancierte er den goldenen Strahl. »Sie haben Wagner auf dem Gewissen!«, stieß er hervor. »Es war leicht, ihm die Tropfen zu verabreichen. Es hätte genügt, ihn außer Gefecht zu setzen.«

Er zuckte die Schultern. »Dass er sich dann zu Tode stürzt – sein Pech!«

Kaltenbach lief es eiskalt den Rücken hinunter. »Und Hertzog?«

»Das war nicht geplant. Aber warum musste der Idiot den Koffer klauen? Keine Ahnung, was der damit vorhatte.«

»Aber woher wussten Sie von dem Altar?« Luises Stimme zitterte. Peschkes kam ihr mit seiner Waffe bedrohlich nahe.

»Die Madonna? Das war tatsächlich schwierig. Da hat sich der alte Fuchs etwas einfallen lassen. Mit den Abkürzungen konnte sogar ich nichts anfangen.« Der Lauf der Pistole deutete nach oben. »Unser Weinhändler hier hat mir persönlich den entscheidenden Hinweis geliefert. Nach dem Besuch bei mir im Büro musste ich noch nicht einmal selbst suchen. Wichtig war nur, ihn im Auge zu behalten.«

Luise hielt immer noch Kaltenbachs Knöchel umklammert. Fieberhaft überlegte sie, was sie tun könnte. Warum kam Thomas nicht?

»Und warum musste die Stadtführerin sterben?«

»Ganz schön gerissen, die Dame. Sie war schon früh dahintergekommen. Dummer Zufall. Dann wurde sie gierig und setzte mich unter Druck. Und sie wurde ungeduldig.« Er verzog seinen Mund zu einem Grinsen. »Eine stilechte Dekoration auf dem Grab, findet ihr nicht? Hat auf jeden Fall alle ganz schön verwirrt.«

Er richtete die Pistole auf Kaltenbach. »Genug gequatscht! Gib mir das Ding herunter. Jetzt will ich sehen, was in dem Holz ist!«

Kaltenbach traute sich kaum, sich zu bewegen. Trotzdem blieb ihm nichts anderes übrig, als zu tun, was Peschke sagte. Mit größter Anstrengung beugte er sich nach vorn und reichte Peschke den goldenen Strahl.

Der Archivar riss ihn ihm aus der Hand und sprang zurück. Fieberhaft stocherte er in die Öffnung am Ende. Dann schlug er das Holz mit kräftigem Schwung auf den Altar. Rasch kniete er nieder und wühlte in den Bruchstücken auf dem Boden.

Als er das Gesicht wieder hob, war sein Blick verzerrt vor Wut. »Nichts! Hier ist nichts!«

Er stand auf und kam näher. Die Pistole in seiner Hand zitterte. »Ihr habt mich hinters Licht geführt! Sagt mir sofort, wo ihr es versteckt habt, sonst …«

Plötzlich wurde es in dem Saal um den Altar taghell. Kaltenbach wurde von einem grellen Licht geblendet. Mit einem metallischen Schlag fiel die Pistole auf den Boden. Er sah gerade noch, wie sich zwei Polizisten auf Peschke warfen und ihn niederzwangen.

Hinter der Mauer trat Lindenmann hervor, mit ihm ein Mann mit braunem Mantel. Der Mann warf einen raschen Blick auf Peschke, um dessen Gelenke Handschellen klickten. Dann wandte er sich zu Kaltenbach.

»Polizei Freiburg. Sie können herunterkommen. Es ist vorbei.«

KAPITEL 20

»Letztlich werden wir nie erfahren, was Wagner tatsächlich vorhatte.«

Kaltenbach hob sein Glas und prostete Luise zu. Gut drei Stunden vor dem Auftritt von ›Shamrock Rovers and a Thistle‹ saßen beide in dem Restaurant am Goetheplatz und genossen die Empfehlung des Tages.

»Wer weiß, wozu es gut ist«, meinte Luise. Genießerisch spürte sie dem Schluck auf der Zunge nach.

»Das Wichtigste ist doch, dass seine Familie ihren Frieden gefunden hat.«

Kaltenbach nickte. Er hatte sich vorgenommen, Wagners Frau in den nächsten Tagen zu besuchen. Er würde ihr alles zurückgeben, was sie ihm anvertraut hatte.

»Thomas hat erklärt, dass in dem Altar kein größeres Versteck gefunden wurde. Und wenn, dann hätte man es bei der Renovierung vor ein paar Jahren entdeckt.«

»Der Restaurator von damals?«

»Ich habe mich bereits erkundigt. Der gute Mann ist letztes Jahr mit 81 friedlich verstorben. Keine Familie, keine Erben.«

»Aber zumindest einen Hinweis auf das Manuskript hätte in dem Strahl sein können. Schöner Zufall mit der 17.«

»Wenn das Manuskript überhaupt existiert!«, zweifelte Kaltenbach.

»Ich finde, es war zumindest ein guter Anfang. Vielleicht hat die 17 ja doch eine Bedeutung. Die 17. Zeile in einem Werk von Goethe zum Beispiel.«

»Du hast ganz schöne Fantasien. Aber ohne mich. Sollen

sich andere den Kopf darüber zerbrechen. Ich habe genug von Rätseln und Verschwörungen.«

Für eine Weile genossen beide schweigend ihr Essen, ehe Luise wieder begann. »Was war eigentlich mit diesem Auwarter und der Loge in Freiburg?«

»Ihn habe ich die ganze Zeit zu Unrecht verdächtigt. Anscheinend hatten die Freimaurer nichts damit zu tun. Aber wer weiß, vielleicht steckt auch da noch mehr dahinter. Als Kenner der lokalen Geschichte muss Wagner über Goethes Verbindungen zur ›Wahren Eintracht‹ gewusst haben. Außerdem geht mir das Gespräch von Auwarter und Hertzog immer noch nicht aus dem Kopf. Die beiden hatten etwas zu verbergen.«

»Dann hat Hertzog also die Gelegenheit genutzt, nach Wagners Sturz von der Treppe den Koffer an sich zu bringen?«

»Das vermute ich auch. Wir werden es nicht erfahren. Bestimmt gibt es auch bei den Freimaurern Dinge, die nicht an die Öffentlichkeit gelangen sollen.«

Der Auftritt der ›Shamrock Rovers and a Thistle‹ war ein unerwarteter Erfolg. Die Zuhörer klatschten und tanzten. Drei Zugaben wurden eingefordert, Erinnerungsfotos wurden geschossen.

Walter strahlte über das ganze Gesicht. »Ich habe es gewusst! Ich habe es immer gewusst!«, stammelte er immer wieder.

Andrea fiel der Reihe nach all ihren Freundinnen um den Hals, die mit zwei Autos extra von Freiburg gekommen waren. Markus und Michael saßen bereits wieder auf dem Podium und hatten mit einigen Besuchern eine Spezialsession gestartet. Das Trommeln und Klatschen wollte kein Ende nehmen.

Luise hatte den Auftritt von einem Stuhl neben der provisorischen Bühne verfolgt.

»Ich freue mich für dich«, sagte sie, als Kaltenbach endlich Zeit fand, zu ihr zu kommen. In die Euphorie des Abends mischte sich leise Melancholie. Der Gedanke an Jamie trübte Kaltenbachs gute Laune.

»Ihr denkt daran, dass wir noch zu einer kleinen Nachfeier wollen?« Walter hatte sich durch die Menge der Kneipengäste zu ihnen vorgearbeitet.

»Hast du schon wieder etwas ausgemacht, ohne uns zu fragen?« Kaltenbach zog die Stirn in Falten.

»Keine Sorge. Dieses Mal ist alles abgesprochen«, erwiderte Walter und zwinkerte Luise zu.

»Lass dich überraschen!«

Erst als Walter kurz nach elf den Wagen bei der Tankstelle hinter der Ganter-Brauerei in Freiburg abstellte, hatte Kaltenbach eine Ahnung, was die beiden mit ihm vorhatten.

»Ich hoffe, es ist noch nicht zu spät«, keuchte Walter.

Zu dritt eilten sie durch den dunklen Innenhof zum Eingang der Wodan-Halle. Ein paar Leute kamen ihnen bereits entgegen, andere standen beisammen und rauchten. Am Biertresen im Vorraum herrschte Hochbetrieb.

Die Bühne in dem ehemaligen Brauereikeller war leer. Big Guitar Thompson hatte sein Konzert beendet. Die Zuhörer standen dicht gedrängt und klatschten. Rhythmische Zugabe-Zugabe-Rufe ertönten.

Mit geübtem Blick sah Kaltenbach, dass die roten Kontrolllämpchen an den Verstärkern noch brannten.

»Die kommen noch einmal!«, rief er aufgeregt.

Luise deutete zu einem der Stehtische vor der Wand. »Dort sind Jamie und die anderen!«

Sie drehte sich um und drängte sich durch die Menge.

Im selben Moment kamen die Musiker aus dem Garderobenraum zurück, allen voran ein untersetzter, etwas rundlicher Big Guitar Thompson. Er trug ein wild gemustertes Hemd und eine lederne Schiebermütze.

»He, da bist du ja!«, hörte Kaltenbach hinter sich einen überraschten Ausruf. Robbi strahlte ihn an, verschwitzt und glücklich. »Ein super Auftritt! Was ist, hast du Lust?«

Kaltenbach verstand zuerst nicht, was er meinte. Dann fühlte er nur noch, wie er halb gezogen, halb geschoben auf die Bühne stolperte. Ein letztes Mal fuhren die Deckenscheinwerfer hoch.

Robbi drückte ihm eine Fender Stratocaster in die Hand. »Stell dich einfach zu mir. Grundschema Slow Blues. D-Dur.«

Big Guitar Thompson hob die Hand und bat um Ruhe. Der Schlagzeuger gab mit den Stöcken den Takt vor, die ersten Akkorde ertönten.

»Okay, folks, we got one more!«

Von der ersten Sekunde an war Kaltenbach dabei. Robbi und Lothar. Es war wie früher. Der Rhythmus zog sie vorwärts, die Riffs flogen hin und her. Als Big Guitar Thompson ihn mit einem kurzen Blick zu einem Solo ermunterte, spielte er, als sei es nie anders gewesen.

Irgendwann schwebte Kaltenbach aus dem Musikerhimmel zurück auf die Bühne, sah sich, wie er sich mit den anderen verbeugte und kam erst wieder zu sich, als er sich durch die Menge der verschwitzten Zuhörer einen Weg zu den anderen bahnte. Von überall gab es Schulterklopfen und aufmunternde Worte.

Walter grinste. »Überraschung gelungen! Du bist ja richtig gut. Respekt!«

Robbis Frau begrüßte ihn ebenso wie ein paar andere Bekannte. Etwas abseits stand Jamie. Eine Frau hielt ihn von hinten zärtlich umschlungen. Kaltenbach hatte keine Zeit, sich zu wundern, denn aus der Menge tauchte Luise plötzlich auf.

»Ich freue mich so für dich!«, lachte sie und fiel ihm um den Hals. Kaltenbach war für einen Moment völlig verwirrt.

Jamie gesellte sich mit seiner Begleiterin zu ihnen. »Magnifique! Well done! Isch bin begeistert!«

Die Frau reichte Kaltenbach die Hand. Jetzt erkannte er sie wieder.

»Du erinnerst dich an Nadja? An die Vernissage?«, hörte er Luise sagen. »Bei den beiden war es Liebe auf den ersten Blick!« Sie sah Kaltenbach an. Ihr Gesicht war jetzt ganz nah vor seinem. Als ihre Augen sich fanden, versanken der Lärm, die Musik und die Menschen.

Zärtlich strich Kaltenbach ihr die Locke aus der Stirn.

Dann lächelte er.

EPILOG: ÜBER DEN DÄCHERN VON FREIBURG

»Du bist dir also sicher, dass die Angelegenheit erledigt ist?«

Die zwei Männer saßen auf der Terrasse des Cafés. Beide hatten ihre grauen Jacketts ausgezogen und über die Stuhllehnen gehängt. Vor ihnen standen zwei halb ausgetrunkene Tassen.

Es war heiß. Kein Lüftchen regte sich. Die Glocken vom Münsterturm schlugen aus der Ferne zur Mittagsstunde.

»Der Verhaftete wusste nichts«, antwortete der Jüngere. Sein Gesicht war sonnengebräunt, die Haare modisch frisiert. »Er war nur hinter dem Geld her.«

Der Ältere nickte zufrieden. »Und die anderen? Was ist mit dem Mann, der uns unangenehm nahe gekommen war? Was ist mit der Frau aus Freiburg?«

»Der Weinhändler und seine Freundin?« Der Jüngere schüttelte den Kopf. »Ich konnte die Unterlagen einsehen, die in ihre Hände gekommen waren. Es gibt nichts, worüber wir uns Sorgen machen müssen.«

Wieder nickte der Ältere. Er ließ seinen Blick vom Münster aus über die dicht gedrängten Häuser der Stadt bis hin zu den prächtigen Toren gleiten, die ehrwürdigen Thronen gleich aus dem Dächermeer herausragten. Zum Schönberg hin glitzerte das gewundene Band der Dreisam, das sich nach Nordwesten hin am Horizont in der diesigen Mittagssonne verlor.

»Die Meister haben uns den Weg gewiesen, der zur Demut führt. Alles ist gut. Trotzdem müssen wir wachsam sein. Das Erbe von Abaris birgt vieles, was noch im Verborgenen bleiben muss.« Er wandte sich zu seinem Nachbar und sah ihn mit ernstem Blick in die Augen. »Nachdem unser Bruder den Weg aller Wege gegangen ist, wirst in Zukunft du der Wächter sein. Die Zeit wird kommen. Doch wir werden diejenigen sein, die bestimmen, wann es so weit ist.«

Über der Terrasse flog ein Taubenpärchen mit eifrigem Flügelschlag in Richtung Norden. Der Mann stand auf, zog sein Jackett über und wandte sich zum Gehen. Auch der Jüngere erhob sich. Er legte einen Geldschein auf den Tisch und folgte dem anderen auf den Weg zur Schlossberg-Treppe. Kurz darauf waren beide im Gewimmel der Gassen verschwunden.

ENDE

Da wollen sie wissen, welche Stadt am Rhein (…) gemeint sei. Als ob es nicht besser wäre, sich jede beliebige zu denken. Man will Wahrheit, man will Wirklichkeit und verdirbt dadurch die Poesie.

Goethe im Gespräch mit Eckermann

NACHWORT DES AUTORS

Liebe Leserin, lieber Leser,

Lothar Kaltenbach hat es zum zweiten Mal geschafft, einen verzwickten Fall zu einem guten Ende zu bringen.

Gerne möchte ich Sie zu der Lektüre einer Kurzgeschichte einladen, die ich mit meiner Kollegin Katrin Rodeit zusammen verfasst habe und die unabhängig von Kaltenbachs zweitem Fall entstanden ist. Was geschehen kann, wenn die Protagonisten der beiden Autoren zusammentreffen, lesen Sie auf den folgenden Seiten.

Ich wünsche Ihnen viel Vergnügen,
Ihr Thomas Erle

TOD AUF DER BUCHMESSE

Es gab keinen Zweifel. Kaltenbach hatte sich verlaufen.

War das überhaupt noch die weltgrößte Buchmesse? Der lange Gang, den er entlangstolperte, war zu beiden Seiten von halb offenen Minibüros gesäumt, die alle gleich eingerichtet waren – eine halbe Theke mit einem Stapel Flyer und einem Schälchen – wahlweise mit Salzgebäck oder Gummibärchen. Dahinter ein Minitisch mit Ministühlen, darauf ein lässig-desinteressierter Nerd – steil hochgegelter Schopf, Ohrring, Tablet. Hochmoderne Grafiken an der Rückwand warben für ein Softwareunternehmen.

Keine Bücher.

›Marketing und Social Media für Kleinunternehmer‹ hatte der Workshop geheißen, zu dem er eigentlich wollte. Doch nach der dritten Rolltreppe und der vierten Abzweigung war Kaltenbach durch den Rummel auf dem Blauen Sofa abgelenkt worden. Einer der Ehrenpromis wurde zu seiner neuesten Biografie befragt. Die gut aussehende Journalistin schien sich selbst mindestens genauso wichtig zu nehmen. Frisur, Make-up, dezenter Schmuck – alles passte, alles war darauf ausgelegt, in der laufenden TV-Übertragung den besten Eindruck zu machen.

Kaltenbach hatte fasziniert zugeschaut und war länger stehen geblieben, als er eigentlich wollte. In der Menge der leuchtenden Augen und blinkenden Handykameras hatte er am Ende die Orientierung verloren.

Der junge Mann hinter der Theke sah nicht einmal auf, als Kaltenbach sich ein Päckchen Gummibärchen schnappte. Knurrend lief er weiter. Irgendwann würde auch dieser Gang ein Ende finden.

Das Ganze war sowieso eine Schnapsidee. Ein Krimiverlag aus Oberschwaben wollte seinen Gästen in diesem Jahr etwas Besonderes bieten. Badischen Wein statt Kaufhaussekt zum abendlichen Empfang. Und ihn als echten Weinhändler gleich dazu.

Kaltenbach schüttelte den Kopf, als er an die anderen Gäste des Verlags dachte. Ein Pathologe, der in einer grünen Schürze herumlief, dazu ein Profiler aus Berlin. Sogar eine echte Kommissarin. Mit Jule Flemming, der Privatdetektivin aus Ulm, hatte er sogar schon ein paar Worte gewechselt. Schien ein Paradiesvogel zu sein.

Unvermittelt stand Kaltenbach vor einer breiten Glastür, die ihn auf den riesigen Innenhof führte. Erleichtert sah er die überdimensionalen Hinweisschilder.

Halle 3. Dorthin musste er. Eine kleine Verschnaufpause an der frischen Luft und dann zurück zu den Büchern. Er war gespannt, was ihn heute noch erwarten würde.

Das versprach ein spannender Tag zu werden. Erfrischend anders. Wenn auch irgendwie spießig. Durchgetaktet bis ins letzte Detail.

Ein bisschen kam Jule sich fehl am Platz vor. Aber das war sie gewohnt. Sie wurde immer zuerst nach ihrem Äußeren beurteilt. Ihr unsortierter Lockenkopf, die derben Klamotten und Schuhe. Das Piercing in der Lippe hatte sie mittlerweile entfernt, aber auch so reichte es für viele, sie in eine Schublade zu stecken.

Der Weinhändler aus dem Breisgau schien anders zu sein. Kein kritischer Blick hatte sie verurteilt. Irgendwie war er süß. Schüchtern sah er aus. Aber Jule mahnte sich zur Vorsicht. Stille Wasser und so ... Trotzdem. Vielleicht war es mehr als ein netter Zufall, dass sie ihn gerade jetzt im großen Innenhof traf.

Jule holte zwei Sandwiches aus der Tasche und hielt ihm eines hin. »Hier, du siehst aus, als könntest du das jetzt vertragen.«

Kaltenbach sah sie überrascht an. Dann lächelte er. »Du hast recht. Dazu ein gutes Glas Rotwein«, seufzte er, »dann ginge es mir wieder gut.«

Jule lachte. »Ich trinke keinen Wein.«

»Schade.« Hungrig machte sich Kaltenbach über das Sandwich her. »Vielleicht kann ich dich trotzdem von einem Gläschen überzeugen. Später beim Verlagsempfang?«

Jule nickte. »Einverstanden.« Das hörte sich gut an. Wahrscheinlich machte es das Gesülze des Starautors einigermaßen erträglich. Außerdem hatte sie bisher noch kein Bier entdeckt.

»Hier lang – kommst du?«

Jule bahnte sich den Weg durch die Besuchermassen. Kaltenbach folgte dicht dahinter. Normalerweise war er eher zurückhaltend, was das schnelle Duzen betraf. Aber die Detektivin hatte ihn mit ihrer unkomplizierten Art rasch angesteckt. Es gab also doch Lichtblicke auf dem Jahrmarkt der Eitelkeiten, der sich ›Buchmesse‹ nannte.

Dagegen musste er den Kopf schütteln, als er an den Star des Abends dachte. Einer dieser Emporkömmlinge, der glaubte, etwas Besonderes zu sein, nur weil sein neuer Roman auf der Bestsellerliste stand. Kaltenbach hatte kurz hineingeblättert – fürchterliches Geschwafel.

Ausgerechnet für ihn hatte er seinen besten Wein aussuchen müssen. Eine Burgunderspätlese, trocken ausgebaut, im Barrique gereift! Kaltenbach seufzte. Wer zahlt, befiehlt, dachte er. Der Verlag wollte es so.

»Ich will vorsichtshalber noch mal nachsehen, ob alles

in Ordnung ist. Wenn du willst, kann ich dir gleich einmal ein paar Flaschen zeigen.«

Hinter den Auslagen des Verlagsstandes führte eine Tür in einen winzigen Raum, der zu mehr als der Hälfte mit Büchern, Ordnern und Kisten voller Flyer und Prospekte vollgestellt war. Dazu die Kartons, die er mühsam aus dem Auto hergeschleppt hatte. Er hatte sich Mühe gegeben, vielleicht sprangen ein paar lukrative Anschlussverträge dabei heraus.

Die Detektivin sah ihm über die Schulter.

»Ich sehe da keinen großen Unterschied. Was empfiehlst du mir?«

Kaltenbach antwortete nicht. Urplötzlich hatte er innegehalten. Gleich darauf begann er fieberhaft, das Zimmerchen abzusuchen.

»Sie ist weg!«

Jule zwängte sich neben ihn. »Was ist los?«

Kaltenbach schien der Verzweiflung nahe. »Das darf nicht wahr sein. Ausgerechnet die Promi-Flasche! Jetzt heißt es improvisieren.«

Die Detektivin spürte, dass sie ihm nicht helfen konnte. »Ich warte vorn, okay?« Sie drehte sich um, als ihr Blick auf einen kleinen silbernen Gegenstand fiel, der auf dem Boden lag. Ohne nachzudenken, bückte sie sich und steckte ihn in die Tasche.

Die junge Frau war vor Jules Augen zu Boden gesunken. Ihr Begleiter stand neben ihr, unfähig, sich zu rühren.

»So viel haben wir doch gar nicht getrunken«, jammerte er. Er streichelte ihre Wange, mit der anderen Hand umklammerte er immer noch die Weinflasche.

»Nadja, sag doch was, bitte!«

»Nicht viel getrunken?«, fragte Jule und riss ihm die Flasche aus der Hand.

»Der gute Rote«, jammerte Kaltenbach, der ebenfalls hinzugekommen war.

»Bäh! Wenn Wein so schmeckt, bleibe ich beim Bier«, meinte Jule und verzog das Gesicht, nachdem sie ihre Zunge benetzt hatte. »Und das soll dein bester sein?« Sie reichte Kaltenbach die Flasche.

Der Weinhändler roch daran. »Das ist nicht mein Wein!«, sagte er kopfschüttelnd.

Zwei Sanitäter scheuchten die Menge auseinander. »Nadja, Nadja!«, stammelte der junge Mann. Er war völlig verzweifelt.

»Was soll das heißen, das ist nicht dein Wein?« Jule sah Kaltenbach mit großen Augen an. »Woher willst du das wissen?«

»Meiner schmeckt nicht so ... so widerlich eben.«

Die Sanitäter kamen zu spät. Atemstillstand. Herzversagen. Irgendjemand verständigte die Security. Innerhalb weniger Minuten war der Verlagsstand weiträumig abgesperrt. Jetzt warteten alle auf die Kripo.

Kaltenbach fand sich an einem Tisch in der Ecke wieder mit einem stämmigen Sicherheitsbeamten an seiner Seite. Verzweifelt hämmerte er mit den Fäusten auf seine Knie. So hatte er sich den Ausflug in die Großstadt nicht vorgestellt! Als klar war, dass die Flasche von ihm stammte, war er sofort in Gewahrsam genommen worden. Nun wurde er behandelt wie ein Schwerverbrecher. Kaltenbach überlegte fieberhaft. Die beiden jungen Leute hatte er niemals zuvor gesehen. Wie kamen sie überhaupt an die Flasche? Und was noch viel schlimmer war: Jemand musste etwas hineingetan haben! Der rote Burgunder gehörte zu einer Edition,

die er im letzten Jahr für besondere Anlässe zusammengestellt hatte. Bisher waren alle, die davon getrunken hatten,
voll des Lobes gewesen – und noch am Leben.

Jule war schockiert. Sie hatte schon vieles erlebt. Doch
jetzt war vor ihren Augen ein Mensch gestorben. Dazu
kam ein schrecklicher Verdacht: Kaltenbach, der sympa-
thische Brummbär aus Südbaden, ein Mörder?

Die Detektivin versuchte, sich die letzten Minuten in
Erinnerung zu rufen. Es sah alles danach aus, als sei der
Wein vergiftet worden. K.-o.-Tropfen vielleicht. Damit
hatte sie seit ihrem letzten Fall hinreichend Erfahrung. In
hoher Dosierung wirkten sie tödlich.

Doch wie war das Gift in den Wein gekommen? Kaltenbachs beste Flasche. Sie hatte separat gestanden, hatte
er erzählt. In eine edle Holzkiste eingepackt.

Jules Finger ertasteten in der Hosentasche den kleinen
Gegenstand, den sie ein paar Minuten zuvor in der Kammer aufgehoben hatte. Sie zog ihn heraus und betrachtete
ihn nachdenklich. Ein silberner Anhänger in Form eines
aufgeschlagenen Buches.

Die Kammer, in der Kaltenbach seinen Wein aufbe-
wahrte. Wenn der Schmuck ihm gehörte, verlief die Spur
ins Leere. Wenn nicht, konnte er ein Fingerzeig sein. Sie
musste ihn fragen.

Kaltenbach konnte es immer noch nicht fassen. Mordverdacht! Dabei hatte er sich noch vor einer Stunde darauf
gefreut, seine Weine bei diesem Großereignis ausschen-
ken zu dürfen. Ein Stückchen südbadische Lebensart im
Messebetrieb einer Großstadt. Zu Hause würde ihm das
keiner glauben. Wenn er überhaupt wieder nach Hause
kommen würde.

Der Uniformierte, der mit am Tisch saß, ließ ihn nicht aus den Augen. Dabei wäre Kaltenbach nie auf die Idee gekommen, zu verschwinden.

Die Mitarbeiter der umliegenden Verlagsstände versuchten, das Beste aus der unerwarteten Unterbrechung der Messeroutine zu machen. Die meisten unterhielten sich aufgeregt, andere tippten auf ihren Smartphones herum. Ab und zu blitzte ein neugieriger Blick zu ihm hinüber.

Von hinten entstand plötzlich Bewegung. Kaltenbachs Herz schlug schneller als er sah, wie die Detektivin auf ihn zukam.

Jule Flemming lächelte ihm aufmunternd zu, während sie sich zu Kaltenbach an den Tisch setzte. Sie zog den silbernen Anhänger heraus und legte ihn auf den Tisch.

»Das habe ich in der Kammer gefunden. Kennst du das?«

Kaltenbach starrte auf das Schmuckstück. Er schüttelte den Kopf.

»Es ist wichtig! Versuch, dich zu erinnern! Gehört es vielleicht jemandem vom Verlag? Oder einem der Gäste?«

Kaltenbach hob die Hände. »Keine Ahnung. Da kenne ich mich nicht aus.«

Jule zeigte auf die winzige Öse. »Das ist ein Anhänger von einem Armband.«

Der Uniformierte wurde ungeduldig. »Keine Gespräche! Sie können nicht …«

»Das Blaue Sofa!«, entfuhr es Kaltenbach. »Die Redakteurin auf dem Blauen Sofa hatte so etwas an!«

Jule sprang auf. »Ich muss das wissen. Sofort. Wenn das stimmt, was du sagst …«

Kaltenbach atmete auf. Er spürte, wie sich neue Hoffnung in ihm regte. »Gott sei Dank!«, stammelte er und stand auf. »Ich dachte schon …«

»Moment, nicht so eilig«, unterbrach ihn eine harsche Stimme. »Mordkommission Frankfurt. Zuerst werden Sie uns das hier erklären müssen!« Triumphierend hielt der Mann eine Plastiktüte in die Höhe.

Kaltenbach stockte der Atem, als er den Gegenstand unter der durchsichtigen Folie erkannte. »Eine Spritze!«

»Ganz recht.« Die Stimme des Ermittlers klang drohend. »Eine Spritze, die wir im Raum bei Ihrem Wein gefunden haben! Eine Spritze, die noch einen Rest …«

»Da, da hinten!« Kaltenbach starrte mit weit aufgerissenen Augen an dem Kommissar vorbei. »Das ist die Frau vom Blauen Sofa«, stammelte er und zeigte auf eine gut gekleidete Frau, die am Rande der Absperrung nervös hin und her lief.

Jule reagierte sofort. »Sieht ganz so aus, als suche die Gute etwas. Ich geh mal helfen.« Sie schnappte sich den Anhänger vom Tisch und steuerte auf die Frau zu.

Die Journalistin wirkte trotz der Schminke bleich. Ihr Blick irrte abwechselnd über die Gesichter der Anwesenden und auf den Boden.

»Suchen Sie das hier?«, fragte Jule und ließ den Anhänger vor ihrer Nase baumeln.

Die Frau schnappte danach, doch Jule reagierte schneller. »Ts, ts, wer wird denn gleich?«

»Geben Sie das her!«, zischte die Journalistin. Die Blässe war blitzartig verschwunden, ihr Kopf hatte die Farbe einer überreifen Tomate angenommen.

»Warum sollte ich?« Jule erhielt keine Antwort. »Weil es Sie überführen würde? Weil es beweisen würde, dass Sie am Tatort waren?«

»Her damit, blöde Kuh!« Die Stimme der Frau wurde schrill. Wieder versuchte sie, Jule den Anhänger aus der Hand zu reißen. Inzwischen wurden auch die Umstehenden aufmerksam.

»Warum haben Sie die Flasche manipuliert?« Jule ließ nicht locker.

»Dieser Mistkerl!« Die Redakteurin stieß Jule zur Seite. Sie sprang auf den Starautor zu, der unter den Zuschauern stand, und krallte ihre Finger um seinen Hals. Im selben Moment ging einer der Sicherheitsbeamten dazwischen und zerrte sie weg.

»Du hast mich behandelt wie ein Stück Dreck! Benutzt hast du mich! Deiner Publicity wegen!«

Der Autor keuchte. »Unfassbar! Der Wein war für mich bestimmt. Ich könnte jetzt tot sein!«

»Du hast ihn ja nicht getrunken. Leider«, zischte sie giftig.

Jule sah von einem zum anderen. Erleichtert grinste sie in sich hinein.

»Der ist dann wohl für mich«, stellte der Kommissar fest und nahm ihr den Anhänger aus der Hand. »Und Sie kommen jetzt mit«, fügte er an die Journalistin gewandt hinzu.

»›Cut! Das war's. Ausgezeichnet!‹ Ich glaube, diese Worte werde ich mein Lebtag nicht vergessen.« Jule kicherte auf dem Beifahrersitz, eingezwängt zwischen Flaschen, Gläsern und Kartons.

Die Stimmung in Kaltenbachs Lieferwagen schwankte auch zwei Stunden später noch zwischen heller Empörung und ungläubigem Staunen.

»Dabei hätte mir spätestens bei dem theatralischen Auftritt der Journalistin vom Blauen Sofa aufgehen müssen, wie übertrieben das Ganze war.« Jule konnte sich kaum beruhigen. »Überhaupt: Woher wussten die, dass du dich an den Schmuck erinnern würdest? Und woher wussten die, dass du überhaupt dort hingehen würdest? Warst du am Ende doch eingeweiht, Lothar?«

Kaltenbach schwieg. Auch er hatte Mühe, das alles zu begreifen. Als der Beifall aufgebrandet und der Verlagschef samt Cheflektorin freudestrahlend auf ihn zu gekommen waren, war ihm schlagartig klar geworden, dass etwas nicht stimmen konnte. Doch erst als er das vermeintliche Mordopfer putzmunter mit dem ›Chef‹ der Frankfurter Mordkommission plaudern sah, war er bereit, das Ganze als das zu sehen, was es war.

Wie hatte er sich nur so hereinlegen lassen können! Dabei hatte alles so echt ausgesehen: die verschwundene Weinflasche, der arrogante Autor, die hysterische Ex-Geliebte, vor aller Augen ein Mordopfer! Und wer hätte ausgerechnet in dem schläfrigen Uniformierten den Regisseur vermutet?

»Eigentlich haben wir es doch ganz gut gemacht, finde ich.« Jule warf Kaltenbach einen aufmunternden Blick zu. »Wir haben einen Fall gelöst! Zu zweit. Als Team!«

»Auch wenn es ein Riesenschwindel war«, knurrte Kaltenbach missmutig. »Public Relations! Real-Life-Event! Wenn ich das schon höre!«

Jule hatte längst ihre gute Laune wiedergefunden. »Nun sei nicht so. Letztlich kommt es doch darauf an, dass wir mal eben gezeigt haben, was in uns steckt. Außerdem war es ein Mordsspaß.«

Kaltenbach setzte den Blinker und steuerte den Wagen auf einen der wenigen Kurzparkplätze am Hauptbahnhof.

»Vielleicht hast du recht«, stimmte er zu, nachdem sie ausgestiegen waren. »Auch wenn es mich immer noch wurmt.«

»Lothar!«

Kaltenbach musste nun doch lachen. »Ist ja gut. Wenigstens habe ich bei der Gelegenheit eine tolle Frau kennengelernt.«

»Und wie war das mit dem Paradiesvogel?«

Kaltenbach sah sie erstaunt an. »Woher weißt du …?«

Jule grinste ihn an. »Weibliche Intuition!«

»Okay, okay. Dann sehen wir jetzt mal, dass wir wieder nach Hause kommen. Dort geht's wenigstens ruhiger zu. Obwohl …«

Kaltenbach hielt inne. »Was hast du?«

Aus Jules Gesicht war plötzlich die Farbe gewichen. Mit weit aufgerissenen Augen starrte sie an ihm vorbei. »Dort! Dort oben!«

Kaltenbach drehte sich um. Eines der vielen Bürogebäude in der Innenstadt.

Jule atmete schwer. »Der Mann … die Frau … Messer …«

Kaltenbach kniff die Augen zusammen. »Ich sehe nichts.«

Jule deutete aufgeregt auf eines der großen Fenster. »Wenn ich es dir sage. Ein Mann mit einem Messer. Und die Frau hat …«

Kaltenbach lachte. »Ich bin ja immer für einen Scherz zu haben. Aber jetzt ist es gut.«

Jule schüttelte unwillig den Kopf. »Aber wenn ich es dir sage. Dort oben ist gerade ein Verbrechen geschehen! Wir müssen etwas tun!«

Kaltenbach nahm sie in den Arm. »Es war alles ein wenig viel heute.« Er griff in eine der Kisten im Auto und reichte Jule eine Flasche. »Hier. Für die Nerven. Und zur Erinnerung. Garantiert ohne Zusätze.«

Jule blies sich eine Locke aus der Stirn. »Vielleicht hast du recht. Es wird Zeit, nach Hause zu kommen.« Sie sah auf die Uhr und stieß einen kleinen Schrei aus. »O Gott, mein Zug fährt gleich!« Sie drückte Kaltenbach einen Kuss auf die Wange und lief in Richtung Bahnsteig davon.

Kaltenbach sah ihr lächelnd hinterher.

Als er wieder im Auto saß, hörte er, wie sich das Geräusch von Sirenen näherte. Es mussten mindestens drei Einsatzwagen sein.

*Weitere Romane finden Sie auf den
folgenden Seiten und im Internet:
www.gmeiner-verlag.de*

Thomas Erle
Teufelskanzel
978-3-8392-1394-0

»Keltische Mystik im Schwarzwald – mit Gänsehautfaktor!«

Aschermittwoch. Am Kandel, dem sagenumwobenen Schwarzwaldberg, wird unterhalb der Teufelskanzel die Leiche eines jungen Mannes im Hexenkostüm gefunden. Die Polizei ist ratlos und vermutet das tragische Ende einer Mutprobe. Lothar Kaltenbach, Musiker und Weinhändler aus Emmendingen bei Freiburg, glaubt nicht an einen Unfall. Gemeinsam mit der Schwester des Toten versucht er, die wahren Zusammenhänge aufzudecken und kommt dabei einem düsteren Geheimnis auf die Spur …

Wir machen's spannend

Bernd Leix
Blutspecht
978-3-8392-1604-0

»Kriminalhauptkommissar Oskar Lindt wird mit seinem Team erneut in den Nordschwarzwald beordert.«

Herbst 2013, wenige Monate vor Einrichtung des Nationalparks Schwarzwald: Die Widerstände gegen das Naturschutz-Großprojekt der grün-roten Landesregierung werden geringer. Doch nicht alle geben auf: Organisation Blutspecht will den Park um jeden Preis verhindern. Niemand soll sich getrauen, beim Nationalpark zu arbeiten. Niemand, der dort mitmacht, soll sich sicher fühlen. Ohne Personal kein Park! Ebenso einfach wie genial. Eine blutige Spur zieht sich durch den Schwarzwald.

Wir machen's spannend

Oliver von Schaewen
Glockenstille
978-3-8392-1611-8

»Peter Struve und seine Kollegin Melanie Förster ermitteln in einem fesselnden Schiller-Krimi von Oliver von Schaewen.«

Der ausgebrannte Kommissar Peter Struve pilgert, doch sein Weg endet abrupt in der Marbacher Alexanderkirche. Die Leiche des Pfarrers Hans-Peter Roloff baumelt im Kirchturm an der Schillerglocke, Struve findet sich vom Messwein vergiftet im Krankenhaus wieder. Als ihn dort nachts ein Killer besucht, rappelt sich Struve auf und ermittelt. In seinen Fokus rücken ein Kirchenoberer und die radikalen Sektenmitglieder der Christuskriegerinnen. Die Lösung des Falles führt aber nur über die Schillerglocke.

Wir machen's spannend

Harald Schneider
Wer mordet schon in der Kurpfalz?
978-3-8392-1582-1

»Eine kriminelle Entdeckungstour quer durch die kurpfälzische Rheinebene.«

Sie denken, die Kurpfalz wäre eine beschauliche Urlaubsregion, in der es neben gutem Essen, Wein und Bier jede Menge touristische Sehenswürdigkeiten gibt? Bis auf das »Beschaulich« mag das alles stimmen. Doch hinter den Kulissen gärt die Kriminalität, vielleicht noch intensiver als in anderen Regionen. Begeben Sie sich mit unserem Kommissar Reiner Palzki auf eine kriminelle Entdeckungstour quer durch die kurpfälzische Rheinebene. So haben Sie diese Region garantiert noch nicht kennengelernt …

Unser Lesermagazin
2 x jährlich das Neueste aus der Gmeiner-Bibliothek

24 x 35 cm, 40 S., farbig; inkl. Büchermagazin »nicht nur« für Frauen und HistoJournal

Das KrimiJournal erhalten Sie in Ihrer Buchhandlung oder unter www.gmeiner-verlag.de

GmeinerNewsletter
Neues aus der Welt der Gmeiner-Romane

Haben Sie schon unsere GmeinerNewsletter abonniert?

Monatlich erhalten Sie per E-Mail aktuelle Informationen aus der Welt der Krimis, der historischen Romane und der Frauenromane: Buchtipps, Berichte über Autoren und ihre Arbeit, Veranstaltungshinweise, neue Literaturseiten im Internet und interessante Neuigkeiten.

Die Anmeldung zu den GmeinerNewslettern ist ganz einfach. Direkt auf der Homepage des Gmeiner-Verlags (www.gmeiner-verlag.de) finden Sie das entsprechende Anmeldeformular.

Ihre Meinung ist gefragt!
Mitmachen und gewinnen

Wir möchten Ihnen mit unseren Romanen immer beste Unterhaltung bieten. Sie können uns dabei unterstützen, indem Sie uns Ihre Meinung zu den Gmeiner-Romanen sagen! Senden Sie eine E-Mail an gewinnspiel@gmeiner-verlag.de und teilen Sie uns mit, welches Buch Sie gelesen haben und wie es Ihnen gefallen hat. Alle Einsendungen nehmen automatisch am großen Jahresgewinnspiel mit attraktiven Buchpreisen teil.

Wir machen's spannend